SWORD ART ONLINE
카와하라 레키 | 지음
abec | 일러스트
김완 | 옮김
015
REKI KAWAHARA / ABEC
SWORD ART ONLINE
Alicization invading

"……………………."
키리토 §《가상세계》 언더월드에 흘러들어 온 소년. 이곳에서 탈출하기 위해 《센트럴 커시드럴》 최상층까지 도달했으나, 최고사제 《어드미니스트레이터》와의 사투에서 정신상실 상태에 빠진다.

"……네가 지켜 낸 세계야, 키리토."
—앨리스 신서시스 서티
§ 원래는 《어드미니스트레이터》를 섬기는 정합기사였으나, 키리토와의 만남으로 오른쪽 눈의 봉인을 깨고 진성 인공지능 《앨리스》로 각성했다.

릴피린 § 오크족장
이스칸 § 권투사 길드 제10대 챔피언
디 아이 엘 § 암흑술사 길드 총장
샤스타 § 암흑기사단장
시그로시그 § 자이언트족장
프 자 § 암살자 길드 두목

"고개를 들고 이름을 대라.
——오른쪽 끝에 있는 너부터다."
황제 벡터 §
슈퍼 어카운트 《암신 벡터》를 이용해 《언더월드》의
다크 테리토리 사이드에 로그인한
미국 용병회사의 CTO(최고작전책임자).
인류가 처음으로 만들어 낸
진성 인공지능 《앨리스》의 탈취 작전을 개시한다.

"아저씨. 오랜만에 뵙네요."
"오랜만이야, 앨리스."
파나티오 신서시스 투
§ 정합기사단 부단장. 앨리스의 선배.
약간 기질이 맞지 않는다.
광소를 다루는 신기 《천천검》의 고수.

"여어, 아가씨.
생각한 것보다 건강해서 안심했어."
베르쿨리 신서시스 원
§ 정합기사단 단장.
앨리스의 스승이자 세계에서 가장 오래된 최강의 검사.
미래를 베는 신기 《시천검》의 고수.
"나의 스승 앨리스 님!!
믿고 있었습니다!!"
엘드리에 신서시스 서티원
§ 앨리스의 제자이자 가장 최근에 만들어진 정합기사.
꼬트머리가 무수히 갈라지는 신기 《상린편》의 고수.

《언더월드》 전체 지도

《라스》의 로고 마크

어둠의 땅 《다크 테리토리》가 《인계》를 에워싼 형태로 형성된 《언더월드》. 그 전체 모습은 《프로젝트 앨리시제이션》을 위장하기 위한 민간기업 《라스》의 로고 마크 형태를 본뜬 것이다.
로고는 크고 작은 기어와 구동 벨트를, 그리고 동시에 돼지의 코를 모티브로 삼은 것이다. 이 도안을 언더월드 지도에 겹쳐보면 옵시디아 성이 동력 기어가 되어 맷돌인 인계를 돌리는 암유임을 알 수 있다.

「이것은 게임이지만
놀이가 아니다.」

—「소드 아트 온라인」 프로그래머 카야바 아키히코

SWORD ART ONLINE
alicization invading

REKI KAWAHARA

ABEC

BEE-PEE

015

제14장 새틀라이저 —영혼을 훔치는 자
서기 2026년 6월~7월

하늘색 머리카락의 스나이퍼.

소녀처럼 가녀린 몸과 거대한 50구경 라이플이 신기하게도 조화를 이룬다.

엎드려 쏴 자세에서 이쪽에 등을 돌리고 있으므로 얼굴은 보이지 않는다. 그러나 분명 살쾡이처럼 늠름하고 아름다운 용모일 것이다.

오른쪽 눈을 스코프에 대고 검지를 트리거에 댄 채 미동도 없이 눈 아래의 도로를 노리는 집중력은 칭송해 마땅하다. 조금만 더 이대로 등을 바라보고 싶지만 시간이 얼마 남지 않았다.

은신처에서 나와 폐건물 바닥 위를 걷기 시작한다. 발치에 흩어진 조약돌이며 나뭇조각, 금속 파편 같은 미세 오브젝트를 신중하게 회피하며 완전한 무음보행으로 소녀의 등 뒤로 다가선다.

갑자기 소녀의 어깨가 흠칫 떨렸다.

소리도 진동도 아닌 무언가를 감지한 걸까. 훌륭한 감이지만 유감스럽게도 이미 늦었다.

뻗은 오른팔을 가녀린 목에 감고 왼손으로 뒷머리를 붙든다.

조용히, 그러나 확실한 의지를 담아 조인다.

《아미 컴배티브》 스킬이 효과를 발휘하여 소녀의 가시화된 생명——HP 게이지가 급격히 줄기 시작한다. 스나이퍼는 필사적으로 발버둥을 치지만 이 VRMMO 게임 《건 게일 온라인》에서는 어지간히 STR(스트렝스)이 높지 않고서야 한번 들어간 백 초크에서 맨손으로 도망치기란 거의 불가능하다. 그것은 현실세계에서도 마찬가지지만.

《불릿 오브 더 불릿》이라는 이름이 붙은 대회의 출장자 29명 중에서 싸우게 되기를……, 아니, 사냥하기를 가장 고대했던 하늘색 머리카락의 스나이퍼가 이 5층 건물에서 저격을 시도하리라는 것은 이미 예측하고 있었다.

문제는 4층과 5층 양쪽 모두 맵의 메인 스트리트를 사격권에 담을 수 있다는 점이었다. 어느 플로어에 매복할지 재빨리 선택해야만 했다.

상식적으로 보자면 더 빨리 사격 자세에 들어갈 수 있는 4층을 선택할 것이다. 그러나 4층에 있는 도서실을 본 순간 직감과 논리 양쪽이 속삭였다. 그 스나이퍼는 현실세계에서는 아직 어린 학생일 거라는 직감. 학생이라면 실생활을 연상케 하는 도서실에서의 저격은 기피하지 않을까 하는 논리.

예측은 적중했다. 하늘색 머리카락의 스나이퍼는 공연히 계단을 한 층 더 올라가기 위한 수십 초를 허비하고 5층 창고에 모습을 나타냈다.

그리고 지금, 거미집으로 잘못 들어온 나비처럼 덧없이 목숨을 잃으려 한다.

아아. 이것이 가상세계에서의 이진수 데이터 감산이 아닌 진짜 생명과 영혼의 수탈이었다면.

품 안에서 필사적으로 발버둥을 치는 것이 아바타가 아닌 실제 플레이어 자신이라면.

《그 순간》은 참으로, 참으로 감미로울 텐데.

시야 오른쪽 위에 표시된 스나이퍼의 HP가 5퍼센트 이하로 떨어졌다. 하지만 소녀는 조르기에서 벗어나고자 열심히 저항했다.

패배가 확정적이어도 쓸데없는 소리 하나 내지 않고, 그렇다고 체념해 무기력해지지도 않고 최선을 다하려는 자세에서는 적이지만 사랑스러움마저 느꼈다.

마치 연인을 끌어안듯 뒤에서 소녀의 귀에 입을 대고, 속삭였다.

——Your soul will be so sweet.

1

천천히 눈을 떴다.

어느샌가 잠든 모양이었다. 지난주에 들여놓은 이탈리아제 소파가 너무 푹신했던 것일까. 탄력 있는 가죽에 몸을 묻은 채 왼팔의 스마트 워치를 흘끔 본다.

오전 2시 12분.

자리에서 일어나 가볍게 기지개를 켜며 남쪽 유리벽으로 다가간다. 전체가 순간조광유리이며, 지금은 투명 상태이므로 43층의 임원실에서는 워터프런트의 야경을 한눈에 내려다볼 수 있다.

업라이트 조명을 받는 고층 빌딩들의 불빛을 조용히 반사하는 항구. 긴 부두에는 몇 척이나 되는 대형 선박이 계류되어 있다.

직선적이고 위압적인 실루엣은 호화 여객선이 아니다. 미 해군 태평양함대 제3함대 소속 전투함들이다.

캘리포니아 주에서 둘째가는 도시 샌디에이고는 오랫동안 기지 도시였다. 2만 5천 명이 넘는 군 관계자가 거주했으며, 거대한 해군기지를 중심으로 경제가 돌아갔다.

하지만 최근에는 새로운 산업분야가 급속도로 성장하고 있다. 정보, 통신, 바이오테크놀로지 같은 첨단기술 산업이다.

그리고 군사와 첨단기술 양쪽을 모두 무기로 삼는 기업도 존재한다. 주로 군대나 대기업에서 위탁을 받아 경비와 훈련, 전장에서는 직접 전투까지도 수행하는, 흔히 말하는 PMC——민간 군사기업이다.

샌디에이고의 다운타운에 본사를 둔 《글로우젠 디펜스 시스템즈》의 CTO(최고작전책임자)인 가브리엘 밀러는 항구의 야경을 내려다보며 자신도 모르게 엷은 웃음을 짓고 있었다.

조금 전 선잠이 들었던 동안 꾼 꿈이 기분을 약간 고양시켜 주었다.

며칠 전에 이 임원실에서 참가했던 풀 다이브 타입 게임 내 이벤트 때의 꿈이다.

가브리엘은 거의 꿈을 꾸지 않지만, 꿀 때는 반드시 과거의 장면이 상세하게 재생된다. 두 팔에는 아직도 하늘색 머리카락의 스나이퍼가 필사적으로 발버둥을 치던 기분 좋은 감각이 남아 있다. 마치 꿈이 아닌 현실이었던 것처럼…….

아니, 그렇지 않다. 그 전투는 현실이 아니라 가상세계에서 일어난 일이었으니까.

풀 다이브 테크놀로지는 훌륭한 발명이다. 개발한 아키히코 카야바에게는 크게 경의를 표한다. 그가 살아 있다면 수백만 달러가 든다 해도 헤드헌팅을 했을 것이다. 설령 세기의 대범죄자라 해도——아니, 그런 인간이기에 더더욱.

하지만 어뮤스피어가 가져다주는 체험이 현실적이면 현실적일수록 그것이 현실이 아니라는 사실에 대한 답답함도 강해진다. 마치 마셔도 마셔도 갈증을 치유할 수 없는 소금물처럼.

글로우젠 DS의 최연소 임원이자 대주주이기도 한 가브리엘은 물질적으로는 아무런 부족함이 없는 생활을 하고 있다. 그러나 가브리엘이 진심으로 품고 있는 갈망은 돈으로는 결코 채울 수 없다.

"……Your soul will be so sweet……."

꿈속에서 했던 말을 다시 한 번 읊는다.

사실은 3년 전부터 공부했던 일본어로 속삭여주고 싶었다. 그러나 상대는 HP 게이지에 US 태그를 붙여 놓은 이쪽을 미국인이라 생각할 테니 필요 이상으로 강한 인상을 남기는 것은 피해야만 한다. 언젠가 천천히 이야기할 기회도 있겠지. 그때는 여러 가지를 묻고 싶다.

어느샌가 입가에 지었던 희미한 미소를 지우고, 가브리엘은 창문 몇 군데에 심어 놓은 터치 센서를 건드려 투명도를 낮추었다. 그러자 거무스름한 거울이 된 유리에 자신의 모습이 비쳤다.

금발을 느슨한 올백으로 넘겼으며, 눈동자 색은 푸른색. 6피트 1인치(185센티미터)의 몸을 감싼 것은 흰색 드레스 셔츠에 암회색 바지. 구두는 *코도반으로 지은 주문품. 부끄러울 정도로 전형적인 백인 지배계급의 차림새지만 가브리엘은 자신의 외견에 기호 이상의 의미를 두지 않는다. 육체 따위 어차피 영혼을 감싼 껍질일 뿐이니까.

Soul.

거의 모든 종교는 영혼이라는 개념을 받아들이고 있다. 물론 기독교도 인간이 죽으면 영혼은 생전의 행위에 따라 천국이나 지옥으로 간다고 설파한다. 하지만 가브리엘이 영혼의 존재를

*코도반(cordovan): 농경용 말의 엉덩이 가죽. 특수한 광택과 질감이 있어 가죽구두 등에 애용되지만, 생산량이 매우 적어 고급품에 속한다.

믿고 추구하는 것은 개신교이기 때문도, 가톨릭이기 때문도 아니다.

알기 때문이다. 실제 체험을 통해 자신의 눈으로 분명히 보았던 것이다.

자신의 품 안에서 막 숨이 끊어지려 하던 소녀의 이마에서 형언할 수 없이 아름다운 빛의 집합체가 날아가는 모습을.

가브리엘 밀러는 1998년 3월에 캘리포니아 주 로스앤젤레스 근교의 퍼시픽 팰리세이즈라는 도시에서 태어났다.

형제자매는 없었으며, 유복한 부모의 정신적, 물질적인 애정을 아낌없이 받고 자랐다. 저택은 광대해서 놀이터로 부족함이 없었지만 어린 가브리엘이 가장 좋아했던 장소는 아버지의 컬렉션 보관고였다.

글로우젠 디펜스 시스템즈의 전신인 글로우젠 시큐리티즈의 오너 경영자였던 아버지는 곤충 표본 수집이 취미여서 넓은 보관고에는 수많은 유리 케이스가 있었다. 가브리엘은 시간만 나면 보관고에 틀어박혀 확대경을 한 손에 들고 형형색색의 벌레들을 바라보거나 방 한가운데의 소파에 앉아 멍하니 공상에 잠기곤 했다.

천장이 높고 어스름한 방에서 홀로 수만 마리나 되는 말없는 곤충들에 에워싸여 있으면 어린 가브리엘은 이따금 기묘한 감회에 사로잡혔다.

이 벌레들은 모두 어느 순간까지는 살아 있었다. 아프리카의 초원, 중동의 사막, 남미의 밀림에서 씩씩하게 집을 짓고 먹이를 찾으면서.

하지만 어느 순간 채집자에게 잡혀 약품으로 처리되고, 몇 번의 매매를 거쳐 마지막에는 밀러 가문의 유리 케이스에 얌전히 줄지어 놓이게 되었다. 다시 말해 이 방은 곤충 표본의 컬렉션 룸인 동시에 살육당한 수만의 주검을 늘어놓은 거대 묘지이기도 한 것이다…….

가브리엘은 눈을 감고 주위의 곤충들이 갑자기 생명을 되찾는다면 어떨까 상상해보았다.

여섯 개의 다리가 열심히 허공을 긁어 대고, 더듬이며 날개가 진동한다. 바스락바스락, 바스락바스락, 어렴풋한 소리가 무수히 겹쳐지면서 메마른 잔물결이 되어 가브리엘에게 밀려든다.

바스락바스락, 바스락바스락.

번쩍 눈을 떴다. 정면에 있는 케이스 구석에 담긴 녹색 갑충의 다리가 움직인 것만 같아 소파에서 벌떡 일어났다. 케이스로 달려가 뚫어지게 쳐다보았지만 이미 곤충은 생명 없는 표본으로 돌아간 후였다.

금속처럼 매끄러운 에메랄드색 갑각, 날카로운 가시가 달린 다리, 가느다란 그물눈이 새겨진 겹눈. 이 정밀한 물체를 움직이던 것은 대체 어떤 힘이었을까, 하고 가브리엘은 생각했다.

곤충에게는 인간 같은 대뇌가 없다고 아버지는 말했다. 그렇다면 어디로 생각하는 거냐고 묻자, 아버지는 어떤 동영상을 보여주었다.

그 동영상에 나온 것은 교미 중인 사마귀였다. 토실토실하게 배가 부푼 암컷 사마귀를 등 뒤에서 붙든 조그만 수컷이 교접 기관을 맞대고 있었다. 암컷은 한동안 꼼짝도 하지 않았으나, 갑자기 아무런 전조도 없이 수컷의 상반신을 두 팔의 낫으로 붙잡고는 머리를 으적으적 씹어 먹기 시작했다. 가브리엘이 놀라 지켜보는 동안에도 수컷은 조용히 교미를 계속했으며, 자신의 머리가 완전히 먹혀버린 후에야 교접관을 떼었다. 그러더니 암컷의 낫을 뿌리치고 쏜살같이 도망쳤다.

머리를 완전히 잃었음에도 수컷 사마귀는 풀잎을 타고 나뭇가지를 오르며 재주 좋게 도망갔다. 영상을 가리키며 아버지는 말했다.

사마귀를 포함한 곤충은 온몸의 신경이 모두 뇌나 마찬가지라고. 그러니 감각기에 불과한 머리를 잃어도 한동안은 살아 있을 수 있다고.

그 동영상을 본 후로 가브리엘은, 그렇다면 사마귀의 영혼은 어디에 있을지 며칠 동안 생각하고 또 생각했다. 머리를 먹히고도 살아 있을 수 있다면 다리를 모두 잃어도 별문제는 없을 것이다. 그렇다면 배일까? 아니면 가슴일까? 하지만 곤충들은 부드러운 배가 짓이겨져도, 핀으로 가슴을 꿰뚫려도 한동안은 기운차게 파닥파닥 다리를 움직인다.

몸 어느 부위를 잃어도 즉사하지 않는다면 사마귀의 영혼은 몸 전체에 엷게 퍼져 있는 것이 아닐까. 당시 여덟 살인가 아홉 살이었던 가브리엘은 집 주위에서 사로잡은 곤충으로 몇 번이나 실험을 거친 결과 그런 결론을 내렸다.

곤충이란 반 기계적인 구조를 움직이는 신비한 힘, 다시 말해 영혼은 어느 부위를 파괴당해도 끈덕지게 그릇에 머무르려 한다. 하지만 어느 순간 이제는 무리라고 체념하고 그릇을 버리고 이탈한다.

멀어져 가는 영혼을 이 눈으로 보고 싶다, 가능하다면 사로잡고 싶다고 가브리엘은 열망했다. 하지만 아무리 확대경에 눈을 들이대고 신중하게 실험해도 곤충의 몸에서 빠져나가는 《무언가》를 사로잡기는커녕 볼 수조차 없었다. 저택 뒤의 넓은 숲 깊은 곳에 만들어 놓은 비밀 실험장에서 오랜 시간과 막대한 열의를 쏟아부었지만 소소한 바람은 이루어지지 않았다.

자신의 바람이 부모님에게는 환영받지 못하리라는 사실을 어린 가브리엘은 본능적으로 이해했다. 그렇기에 사마귀의 동영상을 본 후로 아버지에게는 두 번 다시 같은 질문을 하지 않았으며, 실험에 대해서도 입 밖에 내는 일은 없었다. 그러나 감추면 감출수록 욕구는 커져 가는 것 같았다.

그 무렵 가브리엘에게는 매우 친했던 동갑내기 친구가 있었다.

앨리시아 클링어맨이라는 소녀로, 부지가 인접한 저택에 사는 기업가의 외동딸이었다. 당연히 같은 초등학교에 다녔으며 가족끼리도 서로 친했다. 내향적이고 얌전한 소녀였으며, 밖에서 흙투성이가 되어 노는 것보다도 집에서 책을 읽거나 비디오를 보는 것을 좋아했다.

물론 가브리엘은 자신의 비밀 실험에 대해서는 앨리시아에게도 감추었으며, 벌레나 영혼 이야기는 전혀 하지 않았다.

다만 생각을 멈출 수는 없었다. 자신의 옆에서 천사 같은 미소와 함께 열심히 책을 읽는 앨리시아의 얼굴을 가만히 바라보며 앨리시아의 영혼은 어디에 있을지 가브리엘은 몇 번이나 상상했다.

곤충과 인간은 다르다. 인간은 머리를 잃으면 살 수 없다. 그렇다면 인간의 영혼은 머리에……, 뇌 안에 있는 것일까?

하지만 가브리엘은 아버지의 컴퓨터로 인터넷을 검색해 뇌의 손상이 반드시 생명의 손실과 직결되지는 않는다는 사실을 이미 알고 있었다. 굵은 쇠파이프가 턱 아래에 박혀 정수리까지 관통했는데도 죽지 않았던 건설작업원도 있고, 환자의 뇌 일부를 절제해 정신병을 치료했다는 의사도 있다.

그러니 뇌의 어딘가 일부일 것이다. 솜털 같은 금발에 에워싸인 앨리시아의 이마를 보면서 가브리엘은 그렇게 생각했다. 매끄러운 피부와 단단한 두개골과 부드러운 뇌조직 깊숙한 곳에 앨리시아의 영혼이 숨겨져 있다.

자신은 분명 앨리시아와 결혼하게 될 것이라고 가브리엘은 유치한 미래도를 그리고 있었다. 그렇다면 언젠가 앨리시아의 영혼을 이 눈으로 볼 수 있을지도 모른다. 천사 같은 앨리시아의 영혼은 분명 말로는 형언할 수 없을 만큼 아름다울 것이다.

가브리엘의 그런 바람은 생각지도 않게 일찍, 절반만 이루어졌다.

2008년 9월, 거대 투자은행의 파산이 세계 금융위기의 방아쇠를 당겼다.

불황의 파도는 로스앤젤레스 교외의 퍼시픽 팰리세이즈까지도 집어삼켰다. 수많은 호화 저택이 팔려 나가고, 거리를 달리던 고급 승용차의 수도 눈에 띄게 줄었다.

글로우젠 시큐리티즈는 견실한 경영 덕에 영향을 최소한으로 억제할 수 있었으나 이웃 클링어맨 씨가 경영하는 부동산 투자회사는 막대한 빚을 안고 말았다. 이듬해 4월, 저택을 포함한 모든 자산을 잃은 일가는 농장을 경영하는 친척에게 의지해 멀리 중서부의 캔자스시티까지 이사하게 되었다.

가브리엘은 슬펐다. 열 살짜리 아이치고는 총명했던 그는 열 살짜리 아이에 불과한 자신이 앨리시아를 구할 수 없다는 사실을 알았으며, 앞으로 앨리시아를 기다릴 가혹한 운명도 명확히 상상할 수 있었다.

완벽한 보안으로 보호되던 저택, 매일 숙련된 요리사가 해주는 식사, 유복한 백인 아이들만이 다니는 학교. 그러한 특권은 앨리시아의 인생에서 영원히 멀어지고, 빈곤과 노동이 그 자리를 대신 차지한 것이다. 무엇보다 언젠가 자신의 것이 되어야 할 앨리시아의 영혼이 이름도 모르는 누군가로부터 상처를 입어 빛을 잃어버리리라는 점을 가브리엘은 참을 수가 없었다.

그래서 죽이기로 했다.

앨리시아가 학교에서 마지막 인사를 하던 그날, 하교 스쿨버스에서 내린 그녀를 가브리엘은 자택 뒤의 숲으로 불러냈다. 도로며 집들의 담장에 설치된 모든 감시 카메라를 교묘히 피하고 아무에게도 목격당하지 않았음을 확인하며 숲으로 들어가, 발자국이 남지 않도록 낙엽 위를 걸어 밀집된 관목에 에워싸인 《비밀 실험장》으로 앨리시아를 이끌었다.

과거 그곳에서 헤아릴 수 없을 정도의 곤충이 죽었다는 사실을 알 리 없는 앨리시아는 가브리엘이 가녀린 몸에 두 팔을 감자 금세 자신도 포옹을 했다. 가늘게 흐느끼며 앨리시아는 어디에도 가고 싶지 않다고, 게이브와 함께 계속 이곳에서 살고 싶다고 말했다.

——내가 그 바람을 이루어줄게.

가브리엘은 마음속으로 그렇게 중얼거리며 윗옷 주머니에 오른손을 넣어 미리 준비해 온 도구를 꺼냈다. 아버지가 곤충을 처리하는 데 쓰는, 목제 손잡이가 달린 길이 4인치의 강철제 바늘.

예리한 끄트머리를 가만히 앨리시아의 왼쪽 귀에 넣고, 오른쪽 귀를 왼손으로 누르면서 한순간의 망설임도 없이 뿌리까지 밀어 넣었다.

앨리시아는 무슨 일이 일어났는지 모르는 모습으로 의아하다는 듯 두 눈을 깜빡이더니 갑자기 몸을 격렬히 경련시켰다. 몇 초 후, 크게 뜨인 푸른 두 눈이 초점을 잃고, 그리고——.

가브리엘은 **그것**을 본 것이다.

앨리시아의 매끄러운 이마 한복판에서 반짝반짝 빛나는 조그만 구름 같은 것이 나타났다. 그것은 하늘하늘 떠돌며 가브리엘의 미간으로 다가오더니, 그대로 아무런 저항도 없이 머릿속에 들어왔다.

봄철 오후의 화창한 햇살이 사라졌다. 머리 위에서는 높은 나무들의 가지를 꿰뚫고 수많은 하얀 빛줄기가 내리쪼였으며, 어렴풋한 종소리까지 들린 것 같았다.

형언할 수 없는 고양감에 가브리엘의 두 눈에서는 눈물이 넘쳐났다. 자신은 지금 앨리시아의 영혼을 보고 있다……. 그뿐만이 아니라 앨리시아의 영혼이 보고 있는 광경까지 보는 것이다. 가브리엘은 그렇게 직감했다.

반짝이는 조그만 구름은 영원처럼 여겨지던 몇 초를 거쳐 가브리엘의 머리를 뚫고 지나가, 그대로 하늘에서 내려온 빛에 이끌리듯 상승을 계속하더니 이윽고 사라졌다. 주위에 봄철 햇살과 산새의 지저귀는 소리가 돌아왔다.

생명과 영혼을 잃은 앨리시아의 몸을 두 팔로 안으며, 가브리엘은 지금의 체험이 진짜였는지, 아니면 극도의 흥분이 가져다준 환각이었는지 생각했다. 그리고 그 어느 쪽이라 해도 자신은 앞으로 계속 지금 본 것을 추구하며 살아가게 되리라고 확신했다.

앨리시아의 주검은 옛날에 물색해 두었던 커다란 떡갈나무 뿌리턱에 뚫린 깊은 구멍에 던져 넣었다. 다음으로는 자신의 몸을 신중하게 살펴, 옷에 묻은 두 가닥의 금발을 떼어 내서는 그것도 구멍에 버렸다. 바늘은 깨끗하게 씻은 다음 아버지의 도구상자에 도로 넣어 두었다.

앨리시아 클링어맨 실종사건은 지역 경찰의 면밀한 수사에도 단서 하나 발견하지 못한 채 결국 미궁에 빠졌다.

짧고 깊은 회상에서 깨어난 28세 가브리엘 밀러는 미러 글라스에 비친 자신의 모습에서 시선을 떼고 서쪽 벽에 놓인 집무 데스크까지 걸어갔다. 노르웨이제 리클라이닝 체어에 앉은 순간 책상의 유리면을 가득 메운 30인치 디스플레이 패널에 전화형 아이콘이 깜빡였다.

탭하자 여자 비서의 얼굴이 표시되고, 동시에 음성이 흘러나왔다.

『미스터 밀러, 쉬시는 중에 죄송합니다. COO(최고집행책임자) 미스터 퍼거슨이 내일 디너를 함께하고 싶다고 하십니다. 어떻게 할까요?』

"예정이 꽉 찼다고 말해줘."

가브리엘이 즉시 대답하자 언제나 쿨하던 비서가 조금 난감한 표정을 지었다. 그도 그럴 것이 COO라면 부사장, 글로우젠 DS의 넘버투다. 열 명이나 되는 임원 중 하나에 불과한 가브리엘이 식사 초대를 거절할 만한 상대가 아니다. ——원래라면.

하지만 비서의 곤혹스러운 표정은 1초 후에 사라지고, 침착한 목소리가 흘러나왔다.

『알겠습니다. 그렇게 전하겠습니다.』

통화가 끝나자 가브리엘은 의자에 깊이 몸을 기대고 다리를 꼬았다.

퍼거슨이 하려는 말은 대충 예상할 수 있다. 가브리엘이 예정한 어떤 《작전》에 참가하려는 생각을 접게 만들려는 것이리라.

하지만 COO의 내심은 틀림없이 그 반대다. 위험한 현장에

어슬렁어슬렁 나가 *KIA 리스트에 올라가 버리라고, 그 늙은 너구리는 바라 마지않을 것이다. 가브리엘은 선대 사장의 친아들이자 대주주가 아닌가.

물론 가브리엘 또한 대기업의 임원이나 되어서 실탄이 빗발치는 작전에 참가하는 것이 얼마나 어리석은지를 자각하고 있다. 아무리 종군 경험이 있다 한들 CTO의 일은 안전한 본사 사무실에서 전체적인 작전 플랜을 세우는 것이며, 전장에서 자신의 몸을 위험에 드러낼 필요는 없다.

그러나 모종의 사정이 있는 이번 극비 작전에는 무슨 일이 있어도 참가해야만 했다. 왜냐하면 앨리시아의 영혼을 본 그 날부터 가브리엘이 인생 전체를 바쳐 추구했던 것과 직결되는 안건이었기 때문이다.

작전의 의뢰주는 단골 고객인 펜타곤이 아니었다. 이제까지 거래한 적도 거의 없었던 국가안전보장국——NSA였다.

지난 달, 이 방을 찾아온 두 명의 NSA 에이전트는 감정다운 감정을 가지지 않은 가브리엘에게 몇 가지 놀라움을 주었다.

우선 작전은 완전한 비합법 미션이었다. 그도 그럴 것이 해군 잠수함에 글로우젠의 전투 팀을 태우고 동맹국인 일본의 함선을 강습한다는 내용이었으니까. 그것도 교전을 통해 상대 함선의 승무원 중에 사망자가 나오는 것도 불사하겠다는.

그리고 작전의 목적은 어떤 테크놀로지의 탈취.

그 상세한 내용을 들은 가브리엘은 놀라——혹은 환희한 나머지 조그만 소리를 내고 말았다. 다행히 에이전트들에게는

*KIA: Killing in Action, 임무 중 전사.

들리지 않은 모양이었지만.

《소울 트랜슬레이션 테크놀로지》. JSDF(자위대) 내의 《라스》라는 작은 조직이 개발한, 인간의 영혼을 읽고 해독하는 경이로운 기계.

영혼의 탐구자인 가브리엘은 일본에서 태어난 풀 다이브 테크놀로지에 예전부터 강한 흥미를 품고 있었다. 건 게일 온라인에서 일본의 플레이어들과 싸우고 일본어 공부까지 했던 것은 그런 이유였다. 모두 폐기 처분이 되었어야 할 《악마의 기계》 너브 기어를 수만 달러씩 주고 한 대 구입하기까지 했다――물론 자신이 쓰기 위해서는 아니었지만.

그 데스 게임 소동 탓에 일본에서의 풀 다이브 기술 개발은 기세가 꺾일 것이라고 가브리엘은 예상했다. 그러나 그들은 몰래 연구를 계속해 마침내 인간의 영혼에 관한 비밀에까지 접근하고 있었던 것이다.

가브리엘에게 NSA의 이 의뢰는 운명이나 마찬가지였다.

어차피 대기업이라고는 해도 일개 민간 군사기업인 글로우젠 DS가 이제는 CIA보다도 강한 힘을 가진 NSA가 들고 온 안건을 거부할 리가 없다. 갑작스럽게 열린 임원회에서는 2표 차이로 의뢰를 받아들인다는 안건이 가결되었다. 정보 누설을 막기 위해 작전에 참가할 전투원은 뒤가 구린 일을 전문으로 맡는, 과거에 문제가 있는 계약사원들로만 구성했으며――작전지휘관은 가브리엘이 직접 자청하고 나섰다.

물론 전투원들에게는 가브리엘이 글로우젠의 임원임은 감추어 두었다. 만일 그 사실이 알려진다면 금방 회사를 배신하고 가브리엘을 납치해 몸값을 뜯어낼 궁리를 하고도 남을 자들이 었기 때문이다.

이만한 리스크를 감수하고서라도 가브리엘은 가야만 했다.

NSA 에이전트는 말했다. 라스는 STL 테크놀로지로 인간의 영혼을 해독하는 것만이 아니라 복제하는 데까지 성공했다고. 만일 《A.L.I.C.E.》라는 코드네임이 부여된 인공 영혼이 완성된다면 일본산 무인병기에 탑재되어 동아시아의 군사 균형을 무너뜨리고 말 거라고.

극동에서——아니, 세계 어디에서 분쟁이 일어나든 알 바 아니다. 하지만 앨리스라는 이름을 들은 순간 가브리엘은 결심했다.

자신의 것으로 만들겠다고.

라이트큐브라는 조그만 미디어에 보관된 그 영혼을, 무슨 수를 써서라도 입수하겠다고.

"앨리스…………. 앨리시아…………."

등받이를 눕힌 의자에 몸을 기댄 채 두 이름을 가만히 중얼거린다. 입가에는 어느샌가 어렴풋한 웃음이 떠올랐다.

가브리엘의 할아버지가 창업한 글로우젠(Glowgen)이라는 회사명은 《광채를 낳는 것》이라는 뜻의 조어다. 할아버지는 행복의 광채를 떠올렸다지만, 후계자인 가브리엘이 떠올리는 것은 죽어가는 앨리시아의 이마에서 떠오르던 금색 광채일 뿐이었다.

광채를 낳는 것. 다시 말해 영혼.

모든 것은 운명이다.

일주일 후, 가브리엘과 열한 명의 전투원들은 괌으로 날아가 해군기지에 정박 중인 원자력 잠수함을 타고 일본의 영해로 침입한다. 작전 개시 직전, 잠수함에 탑재된 *ASDS로 옮겨 타고 목표인 초대형 해양연구 모선《오션 터틀》에 강습을 가한다.

무혈로 점거할 수 있을지, 어느 한쪽——혹은 쌍방에 사상자가 나올지, 그것은 모른다. 하지만 가브리엘은 확신했다. 자신이《앨리스》와 STL 기술을 손에 넣으리라고. NSA에는 적당한 라이트큐브와 자료 사본을 넘겨주면 그만이다.

이제……, 이제 머지않았다. 앨리시아 이래로 몇 사람이나 되는 인간으로 실험을 되풀이했지만 아직까지 다가가지 못했던 영혼의 본질을 이제 곧 손에 넣을 수 있다.

다시 한 번 그 아름다운 빛의 구름을 볼 수 있는 것이다.

"…………네 영혼은……, 매우 달콤하겠지…………."

다시 이번에는 일본어로 중얼거리고, 가브리엘은 눈을 감았다.

*ASDS(Advanced SEAL Delivery System): 개량형 SEAL 수송 시스템. 미 해군 특수부대 SEALs 용으로 개발된 다인용 소형 잠수정.

2

시울프급 원자력 잠수함 《지미 카터》의 함장인 다리오 질리아니 대령은 어뢰관 청소 담당병에서 여기까지 올라온 뼛속들이 잠수함 승무원이다. 처음 탄 배는 이제는 골동품인 바벨급 디젤 잠수함이었으며, 살인적으로 좁은 함내에는 어디를 가도 경유 냄새와 소음이 있었다.

그곳에 비하면 전 세계의 어느 잠수함보다도 돈이 많이 든 시울프급은 마치 롤스로이스 같다. 질리아니는 2020년에 함장 배명을 받은 후로 함과 승무원들에게 아낌없는 애정을 쏟아부었다. 엄격한 훈련의 성과로 이제는 고장력(高張力) 스틸 선체와 S6W형 원자로, 그리고 140명의 승무원은 하나의 생물체처럼 엮여 어떤 바다에서도 수심만 확보되면 자유로이 헤엄칠 수 있을 만큼 숙련되었다.

이미 지미 가터는 질리아니의 아이와도 같은 존재였다. 유감스럽게도 얼마 후면 현역에서 물러나 육지로 올라가거나 조기 예편을 선택할 수밖에 없겠지만, 후임으로 천거한 부장(副長) 거스리라면 훌륭히 함을 지휘해줄 것이다.

그런데——.

겨우 열흘 전, 질리아니의 말년을 더럽히려는 듯 기묘하고도 위험한 한 가지 명령이 떨어졌던 것이다.

지미 카터는 특수작전 지원용으로 설계된 함으로, 해군특수부대 SEALs와 연대하기 위한 다양한 사양을 가졌다. 후방갑판에 짊어진 ASDS 또한 그중 하나였다.

이제까지도 SEALs 대원들을 태우고 타국의 영해 깊은 곳까지 함행한 적은 몇 번이나 있었다. 하지만 목적은 언제나 합중국, 나아가서는 세계의 평화를 유지하기 위한 것이었으며, 사지로 향하는 사나이들은 분명히 질리아니의 부하들과 같은 사명감을 공유했다.

그러나 이틀 전에 괌에서 승함한 그자들은――.

질리아니는 딱 한 번 후방구역의 손님들을 보러 간 적이 있었는데, 하마터면 심해에 처박아 버리라고 부하들에게 명령을 내릴 뻔했다. 십여 명의 사내들이 규율도 뭣도 없이 바닥에 드러누워 있었으며, 헤드폰에서 소음이 새어 나오는 자도 있었고, 돈을 건 카드 게임에 열중하는 자들도 있었으며, 덤으로 빈 맥주 깡통이 곳곳에 흩어져 있었다. 이자들은 절대로 제대로 된 뱃사람이 아니다. 어디 그뿐이랴, 군인이라고 하기에도 어딘가 수상쩍었다.

단 한 사람, 질리아니에게 기강이 해이한 점을 사과한 키가 큰 부대장만이 적어도 예의를 아는 것 같았다.

하지만 놀라울 정도로 푸른 그의 두 눈――.

그가 내민 오른손을 쥐고 악수를 하면서 시선을 마주한 질리아니는 오랫동안 잊어버렸던 감각을 맛본 것 같았다.

그것은, 그렇다, 해군에 들어가기 훨씬 전인 소년 시절. 태어나고 자란 마이애미의 바다에서 헤엄치고 있을 때 갑자기 바로 옆을 커다란 백상아리가 추월해 지나갔던 것이다. 다행히 습격을 당하지는 않았지만 질리아니는 상어의 눈을 코앞에서 보고 말았다. 온갖 빛을 집어삼키는, 바닥이 없는 구멍 같은 눈이었다.

사내의 눈동자 속에는 그 상어와 같은 허무만이 펼쳐져 있었다…….

"함장님, 함수 소나에 반응이 있습니다!"

갑자기 울려 퍼진 소나병의 목소리가 질리아니를 사색에서 끌어내렸다.

"원자로의 터빈 소리입니다. 조합 중……, 음문(音紋) 일치. 목표 메가플로트가 틀림없습니다. 거리 15마일."

의식을 전환하고 전투발령소의 함장석에서 재빨리 지시를 내렸다.

"좋아. 심도 유지. 속도는 15노트로 낮춰라."

명령이 복창되고, 한순간의 감속감이 찾아왔다.

"호위 이지스함의 위치는 알 수 있겠나?"

"목표 서남서 3마일에서 가스 터빈 엔진 소리를 확인……, 조합했습니다. JMSDF(해상자위대)의 나가토입니다."

질리아니는 정면의 대형 디스플레이에 표시된 두 개의 광점을 지그시 바라보았다.

이지스함은 그렇다 쳐도, 메가플로트는 무장하지 않은 해양연구소라고 들었다. 그곳에 무장한 무뢰배들을 돌입시키라는 것이 이번 명령이다. 그것도 명백히 동맹국인 일본의 배에. 도저히 대통령이나 국방장관이 승인한 정규 작전으로는 여겨지지 않았다.

질리아니는 펜타곤의 명령서를 직접 가져온 까만 정장 차림

사내들의 말을 뇌리에 떠올렸다.

——일본은 그 메가플로트에서 다시 합중국과 전쟁을 시작하기 위한 연구를 진행 중입니다. 양국의 우호를 유지하기 위해서라도 그 연구는 비밀리에 묻어버릴 수밖에 없습니다.

그들의 말을 곧이곧대로 받아들일 만큼 질리아니는 젊지 않았다.

동시에 결국 명령에 따르는 것 말고는 선택의 여지가 없다는 사실을 이해할 만큼 늙기도 했다.

"손님들은 준비가 됐나?"

곁에 선 부장에게 나직한 목소리로 확인했다.

"ASDS 내에서 대기 중입니다."

"좋아……. 속도를 유지하면서 100피트까지 부상!"

압착 공기가 밸러스트 탱크 내의 해수를 밀어내어 발생한 부력이 지미 카터의 거구를 들어 올렸다. 광점과의 거리는 천천히, 확실하게 줄어들었다.

일본인 연구원 중에 사상자가 나올까? 아마도 그럴 것이다. 그런 작전에 협조하고 말았다는 기억은 죽을 때까지 지워지지 않겠지.

"목표와의 거리, 5마일!"

망설임을 뿌리치고, 질리아니는 의연한 목소리로 명령했다.

"ASDS 분리!"

몸에 살짝 진동이 전해져 후방갑판의 짐이 함에서 멀어졌음을 알렸다.

"분리 완료……. ASDS, 자가이동 개시."

들개 떼와 상어 한 마리를 태운 잠수정은 점점 속도를 높여, 해면에 뜬 거대한 바다거북의 배를 향해 일직선으로 돌진했다.

제15장 북쪽 땅에서 인계력 380년 10월

1

다 닦은 접시를 건조용 광주리에 세워 놓고 에이프런 자락에 손을 닦으며, 앨리스 신서시스 서티는 문득 고개를 들었다.

조그만 유리창 너머에 보이는 나무들의 가지는 쌀쌀해진 지난 며칠 동안 붉은색이며 노란색으로 물든 잎을 제법 많이 떨어뜨렸다. 역시 중앙도시 센트리아와 비교하면 겨울이 빨리 찾아온다.

그래도 오랜만에 보는 푸른 하늘에서 쏟아지는 솔루스의 햇살은 따뜻할 것 같았다. 정면에 위치한 나무의 굵은 가지에서는 나무타기토끼 한 쌍이 몸을 맞댄 채 기분 좋게 일광욕을 하고 있다.

웃음을 지으며 그 모습을 한동안 바라보다가, 앨리스는 돌아서서 말했다.

"저기, 오늘은 날씨가 좋으니 도시락 싸서 동쪽 언덕까지 가볼까?"

대답은 없다.

방이 둘밖에 없는 통나무 오두막의 거실과 식당, 부엌을 겸한 방 한가운데에는 장식 없는 백목 테이블이 있었다.

테이블과 마찬가지로 간소한 의자 중 하나에 앉은 사람은 흑발 청년. 앨리스가 불러도 고개를 들지 않은 채 멀거니 테이블

위의 한 점을 바라보고만 있다.

원래부터 살집이 좋은 편은 아니었지만 이제는 분명히 앨리스보다도 말랐다. 낙낙한 평상복 너머로도 뼈가 두드러진 몸을 알아볼 수 있었다. 어깻죽지에서 축 늘어진, 안에 아무것도 들지 않은 오른쪽 소매가 한층 애절하게 느껴졌다.

머리카락과 같은 칠흑색 눈동자에는 광채가 없다. 공허한 두 눈은 꽉 닫힌 마음을 비출 뿐.

몇 번을 느껴도 익숙해지지 않는 마음의 아픔을 억누르고, 앨리스는 밝은 목소리로 말을 이었다.

"바람이 좀 부니 두껍게 입고 가는 게 좋겠다. 기다려봐, 금방 준비할게."

에이프런을 벗어 개수대 옆의 고리에 건 다음, 옆의 침실로 향했다.

긴 금발을 뒤에서 한데 묶고 면 스카프를 두르고, 빛을 잃은 오른쪽 눈에 색이 바랜 검은색 천을 감았다. 벽에 걸린 모직 외투 중 하나를 걸치고, 또 한 벌은 옆구리에 낀 채 거실로 돌아갔다.

흑발 청년은 전혀 꼼짝도 하지 않았다. 깡마른 등에 살짝 손을 대고 채근하자, 이윽고 어설픈 동작으로 의자에서 일어난다.

하지만 청년이 할 수 있는 일은 여기까지이며, 1메르도 걸을 수는 없다. 뒤에서 외투를 입히고, 앞으로 돌아가 목 부분의 가죽끈을 단단히 여며준다.

"조금만 더 힘내봐."

그렇게 말하고 서둘러 방 한쪽 구석으로 달려간다.

그곳에 놓아 둔 것은 밝은 갈색 목재로 만든 튼튼한 의자다. 네 개의 다리 대신 크고 작은 두 쌍의 철제 바퀴가 달렸다. 숲 속에서 혼자 사는 가리타라는 노인이 고안해 만들어준 물건이었다.

그 바퀴 의자의 등받이에 달린 손잡이를 잡고 덜컹덜컹 청년의 등 뒤까지 옮겼다. 흐늘흐늘 위태롭게 몸을 비틀거리던 청년을 가죽 깔판 위에 앉히고 두꺼운 무릎담요로 두 다리를 단단히 덮어주었다.

"됐다! 그럼 갈까?"

청년의 두 어깨를 탁 두드린 다음 손잡이를 잡고 방 남쪽에 있는 문으로 바퀴 의자를 굴리고 나가려던 때였다.

갑자기 청년이 살짝 얼굴 방향을 바꾸고는, 떨리는 왼손을 동쪽 벽으로 뻗었다.

"아—……, 아—."

나직하게 갈라진 그 목소리는 언어를 이루지 못했다. 하지만 앨리스는 청년이 무엇을 원하는지를 금세 알아차렸다.

"아, 미안해. 얼른 가져올게."

청년이 팔을 뻗은 벽에는 튼튼한 금속 고리에 세 자루의 검이 걸려 있다.

오른쪽에는 앨리스의 황금 장검 《금목서검》.

왼쪽에는 과거에 청년이 허리에 찼던 칠흑의 장검 《밤하늘검》.

그리고 한복판에는 주인을 잃은 순백색 장검 《청장미검》.

앨리스는 우선 금목서검에 맞먹을 정도로 무거운 밤하늘검을 벽에서 떼어 내어 왼쪽 팔에 안았다.

다음으로 청장미검도 들었다. 이쪽은 무게가 까만 검의 절반 정도밖에 안 된다. 칼집에 담긴 검신의 절반 이상이 사라졌기 때문이다.

그리고 이 검의 소유자이자 청년의 벗이기도 했던 연갈색 머리카락의 소년도 이제는 없다…….

잠시 눈을 감은 다음, 두 자루의 검을 들고 바퀴 의자가 있는 곳으로 돌아간다. 무릎에 두 자루의 검을 살짝 얹어주자 청년은 그 위에 왼손을 얹고 다시 고개를 숙였다. 그가 자신의 의지를 목소리나 동작으로 드러내는 것은 까맣고 흰 두 자루의 검을 찾을 때뿐이다.

"떨어뜨리지 않게 잘 들고 있어야 해."

몇 달이 지나도 옅어질 줄 모르는 가슴의 둔통을 억누르며 앨리스는 그렇게 말했다. 무게가 더해진 바퀴 의자를 밀고 문을 통해 밖으로 나갔다.

포치에서 지면까지는 계단이 아니라 두꺼운 판을 걸쳐 놓았다. 그곳을 지나 앞뜰로 나가자 서늘한 미풍과 따뜻한 햇살이 두 사람을 에워쌌다.

통나무 오두막은 깊은 숲 속에 뻥 뚫린 풀밭에 세워져 있었다. 앨리스가 직접 나무를 베고 껍질을 벗겨 만든 집이다. 볼품은 없지만 프라이어리티가 높은 수종(樹種)만을 썼으므로 내구도는 확실하다. 짓는 법을 하나에서 열까지 다 가르쳐준 가리타 노인은 이렇게 힘이 장사인 아가씨는 본 적이 없다고 연신 말했지만.

이 풀밭은 어린 시절의 앨리스와 유지오가 비밀 놀이터로 삼았던 곳이라고 한다. 유감스럽게도 그 무렵에 대해선 전혀 떠오르질 않는다. 《신서사이즈 비의》에 의해 정합기사가 되기 전의 기억은 완전히 빼앗겼기 때문이다.

가리타 노인이나 마을 사람들에게는 옛날 일을 모두 잊어버렸다고 설명했다. 하지만 실제로는 현재의 자신――정합기사 앨리스 신서시스 서티는 이 땅에서 태어나고 자랐던 앨리스 투베르크의 몸을 빌린 거짓된 인격일 뿐이다. 돌려줄 수 있다면 돌려주어야겠지만, 원래 앨리스의 기억은 유지오와 함께 이 세상을 떠나고 말았다.

"……자, 가자."

한순간의 사색을 떨치고 그렇게 말한 앨리스는 집 앞에서 바퀴 의자를 밀어 이동했다.

폭이 30메르 정도 되는 원형 공터는 거의 전체가 부드러운 잔디밭이지만 동쪽 한 모퉁이, 크게 튀어나온 나뭇가지 아래쪽만은 마른 풀이 두껍게 쌓여 있었다. 마치 거대한 생물의 둥지인 것처럼――이라기보다는 실제로 그렇지만, 지금은 둥지의 주인은 보이지 않는다. 흘끔 그쪽을 보고 오늘은 어디로 놀러 나갔을까 생각하며 잔디밭을 남북으로 가로지르는 오솔길을 빠져나가 숲으로 들어섰다.

50메르 정도 나아가면 길은 동서로 갈라진다. 서쪽으로 가면 루리드라는 이름의 마을이 있지만 용무도 없이 찾아갈 마음은 들지 않아서 동쪽 길로 들어간다. 나무 사이로 스며들어 지면에서 반짝반짝 흔들리는 빛을 밟으며 걷기 시작했다.

10월도 거의 막바지에 이르러 단풍에서 낙엽의 계절로 바뀌어 가는 숲 속을 천천히 나아갔다.

"춥지는 않아?"

청년에게 말을 걸지만 대답은 없다. 설령 극한의 눈보라에 휩싸인다 해도 지금의 그는 소리 하나 내지 않으리라. 어깨 너머로 살펴보고 외투 앞섶을 단단히 여민 것을 확인했다.

물론 열소 한두 개만 생성하면 금방 따뜻해질 것이다. 하지만 루리드에는 앨리스를 수상쩍게 여기는 마을 사람들도 있으므로, 신성술을 남용하더라는 소문을 내고 싶지는 않았다.

여러 번 오가 다져진 길에 새로운 바퀴 자국을 새기며 15분 정도 걸어가니 앞이 밝아졌다. 나무들이 사라지고 전방에 높다란 언덕이 모습을 나타냈다. 길은 조금씩 오르막길로 바뀌었지만 앨리스는 별 힘도 들이지 않고 바퀴 의자를 밀어 올라갔다.

언덕 꼭대기에 도착하자 단숨에 시야가 탁 트였다.

바로 동쪽에는 룰 호수의 푸른 수면. 그 너머에는 광대한 습지대. 남쪽에는 하염없이 숲이 이어진다.

북쪽을 보면 새하얀 눈이 뒤덮인 《한끝산맥》이 하늘을 찌를 듯이 우뚝 솟아 있다. 과거에는 저 산릉을 비룡으로 가볍게 넘나들었던 것이 오래된 꿈인 것만 같았다.

아름다운 경치를 두 눈으로 보고 싶다는 마음은 있다. 테라리아와 솔루스의 은총이 풍성한 이 땅에서라면 반년 전에 센트럴 커시드럴의 외벽에서 잃었던 오른쪽 눈을 치료할 수도 있을 것이다. 하지만 자신 혼자만 신성술로 상처를 없애버릴 마음은 들지 않았다.

왜냐하면, 끝없이 펼쳐진 늦가을의 풍경을 앞에 두고도 청년은 공허한 눈을 멍하니 허공으로 향하고만 있을 뿐이었으니까.

바퀴 의자의 옆에 앉아 앨리스는 몸을 커다란 바퀴에 얹었다.

미소를 지으며 청년의 이름을 부른다.

"……네가 지켜 낸 세계야, 키리토."

하얀 물새 한 마리가 호수에 점점이 파문을 일으키며 활주해 날아갔다.

얼마나 앉아 있었을까.

정신을 차리고 보니 솔루스가 상당히 높은 곳에 있었다. 슬슬 오두막으로 돌아가 점심 준비를 해야 한다. 현재 키리토는 한 번에 아주 조금씩밖에 먹지 않으므로 한 끼라도 소홀히 했다가는 천명 상한이 떨어지고 말 것이다.

"그만 돌아가자."

일어나서 그렇게 말을 걸며 바퀴 의자의 손잡이를 쥐었을 때였다.

서벅서벅 풀을 밟으며 언덕을 올라오는 가벼운 발소리를 듣고 앨리스는 몸을 돌렸다.

다가온 사람은 까만 수도복을 입은 한 소녀였다. 아직까지 앳된 인상이 남은 귀여운 얼굴에 빛나는 웃음을 머금고 힘차게 오른손을 흔든다.

"언니~!"

들뜬 목소리가 미풍에 실려 전해지고, 앨리스도 입가에 웃음을 지으며 살짝 손을 흔들어주었다.

마지막 10메르를 날듯이 뛰어오른 소녀는 발을 멈추더니 몇 초 동안 숨을 고르고, 다시 한 번 밝은 목소리로 말했다.

"안녕, 앨리스 언니!"

폴짝 옆으로 이동해 바퀴 의자에 앉은 키리토에게도 씩씩하게 인사한다.

"키리토도 안녕!"

반응이 없는 것을 신경 쓰는 기색도 없이 생긋 웃은 그 얼굴은 키리토의 무릎에 얹힌 두 자루의 검을 향한 순간 살짝 애절함을 머금었다.

"……안녕, 유지오."

속삭이며 오른손을 뻗어 손끝으로 청장미검의 칼집을 살짝 어루만진다. 모르는 사람이 같은 짓을 했다면 키리토는 희미하게라도 방어적인 반응을 보이지만, 지금은 그대로 얌전히 있었다.

두 친구에게 인사를 마친 소녀는 몸을 일으키더니 다시 앨리스를 돌아보았다.

가슴속에 신비한 온기가 태어나는 것을 의식하며 앨리스도 말을 걸었다.

"안녕, 세르카. 여기를 용케 알고 왔네."

'세르카 양' 이라고 부르지 않게 되기까지는 한 달도 넘게 걸렸다.

반년 전, 센트럴 커시드럴에서 키리토의 입을 통해 여동생의 존재를 알게 된 후부터 하염없이 만날 날을 고대했다. 하지만 이렇게 소원이 이루어진 지금, 세르카를 사랑스럽게 여기면 여길수록 자신에게——앨리스 투베르크가 아닌 앨리스 신서시스 서티라는 이름의 전 정합기사에게 그녀의 언니가 될 자격이 있을까 하는 생각이 들고 말았다.

그런 앨리스의 끊임없는 갈등을 아는지 모르는지, 세르카는 티 없는 웃음을 지으며 말했다.

"신성술로 찾은 건 아니야. 집에 갔더니 없길래, 오늘은 날씨가 아주아주 좋으니까 여기 왔을 거라고 생각했어. 막 짠 우유랑 오늘 구운 사과 치즈 파이를 테이블에 놓아 뒀으니까 점심으로 먹어."

"고마워. 덕분에 살았어. 뭘 만들까 고민했거든."

"언니 요리 실력으론 언젠가 키리토가 도망쳐 버릴지도 모르니까 말이지!"

아하하, 하고 웃는 세르카에게 앨리스도 웃음으로 받아쳤다.

"그런 말을 했겠다! 이래 봬도 이제는 팬케이크를 태우지 않고 구울 수 있게 됐는걸."

"정말일까~? 처음에는 열소로 구우려다가 숯으로 만들어 버렸으면서."

"요게."

이마를 손끝으로 찌르려 하자 재빨리 그 손을 피한 세르카는 그대로 앨리스의 가슴에 뛰어들었다. 가슴께에 꼬옥 얼굴을 묻는 동생의 등을 부드럽게 끌어안았다.

이 순간만은 마음에 얹힌 중압에서 벗어나고 싶다고 강하게 염원한다.

정합기사의 책무에서 등을 돌리고 사람들에게서 벗어나 숲 속에서 조용한 하루하루를 보낸다는 데 대한 죄책감을 잊을 수 있다면 얼마나 마음이 편할까. 하지만 동시에 절대 잊어서는 안 된다는 것도 앨리스는 알고 있다. 사랑하는 동생과 이렇게 체온을 나누는 이 순간에도 한끝산맥 저편에서는 종말의 때가 시시각각 다가오고 있으니까.

반년 전, 공리교회 센트럴 커시드럴에서 있었던 격전의 최종막——.

천명이 다할 정도로 상처를 입어 움직이지 않는 몸을 대리석 바닥에 눕힌 채, 앨리스는 어렴풋이 그 싸움의 행방을 느끼고 있었다.

최고사제 어드미니스트레이터와 쌍검을 든 키리토의 사투.

원로장 튜델킨의 망집이 낳은 불꽃에 타버린 최고사제의 소멸.

애검과 함께 육체가 갈라져버린 키리토의 벗 유지오의 죽음.

유지오의 임종을 지켜본 키리토는 홀 북쪽 끝에 나타난 이상한 수정판에 격렬한 어조로 무언가 말을 걸었다. 앨리스가 거의 의미를 알아들을 수 없는 대화 끝에, 갑자기 키리토가 온몸을 굳히는가 싶더니 그대로 바닥에 쓰러지고——세상은 정적에 휩싸였다.

조금이나마 천명을 회복해 앨리스가 움직일 수 있게 된 것과 거의 동시에 동쪽 창에서 솔루스의 서광이 밀려들었다. 그 빛을 신성력의 원천으로 삼아 앨리스는 우선 쓰러진 키리토의 상처를 치유했다. 하지만 그는 의식을 되찾지 못해, 어쩔 수 없이 눕혀 놓은 채 자신에게도 치유술을 건 다음 그가 말을 걸었던 수정판을 조사했다.

그러나 연보라색으로 빛나던 표면은 완전히 빛을 잃어, 몇 번을 만지고 불러도 말을 해주지 않았다.

앨리스는 당혹감에 사로잡혀 주저앉았다.

키리토의 말을 믿고, 인계 백성들을, 그리고 변경에서 살아가는 여동생을 지키기 위해 절대지배자 어드미니스트레이터와 싸웠지만, 속으로는 자신이 살아남으리라고는 생각하지 않았던 것이다.

최고사제가 《소드 골렘》이라 부르던 검으로 이루어진 기괴한 병사에게 몸을 깊이 꿰뚫렸을 때.

쏟아지는 벼락을 자신의 몸으로 막아 냈을 때.

그리고 키리토의 목숨을 끊고자 날아들던 칼날을 향해 정신없이 달려들었을 때——.

앨리스는 몇 번이나 죽음을 각오했다. 그러나 현자 카디널이나 신비한 거미 샬롯, 그리고 유지오의 희생과 키리토의 분전이 그녀를 지켜주고 생명을 이어주었던 것이다.

——구해 냈으면 책임을 져라!

곁에 쓰러진 키리토를 향해 몇 번이고 그렇게 외쳤다. 하지만 흑발 청년은 눈을 뜨려 하지 않았다. 이제부터는 스스로 생각하고 스스로 나아갈 길을 선택해라……. 앨리스는 마치 그런 말을 들은 것만 같았다.

수십 분 정도 무릎을 끌어안고 있다가, 앨리스는 겨우 일어났다.

홀의 주인이 소멸한 탓인지 수정판과 마찬가지로 움직이지 않게 된 승강반을 검으로 파괴해 키리토를 짊어지고 99층으로 뛰어내렸다.

거기서부터는 긴 계단을 내려가 아직까지 술식을 지속하던 원로들의 사이를 지나 커시드럴의 대계단으로 나온 그녀가 제일 먼저 향한 곳은 대욕탕에 남겨 두고 온 스승——정합기사장 베르쿨리 신서시스 원이 있는 곳이었다.

유지오의 무장완전지배술이 얼려버린 대량의 물은 거의 녹아 욕조에 큰 대자로 떠 있던 베르쿨리의 몸은 다행히 튜델킨의 석화술에서도 해방되어 있었다.

거구를 통로에 끌어내어 아저씨! 하고 부르며 철썩철썩 뺨을 때려 대니 장한은 한바탕 요란하게 재채기를 하고는 눈을 떴다.

긴장감 없는 얼굴로 "여, 벌써 아침이야?"라고 말하는 스승에게 앨리스는 간신히 상황을 설명했다. 그 말에는 심각한 표정을 짓지 않을 수 없었던 베르쿨리는 모든 이야기를 다 듣고는, 너그럽게 포용하는 듯한 목소리로 한마디를 했다.

고생 많았어, 아가씨. 라고.

그 후로 이어진 기사장의 행동은 신속했다. 키리토와 유지오에게 패배했지만 어째서인지 완전히 부상에서 회복한 상태로

장미정원 한복판에 누워 있었던 부기사장 파나티오를 비롯해, 마찬가지로 석화 구속되었던 듀솔버트나 엘드리에 같은 정합 기사들을 50층 《영광의 대회랑》에 모아서 전할 수 있는 만큼 진실을 전했던 것이다.

북 센트리아 수검학원 수검사 두 명과의 전투 결과, 최고사제 어드미니스트레이터가 패배해 소멸했다는 사실.

바로 그 최고사제가 백성의 절반을 검골(劍骨)의 괴물병기로 바꾸려는 무시무시한 계획을 추진했다는 사실.

기사단의 상위조직인 원로원은 사실상 원로장 튜델킨 단 한 사람뿐이며, 그 또한 최고사제와 함께 사망했다는 사실.

다만 한 가지——정합기사들의 내력, 아니, 《제조법》에 대해서만은 밝히지 않았다. 신계에서 소환되었다는 최고사제의 말에 예전부터 의문을 품었던 베르쿨리는 진실을 알고도 충격을 견뎌 냈지만, 다른 기사들에게는 시간을 들여 전할 필요가 있으리라는 판단 때문이었다.

하지만 그럼에도 여전히 엘드리에나 파나티오 같은 자들은 극심한 동요를 보였다. 무리도 아니다. 신과도 같은 힘을 가졌으며 수백 년에 걸친 절대지배자로서 군림했던 최고사제가 죽었다는 사실을 받아들이기란 쉽지 않았을 것이다.

혼란의 극치에 빠진 논의 끝에, 기사들이 당분간은 기사장의 지시에 따르겠다는 선택을 내린 것은 베르쿨리의 인망과 실력도 물론이지만 《파이어티 모듈》이 아직 기능을 하기 때문이었는지도 모른다. 상황이 어떻게 변하더라도 그들은 공리교회를 섬기는 기사였으며, 또한 어드미니스트레이터와 튜델킨이 인계를 떠난 이상, 기사장 베르쿨리가 교회의 최고위자라는 사실은 의심할 여지가 없는 사실이었으니까.

그런 베르쿨리는 지휘권을 위임받은 그 순간부터 본래의 임무인 《인계의 수호》를 다하고자 활발하게 움직이기 시작했다. 사실 본인에게도 망설임이나 갈등은 있었을 것이다. 자신이 빼앗긴 사랑하는 사람의 기억이 손을 뻗으면 닿을 곳에 존재한다는 사실을 알아 버렸으니까.

하지만 그는 소드 골렘을 이루었던 서른 자루의 검과 300개도 넘는 수정기둥과 함께 커시드럴 100층을 엄중히 봉인하고, 최고사제의 죽음 그 자체도 기사단 이외에는 당분간 은닉하기로 결정했다. 자신을 포함한 정합기사의 기억을 회복하는 것보다도 다가올 다크 테리토리의 대침공에 대비하는 쪽을 우선시한 것이다.

절반으로 깎여 나간 정합기사단의 전력을 간신히 추슬러, 모양뿐인 군대였던 인계 4제국 근위병단을 재편하고 재훈련한다는 힘든 일에 착수한 베르쿨리에게 물론 앨리스도 힘을 보탰다. 오른쪽 눈에 키리토가 만들어준 즉석 안대를 감은 채 센트리얼을 북으로 남으로 날아다녔다.

그러나 언제까지고 커시드럴에 머물 수만은 없었다. 적지 않은 정합기사들, 그리고 최고사제의 죽음을 모르는 수도사들 중에서도 공리교회에 검을 들이댄 반역자——다시 말해, 혼수상태에 빠진 키리토를 처형해야 한다는 의견이 나오기 시작했기 때문이다.

일이 잠시 일단락된 어느 새벽, 앨리스는 키리토와 함께 비룡을 타고 중앙도시를 떠났다. 수많은 피가 흘렀던 격전으로부터 2주가 지났을 때의 일이었다.

그러나 그때부터가 또 힘들었다. 익숙하지 않은 야영을 하는 동안에도 키리토는 좀처럼 눈을 뜨려 하지 않았으므로 잠만 자는 그를 위해서는 든든한 지붕과 따뜻한 침대가 필요하다고 생각했으나, 마을이나 도시의 숙소에 묵으려 해도 돈이 없었다. 그렇다고 정합기사의 권위를 들이밀 마음은 도저히 들지 않았다.

그럴 때 떠올렸던 것이 커시드럴 외벽에서 키리토에게서 들었던 루리드 마을이라는 이름이었다.

설령 기억을 잃었다 해도 앨리스나 유지오가 태어난 고향에 사는 사람들이라면 자신들을 맞아주지 않을까 하는 일말의 희망을 안고 비룡의 고삐를 북쪽으로 돌렸다. 키리토의 몸을 보살피며 조금씩 날아갔으므로, 놀란가르스 북제국을 종단해 한끝산맥 끝자락에 놓인 조그만 마을에 도착하기까지는 사흘이 필요했다.

마을 사람들에게 겁을 주지 않도록 마을에서 조금 떨어진 숲에 내려 비룡에게 그곳에서 짐을 지키도록 명령한 다음, 키리토를 등에 업고 걸어서 마을로 접근했다.

숲에서 나와 밀밭을 빠져나가 오솔길로 접어들었을 때 마을 사람 몇 명과 스쳐 지나갔다. 하지만 그들은 놀라며 수상쩍다는 표정을 지을 뿐 말을 걸지는 않았다.

높은 곳에 세워진 루리드 마을에 도착해 목제 문을 들어서려 하자 옆에 지어진 위사 대기소에서 몸집이 커다란 젊은이가 뛰어나왔다. 주근깨가 남은 얼굴에 핏기를 띠며 앨리스의 앞을 가로막았다.

——거기 서. 외부인이 멋대로 마을에 들어오면 안 돼!

소리를 지르며 여봐란 듯이 허리춤의 검에 손을 가져다 댄 젊은 위사는 앨리스의 등에 업힌 키리토의 얼굴을 보더니 의아한 표정을 지었다. 어라, 이 녀석은……, 하고 중얼거린 다음 다시 앨리스를 응시하더니, 이윽고 눈을 동그랗게 떴다.

——너……, 너, 설마.

그 말을 듣고 앨리스는 아주 조금 안도했다. 8년이나 되는 시간이 흘렀어도 자신을 기억하는 듯한 그 위사에게 단어를 고르며 말했다.

——나는 앨리스. 촌장인 거스프트 투베르크를 불러다오.

앨리스 투베르크라 이름을 대야 했던 걸지도 모르지만 도저히 그럴 수는 없었다. 다행히 이름만으로도 충분했던 듯 순식간에 낯빛을 붉은색에서 푸른색으로 바꾼 위사는 몇 번인가 입을 뻐끔거리더니 마을 안으로 뛰어갔다. 기다리라는 말을 하지 않았으므로 앨리스는 문을 지나 위사가 달려간 쪽으로 걸어갔다.

정오가 지난 마을은 금세 벌집을 쑤셔 놓은 것처럼 소란스러워졌다. 그리 넓지도 않은 길 양쪽을 메운 수십 명이나 되는 마을 사람들은 지나가는 앨리스를 보자마자 일제히 놀라 소리를 질렀다.

그러나 그들의 얼굴에 귀향을 기뻐하는 그런 표정은 거의 없었다. 그뿐만 아니라 여자인 주제에 금속 갑옷을 걸친 앨리스와 등에 업혀 잠만 자는 키리토를 수상쩍게 여기고, 경계하고, 두려워하기까지 하는 눈치였다.

완만한 오르막길은 이윽고 원형 광장으로 이어졌다.

중앙에는 분수와 우물, 북쪽에는 지붕에 원십자가를 가진 조그만 성당이 있었다. 앨리스가 광장 입구에 멈춰 서자, 멀리 에워쌌던 마을 사람들이 수군수군 불안한 표정으로 말을 나누었다.

몇 분 후, 동쪽의 인파가 갈라지더니 그 안에서 한 남성이 또렷한 걸음걸이로 다가왔다. 회색 콧수염을 단정하게 가다듬은 장년 사내가 루리드 촌장이자 앨리스의 옛 아버지이기도 한 거스프트 투베르크라는 것은 금방 알 수 있었다.

거스프트는 조금 떨어진 곳에 멈춰 서더니, 전혀 표정을 움직이지 않고 앨리스와 키리토를 순서대로 응시했다.

10초 정도 지난 후, 나직하지만 잘 울리는 목소리가 흘러나왔다.

——앨리스냐.

그 물음에 앨리스는 "예."라고만 대답했다. 그러나 촌장은 다가오려고도, 팔을 내밀려고도 하지 않고 한층 냉엄한 목소리로 말했다.

——왜 네가 여기 있느냐. 죄는 용서받은 게냐?

이번에는 금방 대답이 나오지 않았다. 자신의 죄가 무엇인지, 그것이 용서받았는지 아닌지를 스스로도 알 수 없었기 때문이다.

어린 앨리스 투베르크가 정합기사 듀솔버트에게 이끌려 중앙도시로 연행되었던 직접적인 이유는《다크 테리토리 침입》이라고 키리토에게서 들었다. 분명 그것은 금기목록을 위반하는 행위였다. 그러나 정합기사가 된 앨리스는 더 이상 금기에 얽매이지 않는다. 기사에게는 최고사제의 명령만이 유일한 법이기 때문이다. 그러나 그 최고사제도 이미 없다. 이제부터는 죄나 용서, 악이나 선 같은 것을 스스로 결정해 나가야만 하는 것이다…….

그런 생각을 하면서 앨리스는 촌장의 눈을 똑바로 바라보며 대답했다.

——저는 죄에 대한 벌로써 이 마을에서 살아가던 무렵의 기억을 모두 잃었습니다. 그에 따라 죄를 용서받았는지 저는 알 수 없습니다. 그러나 지금의 저에게는 이 마을 말고는 달리 갈 곳이 없었습니다.

그것은 앨리스의 꾸밈없는 본심이었다.

거스프트는 눈을 감고 입가와 미간에 깊은 주름을 지었다. 그러나 잠시 후 고개를 든 촌장이 날카로운 안광과 함께 꺼낸 말은 냉랭하기 그지없었다.

——떠나라. 이 마을에 죄인을 둘 수는 없다.

앨리스의 몸을 가로지른 한순간의 경직을 느꼈는지 세르카가 얼굴을 들고 살짝 고개를 갸웃했다.

"언니……?"

근심스러운 듯 속삭이는 여동생의 목소리에 앨리스는 미소를 지으며 대답했다.

"아무것도 아니야. 자, 그만 돌아가자."

"……응."

고개를 끄덕이고 포옹을 푼 세르카는 한동안 앨리스를 올려다보다가 이내 밝은 미소를 되찾았다.

"갈림길까지는 내가 밀게!"

그렇게 선언하더니, 키리토가 앉은 바퀴 의자 뒤에 서서 조그만 두 손으로 손잡이를 잡았다. 의자 자체가 상당히 무거운데다 말랐다고는 해도 사람 한 명과 신기급 검 한 자루 반의 중량이 실리지 않았는가. 아직 열네 살밖에 안 된, 더구나 힘쓰는 일을 하지 않는 수습 수녀에게는 짐이 너무 무겁다——그녀가 처음 도전했을 때는 그렇게 생각했지만, 세르카가 몸을 앞으로 숙여 가며 발에 힘을 주자 바퀴 의자는 느리기는 해도 움직이기 시작했다.

"내리막길이니 조심하렴."

아직까지 세르카가 바퀴 의자를 넘어뜨린 일은 없지만 그래도 조금 조마조마한 심정으로 말을 걸자,

"괜찮아. 언니는 여전히 걱정이 많다니깐."

그런 소리를 듣고 말았다. 루리드에 살았을 무렵의 앨리스는, 자기는 유지오와 함께 탐험이니 실험을 하고 놀았던 주제에 동생에게는 지나치게 신경을 많이 쓰는 언니였던 모양이다.

기억을 잃어도 기본 성격은 유지되는 걸까, 아니면 단순한 우연일까. 진지한 얼굴로 바퀴 의자를 미는 세르카의 곁을 걸으며 그런 생각을 했다.

언덕 기슭까지 내려가자 완만한 내리막길은 평탄한 길이 되었다. 무게가 늘어난 바퀴 의자를 세르카는 열심히 밀었다. 동생의 옆얼굴을 바라보는 동안 앨리스의 생각은 다시 과거로 돌아갔다.

귀향을 거부당한 그날, 의기소침해서 고개를 숙이고 루리드 마을을 나온 앨리스를 나무그늘 뒤에서 불러 세워준 것이 세르카였다. 아버지인 촌장의 뜻에 거스르는 행동임을 알면서도 그렇게 해준 세르카의 용기, 그리고 그녀가 소개해준 가리타 노인의 선의가 없었더라면 앨리스는 지금도 의지할 곳 없이 방황을 계속했을 것이다.

세르카에게도 결코 쉽게 받아들일 수 있는 이야기는 아니었으리라.

겨우 고향에 돌아온 언니가 과거를 모두 잊어버렸다는 사실.

2년 전에 며칠이지만 인상 깊은 교류를 나누었다는 키리토의 혼수상태.

그리고 오빠와도 같은 존재였던 유지오의 죽음——.

하지만 세르카가 눈물을 보인 것은 유지오가 이제는 돌아올 수 없다는 사실을 알았던 그때뿐이었고, 이후로는 앨리스의 앞에서 늘 웃음만을 보였다. 그 강인한 마음과 깊은 배려에는 매일 감사와 경탄을 새로이 하지 않을 수 없었다. 수도사의 신성술보다도, 기사의 검보다도 훨씬 강하고 존귀한 힘이라고 생각했다.

그리고 동시에 공리교회에서 떨어진 자신이 얼마나 무력한 존재인지도 매일매일 깨닫지 않을 수 없었다.

가리타 노인의 도움을 받아 가며 마을에서 2킬로르 정도 떨어진 숲 속에 조그맣지만 튼튼한 오두막을 지은 앨리스가 제일 먼저 착수한 것은 여전히 혼수상태에 빠진 키리토에게 대규모 치유술을 시행하는 것이었다.

넓은 숲 속에서 테라리아의 은총이 가장 풍부한 지점을 찾고, 솔루스의 햇빛을 차단하는 구름이 하늘에 한 점도 없는 날을 골라 지신(地神)과 양신(陽神)이 내려주는 방대한 공간신성력을 열 개의 광소에 응축해 이를 치유의 힘으로 바꾸어 키리토의 몸에 쏟아부었던 것이다.

앨리스가 전심전력을 다한 치유술은 인간은 물론 비룡의 막대한 천명조차 순식간에 최대치까지 회복시킬 수 있을 만한 규모였다. 키리토가 입은 상처가 아무리 깊다 해도, 베여 나간 오른팔을 포함해 순식간에 회복되어 아무 일도 없었다는 듯 눈을 뜨리라고 확신했다.

그러나——.

눈부신 광채가 사라진 직후, 키리토는 분명 눈을 떴으나 칠흑의 두 눈에 의지의 빛은 없었다. 앨리스가 연신 이름을 부르고 어깨를 흔들고, 마지막에는 가슴에 매달려 소리를 질렀지만 그저 공허하게 하늘을 올려다볼 뿐이었다. 오른팔을 재생시키는 것조차 앨리스에게는 불가능했다.

그날로부터 벌써 넉 달이 지났지만 키리토의 마음이 돌아올 조짐은 전혀 없었다.

세르카는 언니가 이렇게나 열심히 간병해주니 언젠가는 원래의 키리토로 돌아올 거라고 늘 말한다. 하지만 앨리스는 내심 자신에게는 무리가 아닐까 우려하고 있었다.

최고사제 어드미니스트레이터가 만들어 낸 존재일 뿐인 자신에게는 무리가 아닐까, 하고.

말없이 바퀴 의자를 밀던 세르카가,

"잠깐……, 휴식."

그렇게 말하며 멈춰 서는 바람에 앨리스는 다시 생각에서 깨어났다.

이마에 땀을 빛내며 헉헉 숨을 거칠게 몰아쉬는 동생의 등에 왼손을 살짝 얹었다.

"고마워, 세르카. 여기서부터는 내가 밀게."

"갈림길까지, 힘내보려고, 했는데……."

"전보다 100메르나 더 밀어줬잖아. 정말 많이 도와줬어."

나이가 많은 언니라면 이럴 때는 동생에게 용돈을 주는 법이라고 마을에 온 후로 배웠지만, 유감스럽게도 주머니에는 동화 한 닢 없었다. 현재의 재정 상황으로는 단 1시아라 해도 숲에서 잃어버리면 큰일이니 물건을 사러 갈 때 이외에는 돈을 가지고 나오질 않기 때문이다.

그 대신 세르카의 밝은 갈색 머리를 쓰다듬어 주었다. 호흡을 가라앉힌 여동생은 기뻤는지 웃음을 지었지만, 그 표정 속에 살짝 그늘이 있음을 알아차리고 앨리스는 고개를 갸웃했다.

"왜 그러니, 세르카? 뭔가 곤란한 일이라도 있어?"

바퀴 의자의 손잡이를 잡으며 그렇게 묻자, 세르카는 한동안 망설인 다음 입을 열었다.

"……있지……, 바르보사 아저씨가, 언니한테, 또 개간지 나무 처리를 부탁하고 싶다고 해서……."

"뭐야, 겨우 그런 거였어? 네가 고민할 필요는 전혀 없어. 전해줘서 고마워."

앨리스는 웃음과 함께 그렇게 대답했지만, 여동생은 풀 죽은 얼굴을 홱 바꿔 불만스러운 듯 입술을 비죽거렸다.

"그치만……, 너무 제멋대로인걸, 그 사람들. 키리토도 그렇게 생각하지?"

바퀴 의자에 앉은 키리토에게 묻지만 고개를 숙인 청년은 물론 대답하지 않는다. 그래도 마치 동의를 얻은 것처럼 세르카는 어조에 힘을 주었다.

"바르보사 아저씨도 리덕 아저씨도 언니를 마을에 살게 해주려고는 하지 않는 주제에, 곤란한 일이 있을 때만 도움을 받다니. 얘기까지 전해주고 이런 말은 뭣하지만 거절해도 돼, 언니. 음식은 내가 집에서 가져다줄 테니까."

그 말에 자신도 모르게 키득 웃은 앨리스는 볼을 퉁퉁 부풀린 동생을 달랬다.

"마음은 기쁘지만, 정말 걱정하지 않아도 돼, 세르카. 지금 사는 집은 마음에 들고, 마을 근처에 살게 해준 것만으로도 고마운걸. ……키리토에게 점심만 주고 금방 갈게. 장소는 어디니?"

"……남쪽 개간지래."

작은 목소리로 대답하고, 세르카는 한동안 말없이 바퀴 의자

옆을 걸었다. 그리고 통나무 오두막으로 가는 갈림길이 머지 않았을 때 갑자기 말을 꺼냈다.

"언니. 나, 내년에는 수습 기간이 끝나서, 조금이지만 급료도 받을 수 있어. 그러면 더 이상 그런 사람들을 도와주지 않아도 돼. 언니랑 키리토는 내가……, 내가, 계속……."

거기서 말문이 막혀버린 세르카의 몸을 앨리스는 가만히 끌어안았다.

색은 다르지만 감촉은 흡사한 갈색 머리카락에 뺨을 기대며 속삭였다.

"고마워……. 하지만 네가 가까이 있어주기만 해도 나는 충분히 행복해, 세르카……."

아쉬운 듯 몇 번이나 손을 흔들며 걸어가는 세르카를 배웅하고 키리토와 함께 통나무 오두막으로 돌아온 앨리스는 재빨리 점심식사 준비를 시작했다.

요즘은 간신히 가사다운 것을 할 수 있게 되었지만 요리 실력만은 좀처럼 늘질 않았다. 금목서검과 비교하면 마을의 잡화점에서 사 온 부엌칼은 장난감처럼 미덥지 못해, 조심스레 재료를 썰기만 하는 데에도 2, 30분은 금방 지나가버린다.

다행히 오늘은 세르카가 갓 구운 파이를 가져다 주었기에 이를 작게 잘라 키리토에게 먹였다. 포크로 파이를 입가에 가져가 끈덕지게 기다리면 이윽고 아주 살짝 입을 벌리므로 입안에 넣어준다. 그러면 키리토는 마치 옛날에 식사를 하던 기억을 재생하기라도 하듯 천천히, 천천히 씹는다.

키리토가 입을 움직이는 동안 자신도 사과와 치즈가 든 파이를 소중히 맛보며 먹는다. 만든 사람은 아마도 거스프트 촌장의 아내인 사디나 투베르크일 것이다. 세르카의, 그리고 앨리스의 어머니.

센트럴 커시드럴에서 살던 시절에는 대식당의 테이블 위에 비좁을 정도로 늘어선 인계 각지의 진미를 마음껏 골라잡을 수 있는 식사를 했다. 비교해보면 사디나가 만든 파이는 맛도 외견도 소박하지만 몇 배나 맛있게 느껴졌다. 키리토도 앨리스가 만든 요리보다 좋은 반응을 보이는 것처럼 느껴져서 조금 아니꼽기는 했지만.

식사를 마치고 뒷정리를 한 다음, 다시 키리토를 바퀴 의자에 앉히고 무릎에 검 두 자루를 얹어주었다.

오두막을 나가자 오후 햇살이 앞뜰을 금색으로 빛냈다. 요즘은 해가 매우 짧아져 잠깐만 정신을 놓으면 금세 저녁이 되고 만다. 서둘러 남쪽 갈림길까지 이동해 이번에는 서쪽으로 발길을 돌렸다.

한동안 나아가자 숲이 끊어지고 수확을 기다리는 밀밭이 펼쳐졌다. 무겁게 흔들리는 이삭의 파도 너머로 볼록하게 솟아난 루리드 마을이 보인다. 늘어선 붉은 벽돌 지붕 한복판에 가장 높이 솟아난 첨탑이 세르카가 사는 성당이다.

세르카도, 성당을 맡은 아자리야라고 하는 이름의 수녀도, 인계 4제국의 공리교회 조직을 통솔하는 센트럴 커시드럴이 이제는 주인 없는 공중누각이라는 사실을 모른다. 그러나 고아원을 겸한 조그만 성당은 아무런 문제 없이 운영되고 있다.

최고사제가 죽고 커시드럴이 대혼란에 빠졌어도 사람들의 생활에는 전혀 영향이 없었다는 뜻이다. 금기목록은 변함없이 기능을 다해 사람들의 의식을 속박한다. 과연 그들이 검을 들고 인계를 지키기 위해 싸울 수 있을까?

공리교회나 제국 황제의 이름으로 명령한다면 따르기는 할 것이다. 그러나 그것만으로는 어둠의 군세와 싸워 이길 수 없다. 적어도 기사장 베르쿨리는 그 엄연한 사실을 이해하고 있을 것이다.

최종전투의 귀추를 결정하는 것은 무구의 프라이어리티도, 술식을 행사하는 권한도 아닌 의지의 힘이다. 절망적인 전력 차이를 뒤집고 수많은 정합기사를, 원로장 튜델킨을, 그리고 최고사제 어드미니스트레이터마저도 쓰러뜨렸던 키리토의 싸움이 이를 증명해준다.

밀밭 한복판에서 일하는 마을 사람들이 보이는 경계와 불안이 섞인 시선. 가슴을 펴고 이를 받아 내며 앨리스는 속으로 스승에게 중얼거렸다.

——아저씨, 인계에 사는 백성들에게는 평화란 지키는 것이 아니라 영원히 남에게 받기만 하는 것인지도 모르겠어요.

——그리고 그렇게 만들어버린 것은 분명……, 공리교회와 금기목록, 그리고 우리 정합기사들일 거예요.

기사장 베르쿨리는 지금 이 순간에도 중앙도시 센트리아에서 4제국군을 훈련시키고 장비를 제조하느라 바삐 뛰어다닐 것이다. 혹은 이미 최대의 전장이 될 이스타발리에스 제국의 변경 《동쪽 대문》으로 부대를 움직이고 있을지도 모른다. 실무

보좌를 위해서, 또한 개전 후의 전력을 위해서라도 기사는 한 명이라도 더 필요할 것이다.

——하지만 지금의 나는…….

생각에 잠기며 밀밭을 지나 마을 남쪽에 펼쳐진 개간지로 나갔다. 잘 일구어진 흙 앞에 바퀴 의자를 세우고 광대한 토지를 둘러보았다.

겨우 2년 전까지만 해도 이 너머에는 앨리스와 키리토가 사는 동쪽 숲을 웃도는 규모의 대삼림이 펼쳐져 있었다고 한다.

그러나 그 숲의 터주, 드높이 솟아나 신성력을 하염없이 빨아들이던 《악마의 나무》 기가스시더를 키리토와 유지오가 베어 쓰러뜨려준 덕에 지금 마을 사내들은 밭을 넓히는 데 정신이 팔렸다고 세르카가 어이없다는 투로 말해준 적이 있다.

개간지 한복판에는 거대한 칠흑의 그루터기가 남았으며, 남쪽 끄트머리에서는 수십 명의 마을 사람들이 요란하게 도끼 소리를 냈다. 그리고 한구석에서 도끼를 들지 않고 이것저것 시끄럽게 지시만 내리는 배불뚝이 사내가 루리드 마을에서 가장 큰 대농장을 가진 나이글 바르보사였다.

별로 내키지는 않지만 앨리스는 잘 다져진 오솔길로 바퀴 의자를 밀었다. 키리토는 한때 자신이 잘라 낸 거목의 흔적인 그루터기 옆을 지나쳐도 전혀 반응을 보이지 않고 두 자루의 검만 끌어안은 채 시선을 떨구고 있을 뿐이었다.

다가오는 두 사람을 가장 먼저 발견한 것은 막 쓰러뜨린 나무 밑동에 앉아 쉬고 있던 바르보사 일족의 젊은이들이었다. 열대여섯 살 정도로 보이는 세 사람은 금발 위에 스카프를 감은 앨리스를 거리낌 없이 훑어보더니 바퀴 의자에 앉은 키리토에게 시선을 돌렸다. 작은 목소리로 무언가 이야기를 나누고는 나직한 웃음소리를 낸다.

무시하고 앞을 지나가니 젊은이 중 하나가 큰 목소리로 늘어지게 말했다.

"아저씨이~, 왔어요오~."

그러자 허리 양쪽에 손을 대고 고함을 질러 대던 나이글 바르보사가 힘차게 돌아서더니 기름기 낀 둥글넓적한 얼굴에 씨익 웃음을 지었다. 커다란 입과 가느다란 눈은 어딘가 원로장 튜델킨을 연상케 했다.

하지만 앨리스는 노력해 웃음을 지어 보이며 가볍게 고개를 숙여 인사했다.

"안녕하세요, 바르보사 씨. 무언가 용무가 있다고 들어서요……."

"오오, 오오, 앨리스. 잘 와줬어."

불룩한 배를 출렁거리며 두 팔을 펼치고 뒤뚱뒤뚱 다가오는 바람에 설마 포옹을 하려는 건가 하고 경계했으나, 다행히 앨리스의 앞에 있는 바퀴 의자를 보고 마음을 접은 모양이었다.

대신 오른쪽으로 겨우 50센 위치까지 다가와서는, 나이글은 거구를 빙그르 돌려 숲과 개간지의 경계에 우뚝 솟은 거목을 가리켰다.

"자, 저거 보이지? 어제 아침부터 저 지긋지긋한 흰쇠떡갈나무에 매달려 있는데, 장정 열 명이 번갈아 도끼질을 해도 전혀 진척이 없단 말이지."

오른손 검지와 엄지로 조그만 반원을 그린다.

줄기의 폭이 1.5메르는 될 것 같은 백갈색 거목은 대지에 든든히 뿌리를 내린 채 개간자들을 한사코 거부했다. 지금도 두 남자가 커다란 도끼를 번갈아 찍어 댔지만 줄기에 새겨진 자국은 정말 깊이가 10센도 되지 않을 정도로 얕았다.

윗옷을 벗은 사내들의 상반신에서는 땀이 폭포처럼 흘러내렸다. 가슴과 팔의 근육에는 나름 두께가 있지만 평소 별로 도끼를 든 적이 없었는지 휘두르는 모습이 조금 어설펐다.

지켜보고 있으려니 한 사내가 오른발을 미끄러뜨리며 엉뚱한 장소를 비스듬히 찍었다. 도끼는 자루 한가운데가 뚝 부러졌고, 호되게 엉덩방아를 찧은 사내에게 주위에서는 가차 없는 비웃음이 쏟아졌다.

"나 원. 뭘 하는 거람, 저 바보 멍청이들……."

끙끙거리던 나이글이 다시 한 번 앨리스를 보았다.

"저래서야 나무 하나에 며칠이 걸릴지 모르겠어. 내가 여기서 애를 먹는 동안 리덕은 사방 24메르나 토지를 넓혔다고!"

바르보사 가문에 버금가는 규모의 유력 농가 이름을 대더니, 나이글은 발밑의 조약돌을 걷어찼다. 씩씩 콧김을 뿜어내려다가 갑자기 만면의 미소를 지으며 앨리스를 어르듯 말했다.

"그래서 한 달에 한 번으로 정해 놓기는 했지만, 이번만 특별히 힘을 좀 빌려줄 수 없을까, 앨리스? 넌 기억하지 못하겠지만, 나는 네가 어렸을 때 몇 번이나 과자를 하사……, 아니, 줬단다. 옛날 너는 정말 예쁜 애였지. 아니아니, 물론 지금도……."

한숨을 꾹 참고 앨리스는 나이글의 말을 가로막았다.

"알겠습니다, 바르보사 씨. 이번만이라고 하셨으니."

눈앞의 흰쇠떡갈나무처럼 개간을 방해하는 나무나 바위를 제거하는 것이 현재 앨리스의 천직——아니, 임시 수입원이었다.

물론 공식적으로 받은 일은 아니다. 마을 밖의 숲에 자리를 잡은 지 한 달 정도 지났을 무렵, 서쪽 방목지로 가는 길이 커다란 낙석에 가로막히는 사건이 있었다. 마침 지나가던 앨리스가 그 바위를 혼자 굴려 길가로 치웠던 것이 마을에 소문이 나, 어느샌가 이런 일을 부탁받게 되었던 것이다.

실제로 키리토와 단둘이 살아가면서 아무래도 다소의 현금은 꼭 필요했으므로 일을 맡을 수 있다는 것은 기뻤다. 하지만 시키는 대로 힘쓰는 일을 맡아주면 남자들은 무슨 일이 있을 때마다 부탁을 하는 법이라고 세르카가 걱정을 해서 일을 돕는 것은 농가 한 곳마다 한 달에 한 번으로 정했던 것이다.

금기목록에서 놀란가르스 제국기본법, 루리드 주민규범에 이르기까지 모든 규칙에 속박되었을 나이글이, 이 결정에 반한다는 것을 알면서도 두 번째 부탁을 했다는 것이 별로 놀랍지는 않았다. 앨리스나 유지오와 마찬가지로 《오른쪽 눈의 봉인》——최고사제의 말을 빌리자면 《코드 871》을 돌파한 것은 물론 아닐 테고, 단순히 앨리스를 자신보다 밑이라고 얕잡아 보는 것이리라. 마을 밖의 오두막에 사는 죄인이 결정한 일 따위 고분고분 따를 필요는 없다고.

그러한 생각을 하면서도 앨리스는 다시 한 번 나이글에게 고개를 끄덕이고 바퀴 의자에서 멀어졌다. 키리토의 모습을 살폈지만 딱히 주위의 소란을 신경 쓰는 기색은 없었다. 잠깐만 기다리라고 속으로 말하고 커다란 흰쇠떡갈나무로 다가갔다.

앨리스의 모습을 본 사내들은 싱글싱글 웃음을 짓기도 하고 노골적으로 혀를 차기도 했다. 그러나 이제는 앨리스의 힘을 모르는 자가 없었으므로 모두 말없이 나무에서 떨어졌다.

그들과 자리를 바꾸어 거목 앞에 선 앨리스는 오른손으로 재빨리 신성문자 인을 긋고 《스테이시아의 창》을 불러냈다. 거한 열 명이 달려들어 애를 먹었던 만큼 천명은 상당히 높았다. 이 프라이어리티라면 여느 때처럼 도끼를 빌려 써도 소용없을 것이다.

일단 종종걸음으로 바퀴 의자까지 돌아와 자세를 낮추고, 작은 목소리로 속삭였다.

"미안해, 키리토. 네 검을 잠깐만 빌려줬으면 해."

오른손으로 살짝 까만 가죽 칼집을 건드리자, 검을 끌어안은 왼팔에 살짝 힘이 들어가는 것이 느껴졌다.

그러나 공허한 눈동자를 끈덕지게 응시하고 있으려니 이윽고 팔에서 힘이 빠져나가고, 갈라진 목소리가 목에서 새어 나왔다.

"……아—……."

이것은 의지가 전해졌다기보다는 기억의 잔향 같은 것이 아닐까. 생각이 아니라 가슴에 깃든 추억만이 지금의 키리토를 움직이고 있다.

"고마워."

그렇게 속삭이고 품 안에서 슬쩍 까만 검을 들었다. 키리토가 가만히 있는 것을 확인하고 다시 흰떡갈나무 앞으로 돌아갔다.
그건 그렇다 쳐도 참으로 훌륭한 나무였다. 중앙도시 센트리아의 각지에 우뚝 솟은 오래된 거목들에는 미치지 못한다 해도 수령은 100년이 넘었을 것이다.
마음속으로 미안하다고 나무에게 사죄한 후, 앨리스는 다리를 살짝 벌려 하반신을 고정했다.
오른발을 앞으로, 왼발을 뒤로. 왼손으로 《밤하늘검》을 허리 높이까지 들고, 까만 가죽을 감은 칼자루에 오른손을 가볍게 가져다 댔다. 왼쪽 눈으로 나무와의 간격을 잿다.
"이봐이봐, 그렇게 가느다란 칼로 흰쇠떡갈나무를 쓰러뜨리겠다고?"
남자 하나가 고함을 지르자 주위에서 왁자하게 웃음이 터졌다.
"검이 부러질걸~."
"그 전에 해 지겠다."
잇달아 야유가 날아드는 가운데, 나이글 바르보사의 걱정스러운 목소리가 섞였다.
"어~, 앨리스? 가능하다면 한 시간 안으로 어떻게 좀 해주면 좋겠는데."
이 일을 맡은 후로 열 그루도 넘는 나무를 베어 쓰러뜨렸지만 대체로 늘 30분 정도는 필요했다. 그럴 때 시간이 걸린 이유는 빌린 도끼를 부러뜨리지 않도록 힘을 조절해야 하기 때문이다. 그러나 오늘은 그럴 걱정이 없다. 밤하늘검은 앨리스의 금목서검과 동등한 수준의 프라이어리티를 자랑하는 신기니까.

"아니오, 그렇게까지 걸리지는 않습니다."

중얼거리듯 대답하고, 앨리스는 칼자루를 쥐었다.

"……하앗!!"

짧은 기합성. 앞으로 내디딘 오른발 밑에서 폭발과도 같은 흙먼지가 피어올랐다.

진검을 휘둘러본 것은 오랜만이었지만 다행히 기술까지 잊지는 않았다. 칼집에서 뽑혀 나간 왼수평베기가 새까만 벼락이 되어 허공을 내달렸다.

주위의 사내들에게는 참격 그 자체가 보이지 않았던 모양이다. 검을 오른쪽 전방으로 다 휘두른 자세에서 앨리스가 몸을 일으킨 후에도 의아한 듯 미간을 찡그리고만 있었다.

흰쇠떡갈나무의 매끄러운 줄기에는 사내들이 찍어 놓은 조그만 흠집만이 있을 뿐, 그 밖에는 상처 하나 없었다. ──그렇게 보였다.

"뭐야, 빗나갔나?"

이윽고 누군가가 그렇게 말하자 몇 사람이 웃었다. 앨리스는 목소리를 낸 사람을 흘끔 보고는 검을 칼집에 담으며 말했다.

"그쪽으로 쓰러질 겁니다."

"앙? 뭐라고 하는……."

그렇게 말하려던 사내의 두 눈이 경악으로 크게 뜨였다. 흰쇠떡갈나무 줄기가 천천히 기울기 시작하는 모습을 본 것이다. 주위 사람들과 함께 비명을 지르며 뒤로 뛰어간다.

거목은 3초 전까지 사내들이 있던 곳에 무시무시한 진동을 일으키며 쓰러졌다.

뭉게뭉게 피어나는 흙먼지를 오른손으로 막으며 앨리스는 그루터기 앞까지 이동했다. 막 생겨난 절단면에는 빽빽한 나이테가 뚜렷이 새겨져 있었으며, 마치 닦아 놓은 것처럼 빛을 냈지만 끄트머리 한 곳에만 살짝 거스러미가 있었다.

실력이 둔해진 것일까, 아니면 오른쪽 눈을 쓸 수 없는 탓일까――그렇게 생각하며 앨리스는 몸을 돌렸다.

그 순간 자신도 모르게 몸을 뒤로 빼고 말았다. 만면에 미소를 지은 나이글 바르보사가 두 팔을 벌리며 쿵쿵 뛰어왔기 때문이다.

반사적으로 왼손의 검을 들어 올리자 철컥 칼집 울리는 소리를 들은 나이글이 급정지했다. 하지만 웃음은 지우지 않은 채 펼쳤던 두 손을 몸 앞에서 맞잡으며 외쳤다.

"후, 훌륭……, 훌륭해! 이런 실력이 있었다니! 위사장 징크 같은 녀석은 상대도 안 되겠는걸! 그야말로 신기야!"

다시 1메르 정도 거리를 좁히고는 감탄과 욕망이 일대일로 섞인 표정으로 말을 이어 나간다.

"어, 어, 어떠냐, 앨리스. 사례금을 두 배로 줄 테니 한 달에 한 번이 아니라 일주일에 한 번……, 아니, 하루에 한 번씩 도와줄 수는 없을까?!"

두 손을 요란한 속도로 비벼 대는 나이글에게 앨리스는 가볍게 고개를 가로저었다.

"아닙니다. 지금 받고 있는 돈으로도 충분합니다."

만약 금목서검을 가져와 무장완전지배술을 쓴다면 하루에 거목 한 그루를 베는 정도가 아니라 몇 분 만에 이 숲을 모조리 평지로 바꿔버릴 수도 있다. 그러나 그런 일을 했다간 그들의 요구는 황야를 개간하고, 바위를 부수고, 나아가서는 비를 내리게 하라는 데까지 이를 것이다.

끄으으으응, 신음 소리를 내던 나이글은 대금을 달라는 앨리스의 목소리에 겨우 제정신을 차린 것처럼 눈을 껌뻑거렸다.

"어, 어, 그랬지. 그랬지."

품에 손을 넣어 묵직한 가죽 자루에서 약속했던 100시아 은화 한 닢을 꺼낸다.

앨리스의 손바닥에 그것을 떨구더니, 나이글은 여전히 미련이 남은 듯 말했다.

"앨리스, 이런 건 어떨까? 지금 당장 은화를 한 닢 더 줄 테니까, 이번 달 리덕네 일은 거들지 않는 것으로……."

한숨을 삼키고 다시 거절하려던 그때.

덜커덩, 무거운 소리가 들렸다. 흠칫 고개를 들자 멀리 떨어진 곳에서 바퀴 의자가 쓰러지고 키리토의 몸이 지면에 내팽개쳐지는 것이 보였다.

"……키리토!"

갈라진 목소리로 외치고 나이글의 옆을 지나 뛰어갔다.

엎어져 쓰러진 키리토는 어딘가 필사적인 분위기가 느껴지는 움직임으로 왼팔을 뻗으려 했다. 그 너머에서는 휴식하던 남자들이 보였다. 두 사람이 하얀 가죽 칼집에 담긴 장검을 지면에 세운 채 흥분한 기색으로 입을 모아 떠들어 대고 있었다.

"우와, 뭐야, 이거. 엄청 무거운데!!"

"그러니까 저런 여자가 흰쇠떡갈나무를 한 방에 넘어뜨리지."

"됐으니까 제대로 들기나 해!"

세 번째 소년이 외치고는 청장미검을 뽑으려고 두 손으로 칼자루를 쥐었다.

뿌드득 소리가 악다문 자신의 어금니에서 들렸다. 이어서 목에서 날카로운 고함 소리가 터져 나왔다.

"네놈들……!!"

그 소리를 들은 소년들이 입을 딱 벌리고 앨리스를 보았다.

남은 20메르 거리를 순식간에 주파해 흙먼지를 일으키며 멈추었다. 앨리스의 얼굴을 본 세 사람이 흠칫거리며 뒷걸음질 쳤다.

앨리스는 크게 숨을 들이마셔 폭발 직전이었던 감정을 간신히 억누른 후, 우선 쓰러진 키리토를 부축해 일으켰다. 그를 다시 바퀴 의자에 앉히며 억누른 목소리로 명령했다.

"그 검은 이 사람의 것입니다. 어서 돌려주십시오."

그 순간 세 사람의 얼굴에 반항적인 표정이 떠올랐다. 청장미검을 뽑으려 했던 몸집 큰 청년이 입술을 일그러뜨리며 키리토를 가리켰다.

"우린 분명 그 녀석에게 검을 빌려달라고 했다고."

다시 바퀴 의자에 앉은 키리토는 여전히 순백색 검을 향해 왼팔을 뻗으며 가느다란 목소리를 내고 있었다.

칼집을 붙든 청년 중 하나가 조롱하듯 이죽거렸다.

"그랬더니 그 녀석이 흔쾌히 빌려주던걸? 아~, 아~, 그러면서."

나머지 한 사람도 그렇다며 맞장구를 치고 웃었다.

앨리스는 오른손으로 바퀴 의자 손잡이를 꽉 쥐어야만 했다. 그 손은 분명히 왼손에 든 밤하늘검을 뽑으려 했기 때문이다.

반년 전의 자신이었다면 한순간의 망설임도 없이 청장미검을 붙든 여섯 개의 팔을 베어 날려버렸을 것이다. 정합기사는 다른 자들을 해하는 행위를 금지하는 금기목록에 속박되지 않는다. 애초에 오른쪽 눈의 봉인을 깨뜨린 지금, 앨리스의 행동을 규제할 법은 이제는 단 하나도 존재하지 않는 것이다.

하지만――.

앨리스는 아플 정도로 어금니를 악다물며 자신을 엄습하는 충동과 싸웠다.

이 젊은이들은 키리토와 유지오가 목숨과 맞바꾸어서까지 지키려 했던 인계의 백성들이다. 상처를 입힐 수는 없다. 두 사람도 그것을 바라지는 않을 것이다.

몇 초 동안 앨리스는 꼼짝도 하지 않은 채 침묵을 지켰다. 그러나 아마도 왼쪽 눈에 떠오른 살기까지는 감추지 못했을 것이다. 세 사람은 웃음을 거두고 겁먹은 듯 시선을 다른 곳으로 돌렸다.

"……알았어. 무서운 표정 하고 앉았네."

이윽고 몸집이 커다란 청년이 짐짓 투덜거리며 그렇게 내뱉고는 칼자루에서 손을 떼었다. 나머지 두 사람도, 아마 더 이상은 붙들고 있기 힘들었을 테지만 어딘가 안도한 듯한 표정으로 칼집을 놓았다. 청장미검은 그 자리에 털썩 나뒹굴었다.

앨리스는 말없이 다가가 자세를 낮추고, 일부러 오른손 세 손가락만으로 하얀 가죽 칼집을 번쩍 들었다. 돌아본 순간 악동들을 다시 한 번 노려보고 바퀴 의자로 돌아갔다. 칼집에 묻은 흙을 외투 자락으로 닦아 낸 다음, 까맣고 하얀 두 자루의 검을 함께 무릎 위에 올려놓으니 키리토는 그것을 꼭 끌어안고 움직임을 멈추었다.

흘끔 나이글 바르보사를 보자 이 소동에는 전혀 관심이 없는 듯 사내들의 지휘에만 몰두하고 있었다. 이것저것 소리를 질러 대는 뒷모습을 향해 슬쩍 인사를 하고, 앨리스는 바퀴 의자를 밀어 오솔길을 따라 북쪽으로 돌아가기 시작했다.

오랜만에 가슴에 휘몰아친 거친 분노는 어느 사이엔가 싸늘한 무력감으로 바뀌었다.

루리드 부근의 숲에서 생활하기 시작한 후로 이러한 마음을 품게 된 일은 처음이 아니었다. 마을 사람들 대부분은 앨리스와 말을 나누는 것조차 피했으며, 마음을 잃은 키리토는 인간으로도 취급하지 않았다.

그것을 책망할 수는 없다. 그들에게 앨리스는 여전히 금기목록을 위반한 죄인일 테니까. 마을 근처에 살아도 묵인하고 식량이나 일용품을 팔아주는 것만으로도 고맙다고 생각해야 한다.

하지만 동시에 마음 한구석으로 생각하고 말았다. ──무엇을 위해?

대체 무엇을 위해, 그런 괴로움을 견뎌 내며 최고사제 어드미니스트레이터와 싸웠단 말인가. 또 다른 최고사제 카디널과 의지 있는 거미 샬롯, 그리고 유지오는 목숨을 잃었다. 키리토는 말과 감정을 잃었다. 그렇게까지 해서 지킨 것은 대체 무엇이었단 말인가.

이 생각의 종착지는 결코 말로는 형언할 수 없는 하나의 물음이었다.

바르보사 가문 사람들 같은 이들을 지킬 의미가 정말로 있는 걸까, 하는 물음.

그 망설임은 앨리스가 검을 버리고 변경 땅에 머무는 이유 중 하나가 되었다.

이러고 있는 지금도 이스타발리에스 제국 끝에 있는 《동쪽 대문》 너머에서는 어둠의 대군세가 시시각각 모여들고 있다. 기사장 베르쿨리가 추진하는 신생 《인계수비군》의 배치가 제때 이루어질지 어떨지 현재 정세로는 애매할 것이다. 아직 정합기사에서 해임되지는 않은——그렇게 할 수 있는 것은 죽은 최고사제뿐이다——앨리스는 한시라도 빨리 대문으로 달려가야 하는 걸지도 모른다.

그러나 앨리스에게 금목서검은 이미 너무나도 무거웠다.

고향이라고 믿었던 신계가 사실은 존재하지도 않는다는 사실. 충성을 맹세했던 공리교회가 수많은 거짓으로 점철된 조직이라는 사실. 나아가서는 인계 백성들의 추악함이나 얄팍함까지도 너무 깊이 알고 말았다. 자신이 옳다고 의심하지 않고 검을 휘두르며 신에게 기도할 수 있었던 시절은 아득히 먼 옛날로 흘러가버렸다.

이제 앨리스가 진정으로 지키고 싶다고 생각하는 사람은 겨우 몇 명밖에 없다. 어머니와 아버지, 세르카와 가리타 노인, 그리고 키리토. 그들만 지킬 수 있다면 기사의 임무에 등을 돌리고 이 땅에서 조용히 살아가는 것도 좋지 않을까——.

개간지를 벗어나 밀밭을 빠져나가는 길에 접어들었을 때, 앨리스는 발을 멈추고 키리토에게 속삭였다.

"기왕 왔으니 마을에서 장을 보고 가도 될까? 이제 두 번 다시 무례한 아이들이 장난치지 못하게 할 테니까."

대답은 없었지만 무반응을 승낙이라 해석하고, 앨리스는 북쪽으로 바퀴 의자를 밀었다.

지금 막 받은 100시아 은화로 일주일치 식량과 생활필수품을 구입해 숲 속 오두막으로 돌아갔을 때는 하늘이 이미 저녁놀 색으로 물들어 있었다.

오두막의 포치로 올라가려 했을 때, 나직하게 바람을 가르는 소리가 다가왔다. 바퀴 의자를 당겨 조금 물러나 풀밭 한복판 부근에서 소리의 진원을 기다렸다.

이윽고 나무를 스칠 듯이 낮은 하늘에서 모습을 나타낸 것은 거대한 두 날개에 긴 목과 꼬리를 가진 은색의 대형 짐승——비룡이었다. 두 사람을 중앙도시에서 이곳까지 데려다준 앨리스의 기룡(騎龍)이다. 이름은 아마요리(雨緣).

비룡은 풀밭 상공을 두 번 선회한 다음 사뿐히 내려섰다. 날개를 접고는 긴 목을 뻗어 우선 키리토의 가슴에 코끝을 들이

댄 다음, 앨리스에게는 커다란 머리를 비벼 댔다.

목 아래에 돋아난 살짝 푸르스름한 빛이 도는 솜털을 긁어주자, 쿠르르르, 하고 비룡은 나직하게 목을 울렸다.

"아마요리, 너 좀 쪘구나. 호수에서 물고기를 너무 많이 잡아먹어서 그래."

웃음기를 섞어 그렇게 나무라자 멋쩍은 듯 후욱 콧김을 내쉬더니, 긴 몸을 돌려 오두막 동쪽에 있는 잠자리로 걸어간다. 그리고 마른 풀을 두껍게 깔아 놓은 잠자리 위에서 목에 꼬리를 감듯 몸을 말았다.

반년 전 이 풀밭에 오두막을 세우기로 결심한 그날, 앨리스는 아마요리의 머리에 채워 놓았던 가죽 굴레를 벗겨 내고 구속 술식도 해제했다. 그리고 너는 이제 자유니 서제국에 있는 비룡의 보금자리로 돌아가라고 말했다. 하지만 비룡은 앨리스에게서 떨어지려 하지 않았다.

스스로 풀을 모아 잠자리를 만들고, 낮에는 숲에서 놀거나 호수에서 물고기를 잡는 것 같았지만 저녁이 되면 꼭 돌아왔다. 긍지가 높으며 사나운 성질을 억제시키고 기사의 명령에 따르도록 만들었던 신성술은 이미 존재하지 않는데 왜 고향으로 돌아가려 하지 않는지는 알 수 없었다.

하지만 정합기사가 된 후로 줄곧 함께했던 아마요리가 그녀 자신의 뜻으로 곁에 있어준다는 것은 솔직히 기뻤기에 굳이 쫓아내려 하지는 않았다. 숲 상공을 비행하는 모습이 이따금 마을 사람들의 눈에 뜨여 앨리스의 좋지 못한 평판에 한몫을 하는 모양이었지만, 새삼스레 그런 데 신경을 쓴들 부질없다.

건초 위에서 잠들어 나직한 숨소리를 내기 시작하는 아마요리에게 잘 자라고 말해준 후, 앨리스는 바퀴 의자를 밀어 오두막으로 들어갔다.

저녁 식사로는 반달콩과 고기완자를 넣은 스튜를 끓였다. 콩이 조금 단단하고 완자는 크기가 제각각이었지만 맛은 제법 좋아진 것 같았다. 물론 키리토가 감상을 말해주는 일은 없었다. 조그만 스푼으로 입에 넣어주면 생각났다는 듯 씹고 삼킬 뿐이었다.

하다못해 무엇을 좋아하고 무엇을 싫어하는지라도 알면 좋겠다 싶었지만, 생각해보면 이 청년과 대화다운 대화를 나눈 시간은 하루도 되지 않을 정도로 짧았다. 세르카는 2년 전에 한동안 교회에서 함께 기거했다지만 식사 때면 무엇이 나와도 맛있게 먹었던 기억밖에 없다고 한다. 그것도 키리토답다고 생각했다.

시간을 들여 어찌어찌 스튜를 다 먹은 키리토를 의자와 함께 소형 스토브 곁까지 이동 시킨 다음 개수대에서 식기를 씻고 광주리에 담았을 때였다.

갑자기, 여느 때 같으면 동이 틀 때까지 조용히 자야 할 아마요리가 창문 너머에서 르르르, 하고 나직하게 울었다.

흠칫 손을 멈추고 귀를 기울였다. 숲을 가로지르는 밤바람 소리에 섞여 계절에 어울리지 않는 마파람 같은 소리가 들렸다. 얇고 커다란 날개가 바람을 가르는 소리.

"…………!"

부엌에서 뛰어나와 키리토가 의자 위에 얌전히 있는 것을 확인한 다음 현관을 열었다. 다시 귀를 기울여 바람 가르는 소리가 다가온다는 사실을 알아차리자마자 앞뜰로 나가 밤하늘을 올려다보았다.

하늘 가득한 별을 배경으로 나선을 그리며 내려오는 까만 그림자는 틀림없이 비룡이었다. 혹시나 몰라 풀숲 동쪽을 보았지만 당연히 아마요리는 침상에서 몸을 웅크린 채 하늘을 올려다보고 있었다.

"설마……."

다크 테리토리의 암흑기사가 한끝산맥을 넘어온 것일까. 그렇게 생각해 검을 집으러 돌아가려던 그때, 달빛을 받아 용의 비늘이 은색으로 반짝 빛나는 것이 보였다. 어깨에서 살짝 힘이 빠졌다. 은색 비늘을 가진 비룡을 모는 것은 세상이 아무리 넓다 해도 공리교회의 정합기사뿐이다.

하지만 안심하기에는 아직 이르다. 대체 누가 무엇을 위해 이런 변경까지 날아온단 말인가. 설마 반역자 키리토의 처형론이 반년이 지나도록 사라지지 않아 마침내 커시드럴에서 집행관이 파견되기라도 했단 말인가.

앨리스의 긴장을 느꼈는지 아마요리도 침상에서 기어 나오더니 목을 높이 쳐들고 다시 한 번 으르렁거렸다. 그러나 위협적인 저음은 금세 사라지고, 대신 끙끙 어리광을 부리는 듯한 목소리를 냈다.

앨리스도 그 이유를 금세 알 수 있었다.

다시 세 차례 선회한 다음 풀밭 남쪽에 착지한 비룡은 아마요리와 매우 닮은 색조의 솜털이 가슴 언저리에 돋아나 있었다.

틀림없이 아마요리의 오빠 용이다. 이름은 타키구리(瀧剞).
그렇다면 등에 탄 사람은――.

나긋나긋한 몸놀림으로 지면에 내려서는, 은백색 갑주와 투구로 몸을 감싼 기사에게 앨리스는 딱딱한 목소리로 말했다.

"……용케도 이곳을 알아냈군요. 무슨 일인가요, 엘드리에 신서시스 서티원."

서른 번째인 앨리스보다도 늦은 번호를 가진 유일한 정합기사는 즉시 대답하지는 않고 오른손을 가슴받이에 가져가 깊이 고개를 숙였다.

몸을 일으키고, 천천히 투구를 벗는다. 매끄러운 등나무꽃색 머리카락이 밤하늘에 출렁 나부끼고 도시적인 화려함을 가진 미모가 드러났다. 남자치고는 높고 매끄러운 목소리로――.

"오랜만입니다, 나의 스승 앨리스 님. 차림은 바뀌었지만 여전히 아름다우시군요. 오늘 밤의 멋진 달빛 아래에서는 스승님의 황금색 머리카락이 자못 아름답게 빛나리라 생각하니 도저히 가만있을 수 없어 비장의 명주를 한 손에 들고 이렇게 달려왔습니다."

등 뒤로 돌리고 있던 왼손을 앞으로 척 내밀자 그곳에는 와인 병이 들려 있었다.

앨리스는 한숨을 꾹 참으며 어쩌다 보니 '제자'가 되어버린 사내에게 대답했다.

"……부상은 다 나은 것 같아 다행이지만, 성격은 여전하네요. 지금 알았지만 그 말투는 원로장 튜델킨과 조금 비슷한걸요."

"윽."

기묘한 소리를 내는 엘드리에에게 등을 돌리고 오두막으로 걸어갔다.

"저, 저기, 앨리스 님……."

"중요한 이야기가 있다면 안에서 듣겠어요. 없다면 혼자 와인을 마신 다음 센트리아로 돌아가세요."

반년 만의 재회에 기뻐하며 목을 맞대는 타키구리와 아마요리 남매를 흘끔 올려다본 다음, 앨리스는 재빨리 오두막으로 돌아갔다.

얌전히 뒤를 따라온 엘드리에는 좁은 오두막 안을 신기하다는 듯 둘러보고, 스토브 곁에 고개를 숙이고 앉은 키리토에게 시선을 맞추었다. 그러나 과거에 검을 나누었던 반역자에 대해서는 아무 말도 하지 않고 재빨리 테이블 안쪽에 미끄러져 들어가더니, 앨리스를 위해 의자를 빼주었다.

"…………."

고맙다고 인사하는 것도 어리석게 여겨져서 한숨으로 대신하고 사뿐히 몸을 앉혔다. 엘드리에는 허락도 받지 않고 맞은편 의자에 앉더니 와인 병을 테이블에 놓았다. 정면으로 마주본 순간 살짝 얼굴이 흐려진 이유는 앨리스의 오른쪽 눈을 덮고 있는 까만 붕대를 보았기 때문일 것이다. 하지만 금세 그 표정을 지운 엘드리에는 고개를 들고는 실룩실룩 콧망울을 벌름거렸다.

"……무언가 좋은 냄새가 나는걸요, 앨리스 님. 그런데 저는 급히 달려오느라 아직 저녁을 먹지 못했습니다."

"그런데는 무슨 그런데인가요. 애초에 센트리아에서 변경까지 날아오는데 술은 있으면서 휴대식량은 지참하지 않았다는 건 무슨 소리인지요."

"저는 그 퍼석퍼석하고 딱딱한 것은 평생 입에 담지 않겠노라 세 분의 신께 맹세한 몸인지라. 그런 것으로 배를 채우느니 굶어서 천명이 다하도록 내버려 두는 편이 나으며……."

엘드리에의 시시한 소리를 마지막까지 듣지 않고 앨리스는 의자에서 일어났다. 부엌으로 이동해서는 화덕에 걸려 있던 쇠솥에서 남은 스튜를 나무 접시에 덜어 테이블로 가져왔다.

눈앞에 놓인 접시를, 엘드리에는 환희와 의구심이 섞인 표정으로 바라보았다.

"…………뜬금없는 질문입니다만, 이것은 혹시 앨리스 님께서 직접……?"

"그렇습니다만. 그게 어쨌다는 거지요?"

"…………아닙니다. 스승님께서 직접 만드신 요리를 먹을 수 있는 날이 오다니, 비검의 형을 전수받았을 때보다도 더 기쁩니다."

긴장된 표정으로 수저를 들어 콩을 입에 가져간다.

우물우물 입을 움직이는 엘드리에에게 앨리스는 새삼 질문을 했다.

"그래서 당신은 어떻게 이 장소를 알아냈나요? 센트리아에서는 어떤 술식도 닿지 않을 거리이고……, 그렇다고 나 하나 찾기 위해 각지로 비룡을 날릴 만한 여유 같은 건 현재의 기사단에는 없을 텐데요."

엘드리에는 한동안 대답하지 않고 의외로 맛있다는 소리를 중얼거리며 요란하게 수저를 놀렸으나, 이윽고 깔끔하게 빈 접시에서 고개를 들더니 어디선가 꺼낸 손수건으로 입가를 닦은 다음 앨리스를 똑바로 보았다.

"저와 앨리스 님의 영혼의 유대를 따라 왔습니다. ……라고 말씀드리고 싶습니다만, 유감스럽게도 완전히 우연이었습니다."

과장된 몸짓으로 오른팔을 척 펼친다.

"한끝산맥 주위를 순찰하던 기사에게서 최근 북방의 고블린이니 오크니 하는 것들이 몰래 움직인다는 정보를 받았습니다. 북쪽, 남쪽, 서쪽의 동굴은 모두 기사장님의 지시로 무너뜨렸습니다만, 포기하지 않고 그곳을 파내려는 생각인지도 모른다고 하여 제가 확인 차 온 것입니다."

"……동굴을……?"

앨리스는 눈살을 찡그렸다.

한끝산맥을 관통하는 네 곳의 통로 중 남쪽, 서쪽, 그리고 루리드 마을에서 가까운 북쪽 동굴은 매우 좁아 어둠의 군세를 이루는 주력인 오우거나 거인은 지나가지 못한다. 그렇기에 적군이 《동쪽 대문》에 집결하리라 예상했던 것인데, 만약을 위해 기사장 베르쿨리는 지휘권을 얻은 직후 세 곳의 동굴을 무너뜨려 놓았던 것이다.

그 사실을 알았기에 앨리스는 이곳에 숨어 살았건만, 적이 동굴을 다시 파내려 한다면 상황은 달라진다. 루리드 마을은 평화로운 변경이 아니라 가장 먼저 전쟁의 불길에 휩싸일 최전선이 된다.

"그래서……, 다크 테리토리의 동향은 알아보았나요?"

"꼬박 하루 걸려 동굴 주위를 날아 보았습니다만, 오크는 고사하고 고블린 한 마리조차 보이지 않더군요."

엘드리에는 가볍게 어깨를 으쓱하고 말을 이었다.

"아마도 짐승 무리를 군세로 착각한 것인가 봅니다."

"……동굴 내부도 확인했겠지요?"

"물론입니다. 다크 테리토리 측에서 살폈습니다만 천장까지 바위로 꽉 막혀 있더군요. 그걸 다시 파내려면 대부대가 필요할 겁니다. ……그것을 확인하고 센트리아로 돌아가고자 고삐를 당겼을 때, 타키구리가 묘하게 소란을 떨더군요. 녀석이 이끄는 대로 날아가봤더니 이곳에 내려서지 뭡니까. 솔직히 저도 놀랐습니다. 엄청난 우연……, 아니, 역시 운명의 인도가 아닌지."

어느샌가 연극 같은 어조를 감춘 엘드리에는 강직한 기사의 얼굴로 돌아가 말을 이었다.

"지금 이렇게 재회의 기회를 얻은 이상, 이 말씀을 드리는 것은 저의 책무가 되겠군요. 앨리스 님……, 기사단으로 돌아와 주십시오! 저희는 천 명의 원군보다도 스승님 한 분의 검이 필요합니다!!"

기사의 강한 시선에서 도망치듯 앨리스는 슬쩍 눈을 내리깔았다.

알고는 있었다.

인계를 에워싼 약한 벽이 소리를 내며 무너지려 한다는 것도. 이를 지탱하려는 기사장 베르쿨리와 신생 수비군의 힘겨운 싸움도.

앨리스를 지키고 이끌어주었던 기사장에게는 평생 걸려도 다 갚지 못할 은혜를 졌으며, 엘드리에를 비롯한 정합기사단의 동료들에 대한 연대감도 잊지 않았다. 그러나 그것만으로는 싸울 수가 없는 것이다.

강함이란 의지의 힘 그 자체다. 앨리스는 커시드럴에서의 싸움으로 그 진실을 톡톡히 깨달았다. 그때의 키리토처럼 절망적인 전력의 차이를 의지의 힘으로 뒤집을 수도 있고, 최강의 신기를 잡검으로 바꿔버리는 것 또한 의지의 힘——.

"……그럴 수 없어요."

가느다란 목소리로 앨리스는 대답했다.

곧바로 엘드리에의 날카로운 목소리가 울려 퍼진다.

"어째서입니까."

대답을 기다리지 않고, 채찍처럼 날카로운 시선을 스토브 곁의 의자에 앉은 젊은이에게 돌렸다.

"저자 탓입니까? 커시드럴에서 탈옥하여 수많은 기사와 원로장, 그리고 최고사제님까지도 반역의 칼로 해친 저자가 지금도 앨리스 님의 마음을 현혹하는 것입니까? 그렇다면 그 망설임의 원천을 제가 지금 당장이라도 끊어 드리겠습니다."

테이블 끄트머리를 쥔 오른손에 힘을 주는 엘드리에를 앨리스가 한쪽 눈으로 노려보았다.

"그만두세요!!"

억누른 성량이기는 했지만 그 한마디를 들은 기사는 흠칫 몸을 뒤로 뺐다.

"그 또한 자신이 믿는 정의를 위해 싸웠던 것이에요. 그렇지 않았다면 어째서 최강인 우리 정합기사가 기사장 각하에 이르기까지 모조리 패배했을까요. 그의 검이 가진 무게는 직접 검을 나누었던 당신도 몸으로 깨달았을 터."

우뚝한 콧날에 분하다는 듯 주름을 지으면서도 엘드리에는 천천히 어깨의 힘을 뺐다. 그리고 시선을 테이블로 떨구며 중얼거리듯 독백했다.

"……분명 백성의 절반을 영혼 없는 검골의 병사로 바꾸려 했던 어드미니스트레이터 님의 계획은 저도 받아들이기 힘듭니다. 그리고 저 젊은이……, 키리토와 그의 친구 유지오의 존재가 없었더라면 계획이 현실로 이루어지는 것을 아무도 막지 못했을 테지요. 하물며 두 사람을 인도했던 것이 과거 어드미니스트레이터 님과 동격이었던 또 다른 최고사제 카디널 님이었다는 베르쿨리 각하의 말씀이 사실이라면, 저도 새삼스레 키리토의 죄를 묻고자 하지는 않았을 것입니다. 그러나……, 그렇다면 더더욱 수긍이 가질 않습니다!!"

이제까지 가슴에 억눌러 놓았던 것을 토로하듯 엘드리에는 외쳤다.

"반역자 키리토가 앨리스 님이 말씀하신 것처럼 우리 정합기사마저도 웃도는 고수라면, 왜 지금 검을 들고 싸우려 하질 않는 것입니까! 왜 저렇게 한심한 꼬락서니로 전락하여 앨리스 님을 이 변경에 속박하는 것입니까! 백성을 지키기 위해 어드미니스트레이터 님을 시해했다면 지금 당장이라도 동쪽 대문으로 달려가야 하지 않습니까!!"

불을 토하는 듯한 엘드리에의 말도 키리토의 마음에는 닿지 않는 것만 같았다. 반쯤 감은 두 눈에 비치는 것은 스토브 속에서 타오르는 불길뿐.

쌓여만 가는 무거운 침묵을, 앨리스의 조용한 목소리가 깨뜨렸다.

"……미안해요, 엘드리에. 나는 역시 그대와 함께 갈 수는 없어요. 키리토의 상황과는 관계없이……, 나의 검은 사라지고 말았어요. 단지 그것 때문이지요. 지금 그대와 검을 마주한다면 아마도 3합을 겨루지 못할 거예요."

엘드리에는 흠칫 두 눈을 크게 떴다. 당당한 기사의 얼굴이 앳된 소년처럼 확 일그러졌다.

이윽고 그 얼굴에 체념을 담은 미소가 번졌다.

"……그렇습니까. 그렇다면 이제는 아무 말씀도 드리지 않겠습니다……."

천천히 오른손을 뻗으며 신성술의 머릿구를 읊는다. 이어지는 고속영창으로 정소(晶素)를 두 개 생성하더니, 이를 얇은 와인 잔으로 바꾸었다.

테이블에서 와인 병을 들더니 손가락 끝만으로 가볍게 마개를 따 날려버린다. 진홍색 액체를 두 개의 잔에 조금 따른 다음 병을 내려놓는다.

"……작별의 술이 되리라는 것을 알았더라면 비장해 둔 서제국산 200년산을 가지고 왔을 텐데."

엘드리에는 한쪽 잔을 들어 단숨에 비우더니 살며시 테이블

에 놓았다. 가볍게 인사하고 일어나, 순백색 망토를 크게 펄럭였다.

“그러면 이로써 작별입니다, 스승이시여. 그동안 가르쳐주신 검과 신성술의 요결을 이 엘드리에는 평생 잊지 않을 것입니다.”

“……건강하세요. 무사하기를 기원할게요.”

간신히 그 말만을 입에 담은 앨리스는 천천히 고개를 끄덕였고, 정합기사는 저벅저벅 부츠를 울리며 걸어갔다. 그 뒷모습에서는 흔들림 없는 긍지가 넘쳐나 앨리스는 눈을 돌릴 수밖에 없었다.

문이 열렸다가 닫힌다. 앞뜰에서 타키구리가 한 차례 높은 목소리로 울고, 날개를 펄럭이는 소리가 그 뒤를 이었다. 오빠와의 작별을 아쉬워하는 아마요리의 콧소리가 앨리스의 가슴을 콕콕 찔렀다.

힘찬 날개 소리가 멀어지고, 이윽고 사라진 후에도 앨리스는 꼼짝도 하지 않은 채 앉아만 있었다.

정소로 생성한 잔의 천명이 다하기 직전, 손끝으로 가만히 들어 입술을 가져다 댔다. 반년 만에 맛보는 와인은 달콤함보다도 씁쓸함과 시큼함을 혀에 남겼다. 몇 초 후, 텅 빈 두 개의 잔이 어렴풋한 빛을 뿌리며 소멸했다.

아직 내용물이 남은 병에 다시 마개를 닫고 일어났다. 스토브 곁으로 이동해, 말없이 앉아만 있는 키리토에게 말을 걸었다.

“……미안해. 피곤하지? 여느 때 같으면 이미 잘 시간이었는데. 자, 침대로 가자."

가만히 어깨에 손을 대고 일으켜 인접한 침실까지 안내해주었다. 까만 평상복을 염색하지 않은 하얀 잠옷으로 갈아입힌 다음 창가의 침대에 눕혀주었다.

발치에 놓인 이불을 들어 목까지 덮어준 후에도 반쯤 뜨인 키리토의 눈동자는 깜빡이지도 않고 천장을 올려다보았다.

벽에 걸린 램프를 끄자 실내는 검푸른 어둠에 휩싸였다. 키리토의 옆에 앉아 앙상한 가슴이나 깡마른 어깨를 부드럽게 쓰다듬어주니 몇 분 후, 마치 모종의 동력이 끊어지기라도 한 것처럼 눈이 감겼다.

키리토의 숨소리가 조용히 가라앉기를 기다린 후, 침대에서 일어나 자신도 하얀 잠옷으로 갈아입었다. 거실로 돌아가 창문 너머로 아마요리의 모습을 확인한 다음 두 개의 램프를 끄고 침실로 돌아왔다.

침대의 이불을 들어 키리토의 옆자리에 눕자 어렴풋한 온기가 느껴진다.

평소에는 눈을 감으면 금방 잠 속으로 도망칠 수 있었지만, 오늘은 좀처럼 잠이 오질 않았다.

떠나가는 엘드리에의 등에서 흔들리던 망토의 눈부신 흰색이 눈꺼풀 안쪽에 남아 따끔따끔 눈을 자극했다.

한때는 자신의 등에서도 그와 마찬가지로 긍지가 넘쳐났을 것이다. 자신의 검으로 인계를, 그곳에 사는 사람들을, 그리고 공리교회의 권위를 지킨다는 흔들림 없는 확신이 활력이 되어 온몸을 돌았다.

그러나 이미 그 힘은 마지막 한 점까지도 사라지고 말았다.

엘드리에에게— 옛 제자에게 묻고 싶었다. 교회와 최고사제의 허위가 밝혀진 지금, 당신은 대체 무엇을 믿고, 무엇을 위해 싸우느냐고.

하지만 그럴 수는 없었다. 앨리스와 베르쿨리 이외의 정합기사는 최고사제가 꾸몄던 무시무시한 계획의 전모를 알지 못하기 때문이다. 엘드리에도 봉인된 커시드럴 최상층에 자신의 《기억 조각》이, 그리고 소드 골렘의 부품으로 전락한 《사랑하는 사람》이 남아 있다는 사실을 아직 모른다.

그렇기에 그는 여전히 공리교회 그 자체를 믿을 수 있다. 세 여신이 새로운 최고사제를 커시드럴에 내려주고 흔들림 없이 인도해줄 날을 고대할 수 있다.

그러나 신과 신계의 존재도 크나큰 기만이었음을 알아버린 자신은 어떻게 하면 좋단 말인가.

어쩔 수 없다고는 하지만 기사장 베르쿨리는 기사들에게 진실의 절반을 감춘 채 다가올 대전에 대비하고 있다. 지금 그곳에 가담한다면 앨리스가 가슴에 품은 망설임은 분명 다른 기사들을 흔들어 놓고 말 것이다.

다크 테리토리의 총공세를 급조 수비군이 막아 낼 수 있을지는 아무도 모른다. 만약 동쪽 대문이 뚫린다면 피에 굶주린 괴물들은 이윽고 이 변경 마을까지 밀려들 것이다. 그 참극을 회피할 길은 남지 않은 걸까——그렇게 생각했을 때, 앨리스의 뇌리에 으레 떠오르는 목소리가 있다.

최고사제와의 결전 후, 키리토가 쓰러지기 직전에 신비한 수정판에서 흘러나왔던 두 마디.

——월드 엔드 얼터로 가라.

——동쪽 대문을 통해 나가서 남쪽으로.

《월드 엔드 얼터》라는 신성어 명칭을 들어본 적은 없다. 하지만 동쪽 대문을 나가면 무엇이 있는지는 안다. 숯과도 같은 시커먼 지면과 핏빛 하늘이 펼쳐진 다크 테리토리의 황야다. 한 번 발을 들이면 나아가기도, 돌아오기도 쉽지 않다.

터무니없는 곤란을 뛰어넘어 어둠의 나라를 종단해 얼터인지 하는 곳에 도착한다 해도, 그곳에는 무엇이 있단 말인가? 인계에 사는 사람들을 어둠의 군세로부터 지켜줄 누군가——혹은 무언가가 정말로 존재하는 것인가……?

앨리스는 베개 위에 고개를 얹고 침대 반대쪽에 누운 청년을 바라보았다.

이불 안을 기어 나아가 키리토의 곁까지 이동했다. 조금 망설인 다음 손을 뻗어 악몽에 떠는 어린아이처럼 바짝 달라붙었다.

가슴이 아플 정도로 깡마른 몸을 아무리 힘주어 끌어안아도, 한때는 불꽃처럼 격렬하게 앨리스의 마음을 흔들어 댔던 청년은 전혀 반응을 보이지 않았다. 완만하게 맥동하는 심장의 움직임이 빨라지지도, 까만 속눈썹이 흔들리지도 않았다. 여기 존재하는……, 아니, 놓여 있는 것은 이미 완전히 다 타버린 영혼의 빈껍데기일 뿐일지도 모른다.

지금 오른손에 검이 있다면——.

맞닿은 두 개의 심장을 동시에 꿰뚫어, 모든 것을 끝내고.

그런 한순간의 생각이 눈물이 되어 앨리스의 눈꼬리에서 넘쳐나 키리토의 목덜미에 떨어졌다.

"가르쳐줘, 키리토……. 어떻게 하면 좋아……?"

물음에 대답하는 목소리는 없었다.

"나는……, 어떻게 하면……."

한 방울, 또 한 방울 늘어나는 물방울에 커튼 틈새로 스며든 달빛이 담담히 머물렀다.

2

이튿날인 10월 22일은 올 가을 들어 가장 쌀쌀한 날이었다.

산책은 중지하고 키리토와 둘이 스토브 옆에서 하루를 보냈다. 본격적인 겨울이 오기 전에 가리타 노인에게서 배운 대로 장작을 잔뜩 만들어 놓을 생각이었는데, 아무래도 그럴 필요는 없을 것 같다.

양피지로 겨우 두 장밖에 안 되는 편지를 꼬박 하루 걸려 다 쓴 앨리스는, 조금 망설인 다음 범용어로 투베르크라는 성을, 그리고 그 밑에 신성어로 신서시스 서티라는 서명을 넣었다.

조심스레 접고 띠를 감아 봉투에 세르카의 이름을 적어 넣었다. 그런 다음 가리타 노인 앞으로 보내는 나머지 한 통과 함께 테이블에 놓았다.

작별과 사죄의 편지였다. 정합기사 엘드리에에게 알려지고만 이 집에는 더 이상 있을 수가 없다. 다음에는 아마도 엘드리에가 아니라 기사장 베르쿨리 본인이 설득하러 올 것이다. 그렇게 되면 큰 은혜를 입었던 스승에게 무어라 말해야 좋을지 앨리스는 알 수 없었다.

그러므로 다시 한 번 도망치는 것이다.

가늘고 긴 한숨을 쉰 다음, 앨리스는 고개를 들고 테이블 맞은편에 앉은 흑발 청년을 보았다.

"있지, 키리토. 너는 어디로 가고 싶어? 서역의 고원지대는 정말 아름다운 곳이라고 들었는데. 아니면 남역의 밀림지대가 좋을까? 1년 내내 따뜻하고 온갖 과일이 열린대."

어디까지나 밝은 목소리를 내기는 했지만 물론 키리토는 반응을 보이지 않았다.

공허한 눈동자는 가만히 테이블 표면에 머물 뿐이다. 상처 입은 청년을 또다시 유랑생활에 끌고 다녀야 한다고 생각하면 가슴이 아프다. 그러나 그렇다고 해서 루리드 마을에 두고 갈 수도 없다. 견습 수녀인 세르카에게 억지로 부탁할 수도 없고, 또한 앨리스 자신도 그러고 싶지 않았다. 이제 키리토를 돌보는 것만이 앨리스에게 남은 유일한 삶의 이유였으므로.

"……그래, 행선지는 아마요리에게 맡기자. 오늘은 그만 잘까? 내일은 일찍 일어나야 하니까."

키리토의 옷을 갈아입혀 침대에 눕히고 자신도 잠옷 차림이 되어 불을 끈 다음, 앨리스는 이불 안으로 들어갔다.

어둠 속에서 곁의 키리토가 숨 쉬는 소리에 귀를 기울였다. 완전히 잠이 들자 가만히 몸을 옮겼다.

뼈가 앙상한 키리토의 가슴에 고개를 얹자 밀착한 귀에 느릿느릿한 심장 소리가 전해졌다.

키리토의 마음은 이미 이곳에는 존재하지 않는다. 심장 소리 또한 과거로부터 메아리치는 잔향일 뿐이다. 밤마다 함께 잠든 지난 몇 달 동안 앨리스는 계속 그렇게 생각했다. 하지만 동시에 두근, 두근, 하는 울림 속에 아직 무언가가 남은 것은 아닐까, 그런 기분이 들기도 했다.

만약 지금의 키리토가, 의식은 정상인데도 그것을 겉으로 드러내지 않을 뿐인 그런 상태라고 한다면 자신의 이 행위를 무어라 해명해야 좋을까. 그런 생각을 하고 살짝 웃음을 지으며 앨리스는 얕은 잠의 늪으로 빠져들어 갔다.

갑자기 맞닿은 몸에서 작은 떨림이 전해졌다.

무거운 눈꺼풀을 간신히 들어 올렸다. 동쪽 창문으로 왼쪽 눈을 돌렸지만 커튼 틈으로 보이는 하늘은 여전히 새까맣다. 감각적으로도 잠이 들고 고작 두세 시간이 지났을 뿐이었다.

다시 꿈틀 몸을 굳히는 키리토에게 앨리스가 속삭였다.

"아직 한밤중이야……. 조금만 더 자자……."

다시 눈을 감으며 키리토의 가슴을 쓰다듬어 재우려 했다. 그러나 귓가에 조그만 목소리가 들리자 앨리스도 겨우 청년의 이상을 알아차렸다.

"아……, 아—……."

"키리토……?"

지금 키리토에게 자발적인 욕구는 존재하지 않는다. 춥다거나 목이 마르다거나 하는 일로는 눈을 뜨지 않을 터. 그런데도 청년은 한층 강하게 몸을 떨며, 마치 침대에서 나가려는 듯 발을 움직였다.

"왜 그래……?"

설마 의식이 돌아온 건가. 그렇게 생각한 앨리스는 재빨리 몸을 일으키고, 램프에 불을 켜는 수고조차 번잡하게 여겨져서 광소를 하나 생성했다.

어렴풋한 백광에 드러난 키리토의 눈동자는 여느 때와 변함없이 공허한 어둠으로 가득했기에 낙담의 한숨을 쉬었다. 그러나, 그렇다면, 대체 무엇이——.

그때 앨리스의 귀에, 이번에는 창밖에서 들려온 소리가 닿았다.

"쿠르르, 쿠르르르!"

공터 한쪽 구석에서 잠을 자던 아마요리의 울음소리. 주인에게 경계를 촉구하는 듯한, 날카롭고 새된 울림을 띤 목소리였다.

바닥에 뛰어내린 앨리스는 침실에서 거실로 뛰어나가 현관문을 밀어젖혔다. 그 순간 싸늘한 밤바람이 휘몰아쳤다. 숲의 향기만을 머금어야 할 그 바람 속에 이질적인 냄새가 섞여 있었다. 콧속을 찌르는 듯한 이것은, 타는 냄새——.

앨리스는 맨발로 앞뜰까지 뛰어나갔다. 밤하늘을 둘러본 순간, 날카롭게 숨을 멈추었다.

서쪽 하늘이 불타고 있다.

불길한 붉은빛은 틀림없이 거대한 불꽃이 반사되는 것이었다. 가만히 응시하니 밤하늘을 가로지르는 몇 줄기나 되는 까만 연기가 보였다.

——산불인가?!

한순간 그렇게 생각했으나 금세 그 생각을 지워버렸다. 타는 냄새가 섞인 바람을 타고 어렴풋이 들린 것은 금속이 부딪치는 소리와——수많은 비명.

적의 습격이다.

다크 테리토리의 군세가 루리드 마을을 습격한 것이다.

"……세르카!!"

갈라진 비명 소리를 낸 앨리스는 집으로 돌아가려 했다. 그러나 포치에 올라간 순간 얼어붙고 말았다.

동생이나 부모님은 무슨 수를 써서라도 구해야만 한다.

그러나 다른 마을 사람들은 어떻게 한단 말인가.

가능한 한 많은 이를 구하려 한다면 어둠의 군세와 정면으로 싸워야만 한다. 그러나 지금의 자신에게 그런 힘이 남아 있을까?

정합기사 앨리스에게 힘을 주었던 원천은 공리교회와 최고사제에 대한 맹목적인 충성심이었다. 그 신앙이 오른쪽 눈과 함께 사라져버린 지금, 자신은 과연 금목서검을 휘두르고 신성술을 구사할 수 있을까?

얼어붙은 앨리스의 귀에――.

오두막 안에서, 덜컹, 하는 소리가 들려왔다.

흠칫 왼쪽 눈을 크게 떴다. 어스름한 거실 한복판에 의자가 하나 쓰러져 있고, 그 곁에서는 흑발 젊은이가 바닥을 기고 있었다.

"……키리토……."

앨리스는 움츠러들려던 발을 움직여 오두막으로 들어갔다.

키리토의 눈에 여전히 의지의 빛은 없었다. 그러나 느릿느릿한 동작으로 무엇을 하려는지는 명백했다. 뻗어 나간 외팔은 똑바로, 벽에 걸린 세 자루의 검을 향하고 있었다.

"키리토……, 너……."

앨리스의 가슴에서 목으로 뜨거운 것이 차올랐다. 뿌옇게 시야를 흐리게 만드는 것이 눈물임을 깨닫기까지는 조금 시간이

걸렸다.

"……아……, 아—……."

갈라진 목소리를 흘리며 키리토는 몸을 한순간도 멈추려 하지 않고 오로지 검을 향했다. 앨리스는 질끈 눈물을 닦고 일직선으로 청년에게 다가가 그 깡마른 몸을 바닥에서 안아 일으켰다.

"괜찮아. 내가 갈게. 내가 마을 사람들을 구하겠어. 그러니 안심하고 여기서 기다려."

재빨리 그렇게 속삭이고, 앨리스는 키리토를 꽉 끌어안았다.

두근. 두근. 밀착한 가슴을 통해 심장 고동이 전해졌다.

그 울림 속에는 설령 마음이 닫혔다 해도 결코 다 꺼지지 않은 의지의 힘이 담겨 있었다. 어렴풋한 불씨이기는 했지만 앨리스의 몸에 또렷한 열기를 전해주었다.

서로의 뺨을 꽉 밀착시킨 후, 앨리스는 가벼운 몸을 들어 의자에 앉혀주었다.

"모두를 구해 내면 곧장 돌아올게."

다시 한 번 말해주고, 우선은 그동안 선반에 올려놔 두기만 했던 갑옷과 검대를 낚아채 잠옷 위에 걸쳤다. 이어서 동쪽 벽으로 달려가 망설임 없이 애검을 들었다.

반년 만에 드는 금목서검은 두 팔에 묵직한 무게를 전해주었다. 칼집의 금속구를 검대에 비끄러매고 외투를 펄럭이며 부츠에 발을 꽂은 다음, 다시 앞뜰로 달려 나갔다.

"아마요리!!"

동쪽의 잠자리를 향해 외치자 즉시 거대한 그림자가 날아와

머리를 낮춰주었다.
긴 목 아래쪽에 올라탄 앨리스는 날카로운 목소리로 명령했다.
“가자!!”
펄럭! 은색 두 날개가 허공을 후려치고, 짧은 도움닫기를 거쳐 비룡은 단숨에 밤하늘로 날아올랐다.
조금 고도를 올리자마자 루리드 마을의 참상이 뚜렷이 보였다. 요란하게 불길을 뿜어내는 것은 주로 마을 북쪽이었다. 역시 습격자들은 다크 테리토리에서 한끝산맥을 돌파했던 것이리라.
베르쿨리의 지시로 무너뜨렸던 《북쪽 동굴》에 이상은 없었다고 어젯밤 엘드리에는 말했다. 그 후로 겨우 하루 만에 수많은 낙석을 철거했다면 이 습격을 위해 동원된 병력은 열 마리나 스무 마리 정도는 아닐 것이다.
예로부터 한끝산맥을 관통하는 세 개의 동굴 중 소수의 부대가 어둠을 틈타 잠입하여 인계에서 나쁜 짓을 저지르는 일은 곧잘 있었다고 한다. 키리토와 유지오도 센트리아로 올라오기 전에 북쪽 동굴에서 고블린 집단과 싸웠다고 말했다. 하지만 이렇게 대규모이면서도 노골적인 습격은 들어본 적이 없다. 역시 어둠의 나라 전체에 인계 총공격의 기운이 드높아진 것이 아닐까.
앨리스가 그러한 생각을 굴리는 동안에도 아마요리는 깊은 숲을 단숨에 넘어 루리드 마을 근교의 밀밭 상공에 도달했다.
고삐는 없지만 손바닥으로 용의 목덜미를 가볍게 두드려 체공 지시를 전했다.

앨리스는 몸을 내밀어 마을을 응시했다. 남북으로 뻗은 대로의 북쪽에서는 불길이 시뻘겋게 타올랐으며, 밀려드는 습격자들의 그림자가 뚜렷이 보였다. 이리저리 펄쩍펄쩍 뛰어다니는 것은 준민한 고블린들이다. 조금 떨어진 곳에서는 몸집이 큰 오크들도 밀려들었다.

중앙광장 바로 북쪽에는 가구며 목재를 쌓은 급조 방어선이 설치되었지만, 이미 고블린 부대의 선두가 그곳까지 도착해 장애물 너머로 마주 부딪치는 칼날이 번쩍번쩍 빛났다.

응전하는 사람들은 마을의 위사대였다. 인원도 장비도 훈련도도 고블린 부대에조차 미치지 못할 것이다. 이대로 두면 후방에서 땅을 울리며 다가오는 오크 부대에게 순식간에 분쇄당하고 만다.

지금 당장이라도 싸움터 한복판에 뛰어내리고 싶은 마음을 억누르며 상황을 계속 확인했다.

마을 동쪽과 서쪽에서도 몇몇 불길이 올라오고 있었다. 하지만 광장 남쪽은 아직 무사한 것 같다. 위사를 제외한 마을 사람들은——물론 세르카도——남문으로 탈출해 숲까지 피난했겠지.

그렇게 생각하며 다시 한 번 광장을 응시한 앨리스는 자신도 모르게 소리를 냈다.

"어째서……?!"

교회 앞의 원형광장에는 중앙의 분수를 에워싸듯 빼곡하게 밀집된 무수한 사람들이 있었다. 너무나도 숫자가 많아 금방은 알아차리지 못했던 것이다. 아마도 루리드 마을의 거의 모든 주민이 모인 모양이었다.

왜 그들은 마을 밖으로 도망치지 않는가.

습격자들의 본대가 방어선에 도달하면 위사들은 눈 깜짝할 사이에 전멸해버리고 말 것이다. 지금 당장 이동을 시작하지 않으면 피난이 늦어진다.

앨리스는 다시 비룡의 목을 두드려 광장 바로 위까지 전진시킨 다음 소리를 질렀다.

"아마요리, 부를 때까지 여기서 대기해!"

그리고 수십 메르 높이에서 망설이지 않고 몸을 날렸다. 외투 자락을 요란하게 펄럭이며 싸늘한 밤공기를 가르고 낙하한다.

원형으로 한데 뭉쳐 있던 삼백 명 남짓한 마을 사람들은 일단은 맞서 싸울 생각인지, 바깥쪽에 쟁기며 낫 같은 농기구를 든 남자들을 배치해 두었다. 그 곁에서 고함을 질러 가며 지시하던 두 남자 바로 곁에 앨리스가 착지했다.

천둥 같은 굉음과 함께 포석이 방사형으로 갈라졌다. 발바닥에서 정수리까지 강렬한 충격이 내달리고 천명이 조금 감소했겠지만, 효과는 그뿐이었다.

두 사내——부농 나이글 바르보사와 루리드 촌장 거스프트 투베르크는 느닷없이 머리 위에서 떨어진 그림자에 깜짝 놀라 입을 다물었다.

앨리스는 아버지의 얼굴을 보고 살짝 가슴이 아팠지만, 주위가 조용해진 이 기회를 놓치지 않고 고함을 질렀다.

"여기서는 놈들을 막아 낼 수 없습니다! 지금 당장 남쪽 대로를 통해 모든 주민을 피난시키십시오!!"

앨리스의 지시를 들은 사내들은 얼굴에 한층 놀라움을 띠었다.

그러나 제정신을 차린 나이글의 입에서 터져 나온 것은 굵직한 노성이었다.

"멍청한 소리 하지 마! 저택을……, 아니, 마을을 버리고 도망칠 수 있을까 보냐!!"

이마에 핏대를 세우는 부농에게 앨리스는 날카로운 어조로 반박했다.

"지금이라면 아직 고블린에게 붙잡히지 않고 도망칠 수 있습니다! 재물과 목숨 중 어느 쪽이 소중합니까!"

말문이 콱 막힌 나이글을 대신해 촌장 거스프트가 나직하고 긴장 어린 목소리로 말했다.

"광장에서 원진을 치고 수비를 다지라는 것이 위사장 징크의 지시였다. 이 상황에서는 촌장인 나도 그의 명령에 따를 수밖에 없다. 그것이 제국의 법이니까."

이번에는 앨리스가 말문이 막힐 차례였다.

유사시에는 위사장 천직을 가진 자가 촌장을 대신해 일시적으로 모든 주민을 지휘할 권한을 가진다. 놀란가르스 북제국 기본법에는 분명 그런 조문이 존재한다.

하지만 징크라는 위사장은 아버지에게서 천직을 물려받은 젊은이일 뿐이다. 이러한 이상사태 속에서 냉정하게 지휘하고 판단을 내렸으리라고는 보기 힘들다. 거스프트의 얼굴에 짙게

밴 초조함이 그도 내심으로는 같은 생각임을 드러내주었다.
그렇지만 마을 사람들에게 제국법은 절대적이다. 즉각 피난을 시작시키려면 광장 북쪽의 방어선에서 전투를 지휘하고 있을 징크를 끌고 와 명령을 바꿔야만 하는데, 그럴 시간은 도저히 없었다.
어떡하지. 어떻게 하면──.
가만히 서 있던 앨리스의 귀에 앳되고도 의연한 고함 소리가 들어온 것은 그때였다.
"언니 말대로 해요, 아버님!!"
흠칫 시선을 돌린 쪽에는 인파 안쪽에서 화상을 입은 것으로 보이는 마을 사람을 신성술로 치료하던 조그만 수녀복 차림의 모습이 있었다.
"……세르카!"
다행이다. 무사했구나. 그렇게 생각하며 사랑하는 여동생을 향해 앨리스는 발을 내디디려 했지만 그보다도 먼저 세르카가 일어나 인파를 누비고 세 사람에게 달려왔다.
앨리스에게 아주 잠깐 웃음을 지어 보인 세르카는 즉시 표정을 다잡고 거스프트에게 말했다.
"아버님. 옛날부터 언니가 한 번이라도 틀린 말을 한 적이 있나요? 아뇨, 이건 저도 알 수 있어요. 이대로 가다간 모두 죽을 거예요!"
"하……하지만……."
거스프트는 씁쓸한 표정으로 말꼬리를 흐렸다. 하얀 것이 섞이기 시작한 콧수염이 가늘게 떨리고, 시선이 공허하게 허공을 맴돌았다.

말문이 막힌 촌장 대신 다시 노성을 터뜨린 것은 나이글 바르보사였다.

"어린애가 어딜 주제넘게 나서!! 마을을 지켜야지!!"

핏발 선 두 눈은 광장 가까운 곳에 지어진 바르보사 저택을 바라보고 있다. 나이글의 머릿속에 있는 것은 올 가을에 막 수확한 수많은 밀과 오랜 기간 축재한 금화일 것이다.

앨리스와 세르카에게 시선을 되돌리고, 부농은 여전히 카랑카랑한 목소리로 외쳐 댔다.

"그……그래, 알았어! 마을에 어둠의 나라 괴물들을 끌어들인 게 너였구나, 앨리스!! 옛날에 한끝산맥을 넘어갔을 때 어둠의 힘에 더럽혀졌던 거야!! 마녀……, 이 계집애는 무서운 마녀다!!"

그러면서 굵은 손가락으로 삿대질을 하는 바람에 앨리스는 입을 꽉 다물었다. 마을 사람들의 술렁임도, 방어선에서 울려 퍼지는 칼이 부딪치는 소리도, 그리고 북쪽에서 밀려드는 마물들의 함성도 멀어져 갔다.

마을 밖에서 살기 시작한 후로 앨리스는 나이글의 부탁으로 몇 번이나 숲의 거목을 쓰러뜨려 주었다. 그때마다 이자는 몸을 배배 꼬며 감사를 했다. 그런데 오로지 자신의 재물을 지키겠다는 생각에 이런 소리를 내뱉다니, 이 무슨——.

앨리스는 오크처럼 추악한 표정을 짓는 중년 사내에게서 눈을 돌리고 마음속으로 중얼거렸다.

——이젠 마음대로 하라지.

——나도 마음대로 하겠어. 세르카와 가리타 노인, 부모님과 키리토만을 데리고 마을을 벗어나 어딘가 먼 곳에서 새로운 터전을 찾겠어.

뿌드득 어금니를 악다물고, 눈을 감고.

——하지만.

생각을 계속했다.

——하지만 나이글 바르보사나 다른 마을 사람들이 어리석게 보인다면, 그건 공리교회의 수백 년에 걸친 통치가 만들어 낸 결과다.

금기목록 이하 무수한 법과 규칙으로 사람들을 옭아매어 미지근한 목욕물과도 같은 안정을 준 것과 동시에 소중한 것을 끊임없이 빼앗아 갔다.

다시 말해, 생각하는 힘을. 그리고 싸울 힘을.

무한에 가까운 세월 동안 수탈당한, 사람들의 보이지 않는 힘은 어디로 축적되었는가.

겨우 서른한 명의 정합기사들에게다.

크게 숨을 들이마시고, 내뱉고, 앨리스는 소리가 날 정도의 기세로 왼쪽 눈을 부릅떴다.

시선 너머에서 나이글이 갑자기 겁을 먹은 것처럼 낯빛을 잃었다.

대조적으로 앨리스는 몸속에서 신비한 힘이 가득 차오르는 것을 느꼈다. 조용하지만 무엇보다도 뜨거운, 푸른 불꽃과도 같은 힘. 커시드럴 최상층에서의 결전을 끝으로 잃어버렸다고 생각했던——키리토, 유지오, 그리고 앨리스가 인계 최강의

지배자에게 맞서도록 해주었던 힘이.

크게 숨을 들이마시고, 앨리스는 말했다.

"……위사장 징크의 명령을 파기하겠습니다. 이 광장에 모인 마을 사람들은 전원 무기를 든 자를 선두로 남쪽 숲을 향해 피난할 것을 명령합니다."

음성은 온화했으나, 나이글은 보이지 않는 손에 얻어맞은 것처럼 상체를 벌렁 젖혔다. 그래도 떨리는 목소리로 말대꾸를 한 것은 숫제 존경할 만한 담력이라 해야 하리라.

"무……무슨 권한으로, 쫓겨난 계집애가, 그딴."

"기사의 권한입니다."

"기……기사라고?! 이 마을에 그딴 천직은 없어! 검 좀 쓸 줄 안다고 멋대로 기사를 자청하다니, 센트리아의 기사님들에게 알려지기라도 했다간 어떻게 될지……."

침을 튀기며 떠들어 대는 나이글을 똑바로 노려보며, 앨리스는 왼손으로 외투 오른쪽 어깻죽지를 움켜쥐었다.

"나는……, 나의 이름은 앨리스. 센트리아 시역 총괄 공리교회 정합기사 제3위, 앨리스 신서시스 서티!!"

드높이 이름을 댄 것과 동시에 외투를 몸에서 잡아뜯었다.

온몸을 덮은 두꺼운 천이 벗겨진 순간, 타오르는 불꽃의 색이 황금의 갑주와 금목서검에 반사되어 눈부신 빛을 뿜어냈다.

"뭐……, 저, 저, 정합기사……?!"

완전히 뒤집어진 목소리를 흘린 나이글이 놀란 얼굴을 한 채 털썩 엉덩방아를 찧었다. 거스프트도 두 눈을 크게 떴다.

앨리스의 말이 거짓일 리는 없다. 왜냐하면 이 세계에 정합기사를 사칭하는——다시 말해 공리교회의 권위를 부정할 수 있는 인간이 존재할 리 없기 때문이다. 그것이 가능한 자는 아마도 키리토와 앨리스 두 사람뿐이겠지만, 센트리아에서 도망쳐 온 지금도 앨리스는 기사의 증거인 검을 버리지 않았다.

주위에서 술렁이던 마을 사람들도 일제히 입을 다물었다. 북쪽 방어선에서 울려 퍼지는 검 부딪치는 소리도, 위사와 고블린들의 고함 소리도 멀어져 갔다.

마지막으로 정적을 깨뜨린 것은 세르카의 속삭임이었다.

"언……니……?"

가슴 앞에 두 손을 맞잡고 있는 동생에게 왼쪽 눈을 돌리고, 앨리스는 부드럽게 미소를 지었다.

"이제까지 잠자코 있어서 미안해, 세르카. 이것이 내게 주어진 진짜 벌이란다. 그리고——진짜 책무이지."

그 말을 들은 세리카의 두 눈에 눈물방울이 떠올랐다.

"언니……, 나……, 난, 믿고 있었어. 언니는, 죄인이 아니라고. 예뻐……, 정말로……."

다음으로 움직인 것은 거스프트였다.

쿵, 단단한 소리를 내며 돌바닥에 무릎을 꿇은 촌장은 고개를 숙이기는 했지만 위엄 있는 목소리로 외쳤다.

"명령을 받들었사옵니다, 정합기사님!!"

재빠르게 일어나서는 등 뒤의 마을 사람들을 돌아보고 간결한 지시를 내렸다.

"모두 일어나게!! 무기를 든 자들을 선두로 남문을 향해 뛰어갈 걸세!! 마을을 나가면 개간지 남쪽의 숲으로 도망치게!!"

굳어버린 채 서 있던 마을 사람들 사이에 불안스러운 술렁임이 퍼졌다. 그러나 그것도 한순간이었다. 촌장의 명령에 저항한다는 선택은 원래부터 마을 사람들에게는 있을 수 없으며, 심지어 정합기사의 뜻을 받아들였다면 더더욱 그렇다.

바깥쪽에 서 있던 굴강한 농부들이 일어나 여성이며 아이들, 노인들을 일어나도록 채근했다. 앨리스는 집단의 선두에 서려 하는 거스프트를 불러 꽉 억누른 목소리로 말했다.

"아버님, 모두를……, 세르카와 어머님을 부탁드립니다."

거스프트의 지엄한 표정이 한순간 누그러지더니, 마찬가지로 짧게 대답했다.

"…………기사님도, 몸조심하시길."

분명 이제 두 번 다시 그가 앨리스를 딸이라 부를 일은 없으리라. 그것 또한 주어진 힘의 대가인 것이다. 그렇게 마음에 새기면서, 앨리스는 세르카의 등을 떠밀어 거스프트의 옆으로 보내주었다.

"언니……, 무리하지 마……."

여전히 눈물을 짓는 여동생에게 웃음을 보이며 고개를 끄덕이고 앨리스는 몸을 북쪽으로 돌렸다. 등 뒤에서는 마을 사람들이 일제히 움직였다.

"아……아아……, 내, 내 저택이……."

한심한 목소리로 신음한 것은 여전히 엉덩방아를 찧고 앉아 있던 나이글 바르보사였다. 뛰어가는 마을 사람들과 불꽃이 코앞까지 밀려든 저택을 번갈아 응시한다. 이제는 내버려두기로 하고 마을 전체의 기척에 의식을 집중했다.

주민들을 움직이는 데에는 성공했지만 숫자는 삼백이나 된다. 모두가 마을에서 탈출하려면 시간이 걸린다. 하지만 방어선은 슬슬 한계에 달한 듯 동서에서도 적의 발소리가 밀려들었다.

그때 광장 북쪽에서 젊은 남자의 비명과도 같은 절규가 울려 퍼졌다.

"이젠 틀렸어! 퇴각! 퇴각——!!"

목소리의 주인은 위사장 징크일 것이다. 그것을 들은 순간 나이글 바르보사가 기세를 얻은 듯 일어나선 앨리스에게 달려들었다.

"그것 봐……, 그것 보라고! 광장에 모여서 방어했어야 했어! 죽는다고! 다 죽을 거야!!"

앨리스는 어깨를 으쓱하고 냉정하게 반박했다.

"괜찮습니다. 이만한 공간이 있으면. 이곳은 제가 막겠습니다."

"퍽이나 가능하겠다! 어떻게 가능하겠냐고, 그런 일이! 설령……, 설령 진짜 정합기사라고 해도 저렇게 많은 악귀들을 상대로 겨우 혼자 뭘 할 수 있다는 거야!!"

이미 동서에서 밀려드는 고블린들의 무시무시한 그림자가 보이는데도 나이글은 여전히 고함을 질러 댔다. 다시 그를 무시하고 앨리스는 흘끔 후방을 보았다. 주민들의 제일 뒷줄은 아직 광장 안에 있지만 앨리스가 있는 중앙에서는 충분히 떨어졌다.

앨리스는 나이글의 멱살을 콱 붙잡아선 남쪽으로 밀어냈다. 그 손을 똑바로 밤하늘에 들며 드높이 애룡의 이름을 불렀다.

"아마요리!"

즉시 상공에서 힘찬 포효가 대답했다. 앨리스는 쳐들었던 오른손을 서쪽에서 동쪽으로 내리며 이어서 외쳤다.

"——태워라!!"

폭풍과도 같은 날갯짓 소리가 쏟아지고, 뻣뻣이 선 나이글과 광장에 몰려들던 이형의 아인(亞人)——고블린들이 동시에 머리 위를 올려다보았다.

불꽃에 시뻘겋게 물든 하늘을 검게 가로지르며 급강하한 거대한 비룡이 턱을 크게 벌렸다. 목 안쪽에서 새파란 광채가 깜빡이고——.

슈확!!

소리를 내며 눈부신 빛이 솟아났다. 서쪽 대로에 떨어진 열선(熱線)은 광장 남쪽에 서 있던 앨리스와 바르보사의 눈앞을 가르고 동쪽 대로까지 휩쓸었다.

잠시 시간이 지난 후.

무시무시한 화염이 일직선으로 솟아 밤하늘을 향해 터져 나갔다. 여기에 휩쓸린 고블린들이 찢어지는 비명과 함께 허공으로 날아가버렸다.

스무 마리도 넘는 습격자들을 순식간에 물리친 비룡의 열선은 동시에 광장 중앙의 분수까지 증발시켜 주위에는 뭉게뭉게 흰 안개가 펼쳐졌다. 그 위를 스치듯 날아간 아마요리에게 앨리스는 대기 지시를 내리고 흘끔 뒤쪽으로 눈을 돌렸다.

나이글 바르보사는 하반신에 힘이 빠졌는지 다시 돌 바닥에 주저앉아 두 눈을 크게 뜨고 있었다.

"에……엑……, 요……요, 요요요용……?!"

늘어진 두 볼을 실룩거리는 중년 사내를 대체 어떻게 해야 좋을까 생각하고 있으려니, 피어나는 증기 너머에서 필사적인 뜀박질 소리가 다가왔다. 모습을 나타낸 것은 모두 같은 가죽 갑옷을 입은 루리드 위사대 사내들이었다. 철수 판단이 일렀던 것이 결과적으로 좋은 판단이 되어, 십여 명의 위사들은 여기저기 경상을 입기는 했어도 중상자는 없는 모양이었다.

기특하게도 제일 뒤에서 달려오던 몸집 큰 젊은이——위사장 징크는 광장이 거의 텅 빈 것을 알아차리고는 아연실색한 얼굴로 외쳤다.

"마, 마을 놈들이 어디로 간 거야?! 여기서 수비를 다지라고 했잖아?!"

"제가 남쪽 숲으로 피난시켰습니다."

앨리스가 대답하자 처음으로 존재를 알아차린 것처럼 눈을 껌뻑인다. 앨리스의 머리에서 발끝까지 몇 번이나 시선을 돌린 후, 멍청한 표정으로 말한다.

"너……, 앨리스야……? 왜 네가……?"

"설명할 시간이 없습니다. 위사는 이것이 전원입니까? 낙오된 자는 없겠지요?"

"어……, 응, 그런데……."

"그렇다면 당신도 모두와 함께 도망치십시오. 아, 거기 있는 바르보사 씨도 부탁드립니다."

"하, 하지만……, 벌써 놈들이 바로 코앞까지…………."
그 말이 끝나기도 전에――.
"키힉――――!!"
조악한 포효가 광장 가득 울려 퍼졌다.
"어디냐~!! 하얀 이움 놈들, 어디로 도망쳤냐~!!"
짙은 안개를 뚫고 광장에 돌입한 것은, 조잡한 판금 갑옷을 걸치고 오른손에 쇳덩어리 같은 만도(彎刀)를 쥐었으며 머리에는 긴 깃털을 꽂은 고블린들이었다. 아까 동서 대로에서 나타나 아마요리의 불길에 타 죽은 자들과는 다른 부대인지 체격이 조금 좋았다.
앨리스는 아인들을 노려보며 오른손을 애검 자루에 가져다 댔다. 비룡의 열선은 연발할 수 없다. 아마요리가 다시 몸속에 열소를 채울 때까지는 앨리스 혼자서 적을 상대해야 한다.
고블린 한 마리가 황금 갑옷을 걸친 앨리스를 알아보고 누렇게 빛나는 눈에 살의와 욕망의 빛을 번들거리며 외쳤다.
"키히익!! 이움 여자다! 죽여! 죽이고 먹어!!"
기이하게 긴 팔로 만도를 쳐들고 일직선으로 달려오는 아인을 조용히 기다리며, 앨리스는 가슴속으로 속삭였다.
――이 얼마나 무시무시한 힘을 받았단 말인가. 존재 그 자체가 죄악이라고밖에 여겨지지 않는구나.
정합기사라는, 이 몸은.
"키히약――――!!"
고블린이 도약하며 내리친 두꺼운 만도를 앨리스는 아무렇게나 내민 왼손으로 받아 냈다. 맨손 손바닥에 무거운 충격이 느껴졌지만 뼈가 부러지지도, 피부가 갈라지지도 않았다. 잡검이나 다를 바 없는 칼날을 다섯 손가락으로 쥐고 마치 살얼음이라도 되는 것처럼 쥐어 으스러뜨렸다.

덧없이 부서져 나간 금속 조각이 지면에 떨어지기도 전에 오른손이 발검한 금목서검이 고블린의 몸을 가로 일직선으로 훑었다.

황금색 검풍은 후방에서 밀려들던 세 마리의 고블린까지 삼키고 두꺼운 수증기마저 순식간에 걷어 내고 말았다. 네 마리의 적병은 무슨 일이 일어났는지도 이해하지 못한 것처럼 누런 눈알을 희번덕거렸으나, 그대로 한마디도 내지 못한 채 상반신과 하반신이 분리되어 털썩털썩 지면에 떨어졌다.

뒤늦게 솟아오르는 피분수를 한 걸음 물러나 피하며 다시 속으로 중얼거렸다.

——최고사제 어드미니스트레이터. 역시 당신은 잘못되었어.

——당신은 이만한 힘을 겨우 서른 명의 정합기사에게 축적시켜 의지를 봉인하고 꼭두각시 인형으로 삼았어. 그렇게 하여 인계의 모든 사람들에게 골고루 분배되었어야 할 힘을 완전히 장악하려 했지. 그러나 너무나도 치우친 힘은 이를 가진 자도, 그 주위의 자들도 환혹시키고 망설이게 만드는 법. 당신 자신이 지나치게 강대한 힘에 빠져 인간의 길에서 벗어나고 말았듯…….

최고사제가 죽은 지금, 더 이상 그 과오를 바로잡을 수는 없다.

그렇다면, 하다못해 이 힘만이라도 사람들을 위해 마지막 한 방울까지 쥐어짜 내야만 한다.

공리교회의 정합기사로서가 아니라 한 명의 검사로서 스스로 생각하고 자신의 의지로 싸우는 것이다. 과거 두 용감한 검사가 그러했듯이.

앨리스는 검을 휘두른 자세로 감았던 왼쪽 눈을 의연히 부릅떴다.

동시에 광장 북쪽에 세워진 급조 방어선이 반대편에서 산산이 파괴되었다.

넓은 대로를 가득 메우듯 침략자들의 본대가 돌입했다. 오십 마리도 넘는 고블린과, 그보다 숫자는 적지만 둥글둥글한 거구를 두꺼운 철판 갑옷으로 감쌌으며 길고 거대한 삼지창을 든 오크들.

누런 눈동자를 형형히 빛내며 증오와 욕망으로 가득 찬 포효를 질러 대는 그들의 모습을 보고 징크 이하 위사들과 나이글 바르보사가 절망에 찬 신음 소리를 냈다.

그러나 앨리스의 마음은 조용했다.

정합기사로서 얻은 전투력에 의존하는 것이 아니다. 저만한 숫자에 에워싸여 사방에서 창에 맞는다면 아무리 기사의 몸이라 해도 경상으로는 그치지 않으리라.

앨리스에게 힘을 주는 것은 단 하나의 새로운 인식이었다.

——이제부터 나는 나 자신이 추구하는 것을 위해 싸우겠어. 동생을 지키고, 부모님을 지키고, 또한 키리토와 유지오가 지키려 했던 인계 사람들을 지키기 위해 싸우겠어.

마음속 깊은 곳에 남아 있던 자신에 대한 의심과 무력감이 하얀 빛 속에서 증발해 없어지는 것을 앨리스는 생생히 느꼈다. 그 빛은 몸속을 휩쓸고, 이윽고 까만 붕대에 덮인 오른쪽 눈으로 집결되어서는 강렬한 열기를 발생시켰다.

"……………!"

눈구멍에서 뒷머리까지를 관통하는 격통에 이를 악물며 참았다. 그러나 그것은 어딘가 그리우면서도 애절한 아픔이었다. 앨리스는 머리에 감았던 붕대를 왼손으로 쥐고 단숨에 뜯어냈다.

그날로부터 반년 가까이 닫혀 있던 오른쪽 눈꺼풀을 가만히 떴다. 어두운 시야 한복판에 붉은 빛이 방사형으로 퍼져 나가더니, 이윽고 그것이 흔들리며 불꽃으로 바뀌었다. 왼쪽 눈이 보던 타오르는 집들의 광경이 이중으로 비치고, 초점이 조금씩 맞춰지더니——이윽고 완전히 겹쳐졌다.

앨리스는 왼손에 쥔 까만 천을 두 눈으로 보았다.

몇 번이고 세탁해 빛이 바랜 안대는 키리토가 자신의 옷을 찢어 만들어주었던 것이다. 봉인과 함께 터져 나간 오른쪽 눈을 몇 달이나 지켜주었던 그 천이, 지금 마침내 천명의 한계를 맞았는지 끄트머리부터 공기 속에 녹아들듯 사라져 간다. 그 덧없고도 아름다운 광경을 바라보며 앨리스는 깨달았다.

지난 반년 동안 오른팔과 마음을 잃은 키리토를 지켜주고 돌봐주었다고 생각했다. 그러나 사실은 자신이야말로 보호를 받고 있었던 것이다.

"……고마워, 키리토."

완전히 사라지기 직전인 검은 천에 입술을 가져다 대며 조그맣게 속삭였다.

"……나는 이제 괜찮아. 분명 앞으로도 수없이 망설이고 고민하고 좌절하겠지만……, 그래도 앞으로 나아가겠어. 너와, 그리고 내가 추구하는 것을 위해."

천이 소멸한 것과 동시에 힘차게 얼굴을 들었다.

두 눈으로 또렷이 포착한 그 너머에서는 백 마리에 가까운 고블린과 오크들이 입을 모아 고함을 질러 대며 광장으로 물밀 듯이 쳐들어오고 있었다. 등 뒤에서는 위사들과 나이글 바르보사가 도망치는 발소리가 들렸다.

적군에 단신으로 맞서려는 앨리스의 마음에 두려움은 없었다.

타는 냄새가 나는 공기를 한껏 들이마시고, 외쳤다.

"――나는 인계의 기사 앨리스!! 내가 이곳에 있는 한 너희가 원하는 피와 살육은 결코 얻을 수 없으리라!! 지금 당장 동굴을 따라 너희의 나라로 돌아가거라!!"

낭랑하게 울려 퍼지는 고함에 압도된 것처럼, 선두를 달리던 고블린들의 기세가 살짝 꺾였다. 하지만 그 직후, 집단 한복판에 있던 대장으로 보이는 커다란 오크가 양손도끼를 쳐들며 잔인한 포효를 터뜨렸다.

"크롸아아아아!! 고작해야 하얀 이움 계집애 한 마리쯤, 나 《발 자르는 모리카》 님께서 당장에 무릎꿇게 해주마!!"

그 목소리에 고블린들도 다시 기세를 되찾았다. 새까만 파도가 되어 밀려드는 적군을 앨리스는 충분히 끌어들였다가――.

"아마요리!"

이름을 부른 순간 상공에서 거대한 그림자가 급강하했다. 아직 열선을 토할 만한 열소는 비축되지 않았지만, 대신 비룡은 체구와 천둥 같은 포효로 아인들을 위협하며 머리를 스칠 정도의 높이를 맹렬히 지나갔다. 놀란 적군이 조금 전보다도 더 움츠러들었다.

그 틈을 놓치지 않고 앨리스는 오른손에 쥔 금목서검을 하늘 높이 들며 외쳤다.

"——인핸스 아머먼트!!"

반년 만에 외우는, 그것도 술식 본체를 생략한 《무장완전지배술》의 술식구. 그러나 애검은 앨리스의 의지에 호응했다. 황금의 검신이 맑은 금속성과 함께 무수한 작은 칼날로 분리되어선 불꽃의 광채를 반사하며 밤하늘로 날아올랐다.

"휘몰아쳐라. ——꽃들이여!"

쏴악 소리를 내며 황금의 꽃보라가 적군에게 쏟아졌다.

제일 먼저 피안개에 휩싸인 것은 모리카라는 대장 오크였다. 온몸을 수많은 꽃잎에 꿰뚫려 순식간에 천명을 소진하고 땅이 울리는 소리를 내며 뒤로 나자빠졌다. 그 주위에 있던 오크들도 잇달아 비명을 지르며 쓰러졌다.

금목서검은 창세 때부터 인계 한복판에 뿌리를 내렸던 세계에서 가장 오래된 나무를 원천으로 삼는 신기 중의 신기다. 《영겁불후》라는 별명대로 무장완전지배술에 따라 수백이나 되는 꽃잎으로 분리되어도 그 하나하나가 장인이 벼린 명검에 필적할 만한 프라이어리티를 가진다. 조잡한 주철 갑옷으로 막아 낼 수 있을 리 없다.

대장을 포함한 주력부대를 순식간에 잃고 침략자들은 당황했다. 돌진의 기세가 순식간에 꺾여 광장으로 10메르 정도 들어왔을 때 정지했다.

제일 앞줄에 선 고블린들이 욕망과 공포 중 어느 쪽을 따라야 할지 망설이는 사이에 앨리스는 오른손에 쥔 칼자루를 날카롭게 휘둘렀다. 쏴악, 가벼운 소리를 울리며 수백 장의 꽃잎이 허공을 날아 앨리스와 적군 사이에 빼곡한 세로 줄무늬를 그리며 정렬했다.

금색으로 빛나는 방책 너머로 아인들을 노려보며 앨리스는 조용히 선언했다.

"이것은 인계와 다크 테리토리를 가로막는 벽이다. 설령 동굴을 다시 파냈더라도 우리 기사가 존재하는 한 너희가 이 땅을 더럽히도록 놓아두지는 않을 것이다! 선택하라——걸음을 내디뎌 피바다에 잠길지, 물러나 어둠의 나라로 도망칠지!!"

선두에 선 고블린이 힘차게 뒤로 돌기까지는 5초도 걸리지 않았다.

3

활달한 망치 소리의 합주가 맑게 갠 하늘로 솟아오른다.

앨리스는 이마에 손을 대고 밀밭 너머에 볼록하게 솟아난 루리드 마을을 바라보았다.

어둠의 군세가 습격한 날로부터 오늘로 벌써 일주일이 지났다.

마을은 북쪽에 세워진 집들이 대부분 불타 무너졌으나, 거의 모든 주민의 천직을 일시정지하고 총동원해 작업에 내보낸 촌장의 결단도 있고 해서 재건은 급속도로 이루어졌다. 유감스럽게도 피난이 늦어진 21명의 주민이 목숨을 잃었으며, 합동 위령제는 사흘 전 성당에서 조용히 거행되었다.

앨리스는 부탁을 받아 장례식에 참석한 후 비룡을 타고 북쪽 동굴의 상황을 확인하러 갔다.

베르쿨리의 명령으로 무너뜨렸다는 긴 동굴은 오크의 거구로도 쉽게 지나갈 만한 넓이까지 파헤쳐졌으며, 다크 테리토리에 가장 가까운 지점에는 장기간 야영한 흔적이 있었다.

습격자들은 하룻밤에 동굴을 개통시켰던 것은 아니었다. 아마도 다크 테리토리 측에서 공병 부대를 투입한 후 입구만을 다시 무너뜨려 놓았을 것이다. 정합기사 엘드리에가 입구를 확인했을 때, 이미 내부에는 고블린 무리가 잠입해 착착 작업을 진행했다는 뜻이 된다.

과거의 고블린이나 오크들에게서는 생각할 수 없는 주도면

밀하고 주의 깊은 모습이었다. 그 한 가지를 보더라도 이번 침공이 이제까지 되풀이되었던 것과 같은 단순한 정찰이 아님을 알 수 있었다.

앨리스는 동굴을 다시 무너뜨리지 않고, 과거 백룡의 둥지였던 중앙부에서 솟아나는 물을 잠시 틀어막아 동굴 내부를 완전히 수몰시켰다. 그렇게 한 후 미리 생성해 두었던 무수한 동소를 해방시켜 바위가 아닌 얼음으로 동굴을 봉인했다.

이제 앞으로는 앨리스와 동등한 능력을 가진 술사가 열소로 얼음을 녹이지 않는 한 아무도 동굴을 지나갈 수 없을 것이다.

루리드 마을과 그 너머로 희뿌옇게 떠오른 한끝산맥에서 시선을 돌리고, 앨리스는 손에 든 마지막 자루를 아마요리의 왼쪽 다리에 비끄러맸다.

"저기, 언니, 있지……."

이제까지 꿋꿋하게 웃음을 지으며 출발 준비를 거들던 세르카가 고개를 숙이며 입을 열었다.

"……아버님도, 사실은 배웅하러 오고 싶어 했어. 오늘은 아침부터 계속 마음이 다른 데 가 있는 눈치였는걸. ……분명 속으로는 언니가 돌아와서 기뻤을 거야. 그것만은 믿어줘."

"나도 알아, 세르카."

앨리스는 동생의 조그만 몸을 끌어안고 속삭여 대답했다.

"나는 중죄인이 되어 이 마을을 떠나 정합기사가 되어 돌아왔어. 하지만 다음에는……, 언젠가 모든 역할을 다 마치면 그냥 앨리스 투베르크가 되어 돌아올 거야. 그때야말로 확실하게 말할 수 있겠지. '아버님, 다녀왔습니다.' 라고."

"……응. 꼭 그런 날이 올 거야."

눈물 섞인 목소리로 대답한 세르카는 고개를 들더니 수도복 옷자락으로 얼굴을 쓱쓱 닦았다.

몸을 돌려선 곁의 바퀴 의자에 앉은 흑발 청년에게 한껏 기운찬 목소리로 말했다.

"키리토도 잘 있어. 얼른 좋아져서 앨리스 언니를 도와줘."

여전히 고개를 늘어뜨리고만 있는 머리를 두 손으로 감싸고 십자성호를 그은 다음, 어린 수녀는 몇 걸음 물러났다.

앨리스는 키리토에게 다가가선 그의 팔에서 두 자루의 검을 살며시 빼내 아마요리의 안장에 비끄러맨 자루에 담았다. 이어서 깡마른 청년을 가볍게 들어선 안장 앞에 앉혔다.

키리토를 세르카에게 맡기고 마을에 남겨 둘 생각도 하지 않았던 것은 아니다. 어둠의 군세와 결전을 벌일 동쪽 대문으로 간다면 앨리스는 인계수비군의 일원으로 바쁘게 뛰어다니느라 지금까지처럼 하루 종일 키리토를 돌볼 수 없기 때문이다.

그러나 그래도 역시 데려가기로 결심했다.

일주일 전 습격이 있었던 밤, 키리토는 분명히 검을 들고 마을로 향하려 했다. 누군가를 위해 싸우려는 의지는 키리토의 안에 아직 남아 있다. 그렇다면 그가 원래의 마음을 되찾을 계기 또한 인계를 지키기 위한 전장에서 찾을 수 있을 것이다.

여차하면 등을 가죽끈으로 묶어 놓고서라도 지켜 낼 것이다.

앨리스는 마지막으로 다시 한 번, 사랑하는 동생과 단단히 포옹했다.

"……그럼 가볼게, 세르카."

"응. 조심해……. 꼭 돌아와야 해, 언니."

"약속할게. ……가리타 씨에게도 안부 전해주고. ……건강하고, 공부 열심히 해."

"알아. 꼭 훌륭한 수녀가 돼서……, 그래서, 나도, 언젠가……."

그다음 말은 하지 않고, 세르카는 얼굴을 한껏 일그러뜨리며 눈물이 흐르는 얼굴로 웃었다.

동생의 머리를 부드럽게 쓰다듬고 몸을 뗀 앨리스는 아쉬움을 억누르며 애룡에게 다가가 안장에 앉은 키리토의 바로 뒤에 올라탔다.

지상의 동생에게 고개를 끄덕여주고, 시선을 푸른 하늘로 돌렸다.

가볍게 고삐를 휘두르자 용은 두 사람과 검 세 자루의 무게가 느껴지지 않는 힘찬 기세로 밀밭 사이를 도움닫기하기 시작했다.

언젠가 반드시 이 마을로 돌아올 것이다.

설령 전장에서 쓰러지더라도, 마음만은, 반드시.

앨리스는 속눈썹에 맺힌 눈물방울을 털어 내고 날카롭게 기합성을 냈다.

"……이랴!"

둥실.

부유감과 함께 지면이 멀어졌다.

상승기류를 잡은 아마요리는 선회하며 단숨에 하늘로 뛰어올랐다.

넓은 밭과 숲, 그 한복판에 새로운 지붕을 빛내는 루리드 마을, 그리고 두 손을 흔들며 열심히 뛰어오는 세르카의 모습을 눈동자에 새기며——.

앨리스는 동쪽 하늘로 비룡의 기수를 돌렸다.

제16장 오션 터틀 습격 서기 2026년 7월

1

초일급 천재라 자신하는 히가 타케루에게도 지난 두 시간 동안 발생한 온갖 사건을 사전에 예측하기란 불가능했다.

그러나 현재 히가의 눈앞에서 진행되는 일은 그런 것들 중에서도 지극히 놀라운 정경이었다.

나이가 열여덟, 열아홉 정도밖에 안 되는 가녀린 소녀가 자신보다 15센티미터나 키가 큰 사내의 멱살을 가느다란 오른팔로 움켜쥐고 들어 올린 것이다. 화려한 무늬의 알로하셔츠는 찢어질 것처럼 팽팽해졌으며, 샌들 발꿈치는 허공에 떠 있었다.

형형히 빛나는 두 눈으로 키쿠오카 세이지로 이등육좌를 노려보며 유우키 아스나는 그 가련한 입술로 칼날처럼 날카로운 말을 내뱉었다.

"이대로 키리토 군의 의식이 돌아오지 않는다면, 나는 당신을 절대 용서하지 않겠어."

히가의 위치에서는 키쿠오카의 까만 뿔테 안경에 천장의 조명이 반사하는 탓에 표정은 보이지 않았다. 하지만 유도도 검도도 유단자인 간부 자위관은 아스나의 말에 압도된 것처럼 꼴깍 목을 울리더니 두 손을 이마 좌우로 들어 항복 의사를 보였다.

"알고 있어. 내가 책임지고 키리토 군을 반드시 회복시키지."

팽팽해진 침묵이 어스름한 서브 컨트롤 룸에 가득 찼다.

콘솔 앞의 의자에 앉은 히가도, 곁에 선 코지로 린코도, 방에 남은 몇 명의 라스 스태프도 누구 하나 말을 꺼내지 못했다. 그만큼 이 자리에서 가장 어린 소녀가 내뿜는 기백은 압도적이었다. 과연, 저 아가씨는 정말로 진짜 전장에서 돌아온《생환자》구나. 히가는 의식 한구석으로 그렇게 생각했다.

이윽고 아스나는 말없이 오른손을 폈다. 해방된 키쿠오카는 거의 주저앉을 뻔했다가 긴 숨을 내쉬고, 아스나도 뒤로 비틀거렸다. 린코가 재빨리 흰 가운을 펄럭이며 뛰어가 등을 받쳐주었다.

히가에게는 대학교 토론 강의 선배이기도 한 여성 물리학자는 아스나를 흰 가운의 품속에 끌어안고 굳은 어조로 속삭였다.

"괜찮아. 분명 괜찮을 거야. 그는 반드시 돌아와. 네 곁으로."

그 말을 들은 아스나의, 한껏 긴장했던 표정이 확 일그러졌다.

"…………네. 맞아요. 죄송합니다……, 이성을 잃어서."

아스나의 눈꼬리에 맺힌, 습격 와중에도 한 번도 보이지 않았던 눈물을 린코가 부드럽게 손끝으로 닦아주었다.

간신히 살짝 누그러진 공기는 슬라이드 도어가 수동으로 열리는 소리에 다시 긴장을 띠었다. 방으로 뛰어든 것은 나카니시 일등해위였다.

하얀 와이셔츠는 땀과 먼지로 지저분했으며, 숄더 홀스터에는 대형 권총의 개머리판이 엿보였다. 그는 린코와 아스나를 흘끔 본 다음, 그 너머에 있던 키쿠오카를 향해 절도 있는 어조로 말했다.

"보고드립니다! 제1, 제2 내압격벽의 완전폐쇄 및 비전투원의 선수 블록 대피 완료를 확인했습니다!"

키쿠오카는 알로하셔츠의 목깃을 고치며 앞으로 나오더니 고개를 끄덕였다.

"수고했어. 격벽은 어느 정도 버틸 것 같나?"

"예……, 놈들이 가져온 장비에 따라 다릅니다만, 소형화기로는 파괴가 불가능합니다. 기계톱 같은 공구로 절단한다면 최소 여덟 시간은 걸립니다. 폭발물을 사용하면 뚫릴 가능성이 있습니다만……, 아마도 그렇게 하지는 않을 겁니다. 중앙격벽 부근에는……."

"라이트큐브 클러스터가 있으니까 말이지."

말끝을 끌며 키쿠오카는 안경 브리지를 손으로 밀어 올리고 한동안 생각에 잠겼다.

하지만 이내 고개를 들고, 좁은 서브 컨트롤 룸 안을 둘러보았다.

"좋아. 상황을 정리하지. 나카니시 일위, 인적 피해를 보고해줘."

"예. 민간 프로젝트 팀 연구자 중 경상 세 명, 현재 선수의무실에서 치료 중입니다. 자위대 전투원은 중상 두 명, 경상 두 명. 마찬가지로 치료 중입니다만 생명의 위기는 없다고 합니다. 전투 가능 인원은 경상 두 명을 포함해 여섯 명입니다."

"그렇게나 총알이 빗발쳤는데 사망자가 나오지 않았다니 다행이군……. 다음으로는 선체의 피해상황을."

"선저(船底) 도크의 조작실은 구멍투성이입니다. 원격으로 폐쇄하기는 불가능합니다. 도크에서 메인 컨트롤 룸으로 향하는 통로도 마찬가지입니다만, 이것은 찰과상 정도라 보면 될 것 같습니다. 심각한 것은 정규 전원 라인을 절단당했다는 점이며……, 전력 자체는 부설 라인 덕에 안정적으로 각 구역에 공급 중입니다만, 제어체계를 재기동하지 전까지는 스크류를 돌릴 수 없습니다."

"지느러미를 잃은 바다거북 꼴이군. 게다가 상어가 배를 물고 있고 말이지."

"예. 로워 샤프트의 1번부터 12번까지 모든 구역과 선저 도크는 완전히 점거당했습니다."

나카니시는 머리를 짧게 깎은 강인한 인상의 얼굴을 분한 듯 일그러뜨렸다. 반면 키쿠오카는 어딘가 선생님 같은 긴 앞머리를 쓸어 넘기더니 콘솔에 몸을 얹고 발끝으로 나막신을 달랑달랑 흔들었다.

"메인컨과 제1 STL실, 그리고 원자로까지 모조리 제압당했단 말이지. ……불행 중 다행인 건 놈들의 목적이 파괴가 아니라는 점인데."

"예……? 그렇습니까?"

"그냥 파괴하고 싶은 거였다면 잠수함까지 써서 요란하게 돌입작전을 실행할 것 없이, 순항 미사일이든 어뢰든 때려 박으면 끝날 일이니까. 여기서 문제는 이것들이 어떤 놈들인가 하는 점인데……. 히가 군, 무슨 의견 있어?"

갑자기 화살이 날아온 탓에 히가는 몇 번 눈을 깜빡인 다음, 아직도 충격의 여운이 남은 뇌를 간신히 재기동시켰다.

"아—, 그게 말이죠, 어—."

의미 없는 신음 소리를 내며 콘솔을 돌아보더니, 오른손으로 마우스를 조작해 정면의 대형 모니터에 선내 감시 카메라의 녹화 영상을 불러냈다.

모니터에 뜬 동영상은 어둡고 선명하지 못했지만, 적당한 곳에서 일시정지하고 명도와 콘트라스트를 조정했다. 그러자 나타난 것은 몸을 구부정하게 숙이고 선내 통로를 이동하는 여러 사람의 모습이었다. 온통 새까만 컴뱃슈트 차림이며, 얼굴 윗부분에는 다기능 고글이 달린 헬멧을 쓰고 손에는 우툴두툴한 어설트 라이플을 들었다.

"……뭐, 보다시피 머리에도 몸에도 국기니 식별 마크 같은 건 전혀 없지 말입다. 장비 색깔이나 형태도 어디 정규군 것은 아니고요. 들고 있는 라이플은 슈타이어 같은데, 이건 숱하게 나돌고 있으니까……. 유일하게 말할 수 있는 건 체격 평균치로 추측하건대 아마 동양인은 아닐 거다, 뭐, 그 정도이지 말입다."

"다시 말해 적어도 우리나라 소속 특수부대는 아니겠군. 그건 다행인걸."

무서운 소리를 스스럼없이 입에 담고 키쿠오카는 턱을 긁었다. 평소에는 온화한 인상으로 가늘게 뜨던 눈에 날카로운 빛을 머금고 대형 모니터를 올려다보았다.

"그리고 또 한 가지 확실한 점이 있지. ……이놈들은 프로젝트 앨리시제이션의 존재를 알아."

그 지적에 히가도 고개를 끄덕였다.

"뭐, 그렇게 되겠지 말입다. 선저 도크에서 돌입해 망설이지 않고 메인컨까지 치고 올라왔으니까요. 놈들의 목적은 분명 STL 기술의……, 아니, 진성 보텀업 타입 인공지능 《A.L.I.C.E.》를 탈취하는 거겠죠."

다시 말해 오랜 기간에 걸쳐 심각한 수준의 정보 유출이 있었다는 뜻이다. 하지만 그 말은 입에 담지 않고, 서브 컨트롤 룸에 있는 라스 스태프 전원의 얼굴을 확인하고 싶다는 충동도 억누르며 히가는 일부러 낙관적인 어조로 말을 이었다.

"다행히도 메인컨은 늦지 않게 잠글 수 있었어요. 콘솔을 물리적으로 파괴하는 것보다도 확실하게 언더월드를 직접 조작하지 못하도록 해 놨지 말입다. 시뮬레이션에 개입하는 것도, 《앨리스》의 플럭트라이트가 보존된 라이트큐브를 클러스터에서 이젝트(배출)하는 것도 안 돼요."

"하지만 그건 이쪽도 마찬가지잖아?"

"네, 마찬가지지 말입다. 이 서브컨에서도 관리자 권한으로 오퍼레이션은 내릴 수 없어요. 《앨리스》의 라이트큐브를 외부에서 조작해 이젝트하는 건 이젠 메인에서도 서브에서도 불가능해요. ……그래도 키쿠 씨, 이렇게 되면 이미 이긴 거나 다름없지 말입다? 놈들은 물리적으로도 정보적으로도 클러스터에 액세스할 수 없고, 이젠 호위 이지스함에서 원군만 돌입해 주면 그딴 놈들 와따지 말입다, 와따."

"뭐가 와따인지는 모르겠지만……, 문제는 그 점이야."

키쿠오카는 냉엄한 표정을 무너뜨리지 않은 채 나카니시에게 물었다.

"어때, 《나가토》는 움직였나?"

"예……, 그게 말입니다만……."

나카니시는 다부진 입가에 힘을 주며 대답했다.

"나가토에는, 요코스카의 함대사령부로부터 현재 상황의 거리를 유지하고 대기하라는 명령이 내려졌습니다. 사령부는 우리가 공격자의 인질이 되었다고 판단한 모양입니다."

"으엑…………."

히가는 입을 딱 벌렸다.

"인질이라니, 그치만 승무원은 전부 내압격벽인 이쪽으로 대피했는데요?!"

냉정한 목소리로 대답한 것은 키쿠오카였다.

"아마 그 시커먼 놈들이 자위대 위쪽이랑 채널이 있는 거겠지. 나가토가 오션 터틀에서 떨어진 건 오늘 오전 8시, 놈들이 돌입하기 6시간이나 전이었어. 나가토에는 놈들이 《앨리스》의 라이트큐브를 확보한 후에나 돌입명령이 내려질 거야. 물론 제한시간은 있겠지만……."

"그렇다면 그 자식들은 그냥 테러리스트가 아닌 거지 말임다. 어떡한다……. 만약 그쪽에 전문가가 있으면 알아차릴지도 모르지 말임다. 앨리스를 회수할 샛길을……."

"언더월드 내부에서의 오퍼레이션 말이지……. 놈들은 제1 STL실을 점령했고, 언더월드에 설치된 버추얼 콘솔에서도 이젝트 조작은 가능하니…….”

“그 조작을 하면 어떻게 되죠?”

코지로 린코의 질문에 히가는 몸짓을 섞어 가며 대답했다.

“메인 샤프트 한복판에 있는 라이트큐브 클러스터에서 대상의 큐브가 뽑혀 나가서, 에어튜브를 경유해 원하는 컨트롤 룸까지 실려 나가게 되지 말입다. 사출구는 저기 있고요.”

콘솔 데스크의 한쪽 구석에 있는 네모난 해치를 가리킨 다음, 그 안쪽 벽에 설치된 문으로 시선을 돌렸다.

알루미늄 합금 문에는 나사로 부착한 조그만 메탈 플레이트가 있었다. 각인된 문자는 【제2 STL실】.

문 너머에는 두 대의 STL――《소울 트랜슬레이터》가 존재한다. 한쪽에는 아키 나츠키 간호사 겸 이등육조가 지켜보는 가운데 한 젊은이가 누워 있다. 앨리시제이션 계획 초기부터 막중한 역할을 맡았으며, 지금은 프로젝트의 행방마저 좌우할 키리가야 카즈토다.

시선을 되돌린 키쿠오카는 팔짱을 끼며 무거운 어조로 말했다.

“마지막 희망은 또 그에게 맡겨진 셈이로군. 히가 군……, 어때, 키리토 군의 상태는?”

어렴풋한 숨소리가 들려 히가가 시선을 돌리니 린코에게 부축을 받으면서도 똑바로 이쪽을 바라보는 유우키 아스나와 눈이 마주쳤다.

키리토, 즉 키리가야 카즈토의 애인이기도 하다는 그녀에게 현재 상황을 어떻게 설명해야 좋을지 망설였다. 하지만 이내 갈라지기는 했지만 또렷한 목소리가 히가의 귀에 들렸다.

"나는 괜찮아요. 말해주세요. 사실대로."

깊이 숨을 들이마시고 내뱉은 다음, 히가는 고개를 끄덕였다.

"한마디로 말하자면……, 최악 일보 직전에 멈춘 상태이지 말임……, 상태입니다."

어조를 고쳐 가며 그렇게 말한 다음, 히가는 다시 마우스를 조작했다.

습격자들의 정지화상이 사라지고 다른 윈도우가 열렸다. 표시된 것은 완만하게 흔들리는 무지개색 3차원 그래프.

"이건 키리토 군의 플럭트라이트를 가시화한 건데요."

방에 있던 전원이 말없이 스크린을 응시했다.

"키리토 군은 일주일 전에 도쿄에서 근이완제를 주사당해 심폐정지에 빠졌어요. 다행히 목숨은 건졌지만 뇌 일부에……, 정확히는 플럭트라이트 네트워크에 손상을 입어버렸죠. 기존 뇌의학으로는 치료가 어려운 손상이지만 STL 기술을 응용하면 회복할 가능성이 있어요. 그래서 우리는 새로운 네트워크의 생성을 촉진하기 위해 리미터를 해제한 STL로 키리토 군의 플럭트라이트 부활을 시도했고요."

잠시 숨을 돌리고, 콘솔 데스크에서 생수병을 들어 익숙하지 않은 설명 때문에 말라버린 입술을 축였다.

"이 치료를 하려면 그를 반드시 언더월드에 다이브시켜야 했어요. 플럭트라이트가 현실세계와 마찬가지로 활동을 하지 않으면 치료 효과가 없으니까요. 그래서 우리는 라스 록폰기 지부에 다이브했을 때와 마찬가지로 키리토 군의 기억을 블록하고 언더월드의 변경으로 다이브시켰죠. 그랬어야 했는데요……. 정확한 원인은 아직 모르겠지만, 아마 플럭트라이트의 손상 때문인지, 기억은 블록되지 않았어요. 키리토 군은 현실세계의 키리가야 카즈토인 채 언더월드에 떨어지고 말았어요. 그 사실을 알게 된 건 아까 내부에서 그가 연락을 했을 때였지만요…….”

“자……잠깐만.”

끼어든 것은 린코였다.

“그럼 그는 시간이 가속된 언더월드에서 키리가야 카즈토로 살아가고 있었단 말이야? 내부에서는……, 몇 달이……?”

“……약 2년 반요.”

히가가 그렇게 대답한 순간, 린코에게 부축을 받았던 아스나가 흠칫 몸을 떨었다. 그녀에게는 충격적인 이야기가 되겠지만 아까 그녀의 말을 믿고 설명을 이어 나갔다.

“그만한 시간 동안 키리토 군은 그 세계에서 인공 플럭트라이트들과 접촉했어요. 아마 플럭트라이트들이 현행 시뮬레이션의 종료와 함께 삭제될 존재라는 걸 알면서도……. 그래서 그 친구는 언더월드의 중심, 옛날에 첫 마을에 설치했던 현실세계와의 연락 콘솔로 향했던 거겠죠. 키쿠 씨, 당신에게 모든 플럭트라이트를 보존해달라고 요청하기 위해서요.”

흘끔 옆을 보았지만 키쿠오카는 안경에 스크린의 빛을 반사시키며 3차원 그래프를 바라볼 뿐이었다. 시선을 린코와 아스나에게 되돌렸다.

"……그건 쉬운 일이 아니었을 거예요. 연락 콘솔은 이제 《공리교회》라는 통치조직의 본거지에 들어가 버렸으니까요. 교회에 속한 플럭트라이트들의 스테이터스는 절대적이라, 도저히 일반 백성으로 설정된 키리토 군이 대항할 수준이 아니었어요. 원래대로라면 교회에 침입한 직후에 《사망》해서 언더월드에서 로그아웃했을 텐데……. ——하지만 키리토 군은 도착했죠. 지금은 습격 중이라 로그를 상세히 살펴볼 수는 없었지만 아무래도 그 친구한테는 몇 명인가 협력자, 물론 인공 플럭트라이트지만……, 아무튼 동료가 있었던 것 같아요. 교회하고 싸우면서 그 동료들은 거의 다 사망했고, 그 결과 이쪽으로 이어지는 회선을 여는 데 성공했을 때 그는 자신을 엄청나게 책망했어요. 바꿔 말하자면 스스로 자기 플럭트라이트를 공격한 거예요. 바로 그때 저 시커먼 놈들이 전원 라인을 절단해, 쇼트 때문에 발생한 돌입전류가 STL의 출력을 순간적으로 높여 버렸어요. 그 결과 키리토 군의 자기파괴 충동은 현실 그 자체가 되고……, 그의 《자아》를 비활성화시켜 버린 거죠……."

"자아를……, 비활성화? 그게 무슨 의미야?"

린코의 질문을 받아 히가는 콘솔을 돌아보았다.

"……이걸 좀 보세요."

재빨리 키보드를 두드려 키리가야 카즈토의 플럭트라이트 활성을 나타내는 리얼타임 화상을 확대해주었다.

불규칙하게 흔들리는 무지개색 구름 한복판에는 암흑성운처럼 허무한 어둠이 조그맣게 웅어리져 있었다.

"라이트큐브 속의 인공 플럭트라이트와는 달리, 인간의 생체 플럭트라이트 구조는 아직 완전히 해석되려면 멀었지만요, 그래도 대충 매핑은 끝났어요. 이 시커먼 구멍, 여기에 원래 있어야 할 것은 말하자면 《주체》……, 셀프 이미지예요."

"셀프 이미지……, 스스로 규정한 자기상 말이지?"

"맞아요. 아무래도 우리의 의사 결정은 《나는 이런 상황에서 그걸 해야 하는가 아닌가》 하는 플럭트라이트 속의 Yes/No 회로를 경유하는 것 같아요. 예를 들면 린코 선배는 쇠고기 덮밥을 먹으러 가서 한 그릇을 다 먹고 추가로 주문을 한 적이 있나요?"

"……없는데."

"아직 먹고 싶다, 한 그릇 더 먹고 싶다, 그렇게 속으로 생각해도요?"

"응."

"다시 말해 그것이 린코 선배의 셀프 이미지 회로에 의한 처리결과라는 거예요. 마찬가지로 거의 모든 의사 결정은 그 회로를 경유하기 전까진 실제 행동으로 이어지지 않아요. 키리토 군의 경우에는 플럭트라이트가 대부분 멀쩡해요. 하지만 문제의 회로가 기능하지 않기 때문에 외부에서 오는 입력을 처리할 수도, 자발적으로 행동을 출력할 수도 없죠. 지금 그가 할 수 있는 건……, 아마도 스며든 기억에 따른 반사적인 액션뿐일 거예요. 먹거나 자거나 하는 정도의."

린코는 입술을 깨물고 한동안 생각하는 기색을 보였으나, 이윽고 속삭이는 듯한 목소리로 말했다.

"그럼……, 지금 그의 의식은 어떤 상황이지?"

"……유감이지만……."

히가는 한순간 말을 끊고, 시선을 떨군 다음 말을 이었다.

"자기가 누구인지도, 뭘 해야 할지도 모르고, 스스로 말을 하거나 행동을 하지도 않는……, 그런 상태가 아닐지……."

세 번째 정적만이 어스름한 공간을 지배했다.

2

"……Fu……."

이어지는 음절은 튼튼한 컴뱃부츠가 벽의 강판을 걷어차는 커다란 소리에 지워졌다.

어설트 팀의 일원인 바사고 카살스는 벽을 두세 곳 일그러뜨리는 것만으로는 만족하지 못했는지, 수십 분 전까지 이곳 콘솔 룸에 있던 라스 기술자 중 누군가가 떨어뜨렸을 과자 상자를 있는 힘껏 짓밟은 후에야 분류가 되어 터져나오는 욕설을 겨우 멈추었다.

히스패닉의 핏줄을 드러내며 완만하게 물결치는 흑발을 쓸어 넘기면서 저벅저벅 콘솔 데스크 앞까지 이동해서는, 그곳에 선 사내의 멱살을 한 손으로 움켜쥐었다.

"이 자식아, 다시 한 번 지껄여봐."

채찍처럼 나긋나긋한 바사고의 오른팔에 붙들려 공중에 대롱대롱 매달린 것은 비쩍 마른 젊은이였다. 금발을 짧게 깎았으며, 피부는 병적일 정도로 하얗다.

움푹 들어간 뺨 위에 두꺼운 금속 프레임 안경을 쓴 그 사내는 팀 내의 유일한 비전투원이었다. 글로우젠 디펜스 시스템즈의 CYOP(사이버 오퍼레이션) 부문에서 비정규직으로 고용한 해커이며, 이름은 크리터였다.

전과가 있는 네트워크 범죄자 출신이며, 이름도 본명이 아닌 핸들 네임이다. 하지만 그것은 바사고도 마찬가지일 것이다.

Vassago는 중세의 마법서 '게티아'에 기록된 72마리의 악마 중 하나인 지옥의 왕자라고 한다. 설마 아들에게 그런 이름을 지어줄 부모가 있겠는가. 그도 역시 CYOP 부문의 스태프지만 전문은 컴퓨터가 아니라 실전——물론 풀 다이브 환경에서의 실전이지만——쪽이다. 크리터에게 뒤지지 않을 정도로 수상쩍은 경력을 가진 자였으나 VR 전투 능력은 걸출했다.

실제로——.

오션 터틀 어설트 팀 12명은 리더인 가브리엘 밀러를 제외한 전원이 뒤가 구린 과거를 가진, 새로운 신원 보증과 맞바꾸어 사육되고 있는 개들인 것이다.

그런 개들 중 한 마리인 크리터는 바사고에게 붙들려 허공에 매달려서도 겁먹은 기색을 보이지 않고 소리 내어 껌을 씹으며 말을 내뱉었다.

"몇 번이든 말해주지. 잘 들어. 이 콘솔은 말라빠진 똥처럼 단단하게 잠겨서 우리가 가져온 랩톱 머신으론 네가 늙어 뒈질 때까지 계산해도 해제할 수 없다고 그랬어."

"그거 말고, 이 네눈박이 자식아! 잠긴 건 우리가 돌입에 애를 먹었기 때문이라고 지껄였잖아!!"

가는 말이 고와야 오는 말이 곱다고, 바사고가 입정 사납게 욕을 퍼부었다. 필사적으로 노력했다면 모델이나 뭔가가 될 수 있지 않았을까 싶을 정도로 야성미 넘치는 미남이지만, 그런 만큼 화를 내는 얼굴은 무시무시했다.

"이봐이봐, 사실을 지적했을 뿐인데?"

"전투 중에는 뒤에서 파들파들 떨기만 하던 주제에 잘난 척

이냐, 네놈은!"

다른 대원들은 말다툼을 그치지 않는 두 사람을 말리려고도 하지 않고 싱글싱글 웃으며 바라보았다. 타이밍을 가늠해 가브리엘은 손가락을 딱 울려 두 사람의 주의를 끌었다.

"오케이. 둘 다 그만들 하지. 책임 소재를 추궁할 시간은 없어. 이제부터 할 행동을 생각해야지."

그러자 휙 고개를 돌린 바사고가 어린아이처럼 입술을 비죽거리며 말했다.

"그래도 bro, 이 자식은 한번 혼쭐을 내줘야……."

그놈의 《bro》라는 호칭은 관두라는 말을 꾹 삼켰다. 바사고가 가브리엘을 형제라 부르는 것은 일대일 VR 전투 훈련에서 자신의 실력을 인정했기 때문인 것 같았지만, 몇 번을 들어도 기묘하게 떨떠름한 느낌이었다. 가브리엘에게 친구니 동료니 하는, 단순한 감정에 기초한 애매한 인간관계는 이해가 가지 않는 것이었다.

언젠가 영혼의 추출 보존 기술을 얻는 그날에는 온갖 인간의 감정을 《빛의 구름》의 색이나 형태 같은 정보로 질서정연하게 분류할 수 있게 될 것이다. 그렇게 생각하며 가브리엘은 리더다운 어조로 두 사람을 다그쳤다.

"바사고, 크리터. 잘 들어. 나는 여기까지 오면서 우리 팀의 활동에 만족했어. 이쪽의 피해는 게일리가 찰과상을 입었을 뿐이고, 제1목표인 컨트롤 룸 점거를 달성할 수 있었으니까."

그 말을 들은 바사고는 마지못한 태도로 크리터의 멱살을 놓고 두 손을 허리에 가져다 댔다.

"그래도 bro, 정작 중요한 컨트롤 시스템이 잠겨버리면 의미가 없는걸. 최종 목표인 라이트큐브 클러스터인지 뭔지는 철벽 너머에 있잖아?"

"그러니까 그 벽을 돌파할 방법을 이제부터 생각하자는 거야."

"그래 봤자 JSDF 놈들도 언제까지 틀어박혀만 있진 않을걸? 이 거북이를 호위하는 이지스함에서 진짜 전투원들이 돌입하면 우리 열한 명에 덤 하나 가지곤 불리해."

가브리엘이 서브리더로 발탁한 만큼 바사고는 단순한 들개에게는 없는 상황파악력을 가졌다. 조금 생각한 다음, 가브리엘은 슬쩍 어깨를 으쓱해 보였다.

"보아하니 클라이언트와 JSDF 윗선에서 모종의 거래가 있었던 것 같아. 이지스는 작전 개시로부터 24시간은 움직이지 않는다던걸."

"……휘유~."

가느다랗게 휘파람 소리를 낸 것은 크리터였다. 고글 같은 안경 너머에서 엷은 회색 눈동자가 가늘어졌다.

"그렇다면 이 오퍼레이션은 단순한 강도질이……, 아니아니, 이 말은 안 하는 게 현명하겠네."

"나도 그렇게 생각한다."

엷은 웃음과 함께 고개를 끄덕이고, 가브리엘은 다시금 팀 전원을 둘러보았다.

"좋아. 그러면 상황을 확인하지. 현재 시각은 일본표준시로 14시 47분, 돌입으로부터 40분 정도가 지났다. 우리는 지금 오션 터틀의 메인 컨트롤 룸에 있지. 목표 시설의 점거에는 성공했지만 라스 기술자를 확보하는 데는 실패했고, 이곳의 시스템도 여전히 잠겨 있다. 다음 목표는 서브 컨트롤 룸의 점거인데……, 브리그, 격벽 내압문은 절단할 수 있겠나?"

호출을 받은 거구의 대원이 불쑥 앞으로 나와 대답했다.

"좀 어렵겠습니다. 최신 복합재료를 썼기 때문에 우리가 가져온 포터블 커터로 24시간 안에 절단하기란 불가능할 겁니다."

"저팬 머니는 건재한가 보군. 한스, C4로 격벽을 날려버리는 방법은 어때?"

"관두는 게 좋을걸요. 벽 바로 건너편에 라이트큐브 클러스터 격납실이 있는데. 내용물에 전혀 상처를 입히지 않고 문을 폭파하리란 보장이 없습니다."

"흐음."

가브리엘은 팔짱을 끼고 잠시 생각한 다음 말을 이었다.

"……우리에게 주어진 미션은 방대한 라이트큐브 중에서 단 하나를 발견해 인터페이스와 함께 가져가는 거다. 큐브의 고유 ID는 이미 입수했지. 다시 말해 콘솔만 조작할 수 있다면 그 큐브를 검색해 클러스터에서 이젝트하는 건 쉬울 거야. 원래는 지금쯤 맥주를 한 손에 들고 귀환하는 배 여행을 즐겼겠지."

"나 원, 이 안경잡이가 펜타곤 서버에 침입했다고 허풍을 떨던 주제에 시시한 록 하나 해제하지 못해서 이 모양이잖아."

"어이쿠, 이거 놀라운걸. 폴리곤 총밖에 못 쏴본 게이머한테서 그딴 말을 듣다니."

말싸움을 다시 시작하려는 바사고와 크리터를 노려보고 나서, 가브리엘은 어조에 힘을 주었다.

"너희는 맨손으로 돌아가 보너스 대신 비웃음을 받고 싶나?"

"NO!!"

전원이 일제히 외쳤다.

"너희는 아마추어 기술자 놈들에게 추월당할 만큼 무능한가?"

"NO!!"

"그러면 생각해! 목 위에 얹힌 그릇에 오트밀 말고 다른 게 들어 있다는 사실을 증명해보란 말이야!!"

《터프한 지휘관》 역할을 반쯤 자동적으로 연기하며 가브리엘은 자신 또한 조용히 생각을 굴리고 있었다.

영혼의 탐구자인 가브리엘에게도 인류가 처음으로 만들어낸 진성 인공지능 《앨리스》의 입수는 소울 트랜슬레이션 테크놀로지의 독점과 함께 최대의 목적이었다. 그 두 가지를 입수한 후에는 몰래 가져온 신경가스로 팀 전원을 처분하고 호주로 탈출할 계획을 세워 놓았다.

하지만 그 단계에 이르기 전까지는 NSA에게서 의뢰를 받은 이 작전은 가브리엘의 목적과 완전히 일치한다. 관리자 권한으로 시스템을 조작할 방법이 차단된 지금, 어떻게든 그 이외의 수단으로 《앨리스》의 라이트큐브를 입수해야만 하는 것이다.

앨리스……, 《A.L.I.C.E.》.

그 코드네임을 가브리엘의 클라이언트인 NSA에게 가르쳐준 것은 《라스》 내부의 정보 제공자, 통칭 《래빗》이었다.

래빗의 퍼스널 데이터까지는 모른다. 그러나 조직을 배신하고 정보를 흘린 동기가 거액의 보수임을 생각해보면 이 상황에서 자신을 위험에 드러내면서까지 움직이려 하진 않을 것이다.

다시 말해, 내압격벽 너머에 있는 래빗의 협력은 더 이상 기대할 수 없다. 지금 있는 정보와 장비만으로, 심지어 단시간 내에 목적을 이루어야만 한다.

시간——문제는 시간이다.

조바심이니 불안이니 하는 쓸데없는 감정을 완전히 컨트롤할 수 있는 가브리엘이기는 하지만, 약 23시간 후로 다가오고 있는 타임 리미트의 존재에는 모종의 압박감을 느끼지 않을 수 없었다.

NSA 에이전트는 극비 강탈임무를 의뢰하면서 가브리엘에게 말했다.

라스의 활동은 일본의 군수산업에 얽힌 이익을 크게 뒤흔드는 것이다. 그렇기에 JSDF 상부에는 라스의 존재를 좋게 생각하지 않는——그뿐 아니라 적극적으로 방해하려는 세력이 적잖이 존재한다.

라스의 기반을 이루는 이들은 젊은 간부 자위관들이라 정치력이 부족하다. NSA는 그 점을 노리고 대사관의 힘을 업은 CIA 직원을 통해 JMSDF의 모 고관과 밀약을 맺었다. 라스의 본거지인 오션 터틀을 호위하는 이지스함 《나가토》는 습격 개시로부터 24시간 동안은 인질의 안전을 우선시한다는 명목으로 움직이지 않을 것이라고.

하지만 대기 시간이 끝나면 훗날의 매스컴 대책을 위해서도 이지스는 움직이지 않을 수 없다. 완전무장한 전투원이 돌입하면 인원과 장비의 차이 때문에 가브리엘을 비롯한 습격 팀은 쉽게 섬멸당할 것이다.

설령 최악의 결말이 된다 해도 자신만은 소형 잠수정으로 탈출할 심산이었다. 하지만 정작 중요한 라이트큐브 입수에 실패하면 인간의 영혼을 탐구한다는 위대한 여행은 돌이킬 수 없는 후퇴를 해야만 한다.

가브리엘은 이 작전이 완료된 후의 인생에 대해서도 이미 치밀한 계획을 세워 두었다.

우선 앨리스와 함께 호주를 탈출해 소버린 아일랜드에 있는 별장에 라이트큐브와 STL 기술을 감춘다. 비행기로 샌디에이고에 돌아가 NSA에는 작전 실패를 보고한다. 분위기가 잠잠해졌을 때 다시 호주로 건너가 별장의 광대한 지하실에 STL 머신을 설치하고, 자신의 취향에 맞는 디자인의 가상세계를 구축한다.

세계의 첫 주민은 앨리스와 가브리엘뿐일 것이다. 하지만 그래서는 너무 심심하다. 영혼의 연구라는 목적을 위해서라도 소재는 늘려야만 한다.

시드니나 케언스 부근에서 젊고 활력 넘치는 영혼의 소유자들을 찾아내 납치해 STL로 영혼을 뽑아낸 다음, 불필요해진 껍데기는 처분할 것이다. 언젠가는 바다를 건너 모국인 미국이나 풀 다이브 기술의 발상지인 일본에도 원정을 가고 싶다.

일본의 VR 게임 플레이어들이 가진 독특한 멘탈리티는 그동안 가브리엘을 깊이 매료시켰다. 전원이 그렇지는 않지만 일부 플레이어들은 마치 그곳이 현실 이상의 현실인 것처럼 행동하며 리얼한 감정을 아낌없이 뿌리고 다녔다. 건 게일 온라인에서 만난 스나이퍼 소녀를 떠올릴 때면 지금도 강한 욕망이 근질거리는 것을 느낀다.

그것은 아마도 과거 그 나라에 단 2년 동안 존재했다는 《리얼 버추얼 월드》와 무관하지는 않으리라. 관계자에 의한 해킹으로 진짜 삶과 죽음이 부여된 데스 게임을 체험한 젊은이들. 그들 《생환자》들의 영혼은 그렇지 않은 사람들에게는 없는 가상세계와의 적합성을 갖추었다.

가능하다면 한 사람이라도 많이 그들을――그것도 《공략파》라 불렸던 톱 플레이어들의 영혼을 입수하고 싶었다. 그 스나이퍼 소녀가 공략파였는지 어떤지는 모르겠지만 물론 그녀의 영혼도 탐난다. 그것들을 봉입한 라이트큐브는 어떤 보석보다도 값진 광채를 뿜어내리라.

전 세계의 대부호들이 수억 달러의 현찰을 쌓아도 결코 입수할 수 없는 궁극의 광채. 그것을 비밀 지하실에 늘어놓고, 마음대로 골라낸 영혼을 취향에 맞는 세계에 불러내 원하는 대로 다룰 수 있는 것이다.

정말로 멋진 점은 인간에게서 뽑아 라이트큐브에 봉인한 영혼은 복제도 저장도 자유자재라는 것이다. 부수거나 일그러뜨린 영혼은 손쉽게 원래대로 되돌려 가브리엘이 원하는 형태로 다시 만들어 낼 수 있다. 마치 원석에 최상의 광채를 뿜어내는 커팅을 가하듯.

그 단계에 이르면 가브리엘의 긴 여행은 대단원을 그리며 원점으로 회귀할 것이다.

어렸을 적, 숲 속의 커다란 나무 밑에서 앨리시아 클링어맨의 영혼이 뿜어내는 아름다운 광채를 보았던 그 순간으로.

한순간의 상상이기는 했으나 가브리엘은 눈을 감고 살짝 등을 떨었다.

다음으로 눈을 떴을 때는 이미 얼음 같은 사고력이 돌아온 후였다.

각국 젊은이들의 영혼이 왕관 주위를 에워싼 루비며 사파이어, 에메랄드라고 한다면 중앙에 박힌 거대한 다이아몬드는 역시 《앨리스》다. 한 점의 때도 묻지 않은 궁극의 영혼인 앨리스야말로 영원한 반려로 어울린다. 그렇다면 어떻게든 그녀의 라이트큐브를 발견해 입수해야만 한다.

하지만 라이트큐브 클러스터 격납실의 내압문을 파괴하지 않고서는 물리적인 수단으로 탈취하기란 불가능하다.

그렇다면 이곳에서 시스템을 조작할 수밖에 없다. 그렇다고는 하나 메인 콘솔의 록은 일류 전자범죄자인 크리터도 손을 댈 수 없는 것이라고 한다.

가브리엘은 부츠 굽을 울리며 이동해, 키보드에 얹힌 양손 손가락을 고속으로 놀리는 크리터의 뒤에 섰다.

"어때?"

대답은 두 손바닥을 위로 높이 쳐드는 시늉이었다.

"관리자 권한으로 로그인하는 건 절망적이네요. 할 수 있는 거라곤 위쪽 클러스터에 담긴 플럭트라이트들이 재미나게 살아가는 동화 나라를 손가락 빨며 엿보는 정도고요."

크리터가 손가락을 움직이자 정면의 벽에 마련된 대형 스크린에 윈도우가 열리더니 기묘한 광경이 비춰졌다.

도저히 《동화 나라》라는 분위기는 아니었다. 하늘은 기분 나쁜 붉은색으로 물들었으며, 지면은 갓 씌운 아스팔트처럼 시커멓다.

무두질한 가죽을 기워 놓은 원시적인 텐트가 화면 중앙에 여럿 보였다. 그 옆에는 땅딸막한 체구와 벗겨진 머리를 가진 기묘한 생물이 열 마리 정도 모여선 무언가 소란을 떨어 대는 것 같았다.

대충 인간형이지만 아무리 봐도 인간은 아니다. 등이 매우 구부정했으며 팔은 지면에 끌릴 정도로 길고, 구부러진 다리는 대조적으로 짧았다.

"고블린……?"

가브리엘이 중얼거리자, 크리터는 가볍게 휘파람을 불더니 신이 난 듯 소리를 냈다.

"오. 잘 아시네요, 대장님. 그러네요, 오크나 오우거인 것 같진 않으니 이것들은 고블린이겠죠."

"근데 그런 것치고는 좀 큰데? 이건 홉이네. 홉고블린이야."

옆으로 다가온 바사고가 두 손을 허리에 대며 의견을 덧붙였다. VR 전투가 전문인 만큼 나름대로 판타지 RPG의 지식도 있는 것 같았다.

가브리엘 일행이 지켜보는 가운데 열 마리 정도의 홉고블린이 벌이는 소동은 점점 더 격렬해졌다. 한가운데의 두 마리가 서로 멱살을 잡고 엎치락뒤치락하는 큰 싸움을 시작하자 둘을 에워싼 자들도 양팔을 치켜들며 소란을 떨어 댔다.

"……크리터."

무언가 아이디어 같은 것이 형태를 이루려 하는 감촉을 느끼며, 가브리엘은 시트에 앉은 빡빡머리에게 말을 걸었다.

"네?"

"이놈들……, 이 괴물들은 시스템의 일부인가?"

"음~, 아무래도 아닌 것 같네요. 이놈들은 어떤 의미에서는 진짜 인간이니. 위쪽의 라이트큐브 클러스터에 로드된 인조 영혼……, 플럭트라이트를 가지고 있어요."

"진짜야?! 세상에!"

그 순간 바사고가 괴상한 소리를 지르며 몸을 내밀었다.

"이 홉고블린들이 인간? 우리하고 같은 영혼을 가졌다고?! 프리스코에 있는 할머니가 들으면 그 자리에서 놀라 뒈지겠네!!"

철썩철썩, 크리터의 빡빡머리를 두드리며 계속 떠들어 댄다.

"거 참, 신이 무섭지도 않나? 용케도 이딴 연구를 하는구만. 그럼 뭐야, 라이트큐브에 들어 있는 건 전부 이딴 고블린이니 오크 같은 거야? 우리의 앨리스 양도?"

"그럴 리가 있나."

짜증 나는 듯 바사고의 손을 뿌리치면서 크리터가 정정했다.

"잘 들어. 라스 놈들이 만든 언더월드란 세계에는 두 개의 에어리어가 있어. 한복판에서 쬐끔 서쪽에 《휴먼 엠파이어》가 있고, 거기에는 평범한 인간들이 살아. 그리고 그 바깥쪽에 있는 《다크 테리토리》에는 이런 몬스터가 드글드글하고. 앨리스가 있는 건 당연히 휴먼 엠파이어 어딘가이겠지만, 엄청나게 넓으니까 이렇게 엿보는 정도로 찾아내기는 불가능해."

"그럼 얘기가 쉽네. 인간이면 말이 통하잖아? 그럼 그 휴먼 엠파이어라는 데 다이브해서 거기 있는 놈들한테 앨리스란 애 모르냐고 물어보면 되잖아."

"우와, 바보다. 바보가 있어."

"뭐라고, 이 자식아!!"

"얀마, 언더월드를 만든 건 일본인이야. 당연히 《거기 있는 놈들》이 쓰는 말도 일본어라고. 너, 일본어 할 줄 알아?"

모멸의 웃음을 지으며 그렇게 지적하는 크리터에게 바사고는 어딘가 일그러진 미소로 대꾸했다.

"날 우습게 보면 곤란하지."

그 순간 크리터만이 아니라 팀 전원이 눈을 휘둥그렇게 떴다. 바사고의 말은 가브리엘도 놀랄 만큼 유창한 일본어였기 때문이다.

히스패닉 젊은이는 다시 영어로 돌아와 말했다.

"커뮤니케이션에는 전혀 문제가 없다고. 또 뭔가 하고 싶은 말 있냐, 네눈박이?"

"어……, 있지, 물론."

놀라움에서 회복된 크리터가 흥 하고 코웃음을 쳤다.

"휴먼 엠파이어에는 수만 명이나 되는 주민들이 살고 있어. 그걸 너 혼자 일일이 탐문하고 다닐 수 있겠……냐…………."

여기까지 말을 하려다가 자신의 말에서 영감을 얻은 것처럼 벌떡 몸을 일으켰다. 빡빡머리에 턱을 강타당한 바사고가 다시 투덜거렸지만, 해커는 귀를 기울이지 않고 외쳤다.

"잠깐. 잠깐잠깐잠깐잠깐. 혼자서 할 필요는 없을지도……."

그 말을 들은 순간 가브리엘의 머릿속에 있었던 애매한 아이디어도 대체적인 형태로 수렴되었다.

"……그렇군. 언더월드에 로그인할 용도로 마련된 어카운트……, 그게 전부 레벨 1짜리 백성이라고 생각할 수는 없지. 안 그래, 크리터?"

"Yes, yes, boss!!"

타다다닥, 키보드가 타악기처럼 울부짖고, 대형 모니터에는 금세 수많은 리스트가 스크롤 표시 되었다.

"라스의 오퍼레이터가 로그인해서 내부를 관찰하거나 조작하기 위한 어카운트라면 모든 계급의 신분이 있을 거예요. 군대의 장교……, 아니, 장군……. 아니아니, 귀족, 황족……, 어쩌면 황제 그 자체도……."

"오오, 그거 쿨한데."

갈라진 턱을 문지르며 바사고가 말했다.

"그러니까 장군이니 대통령 같은 높은 신분으로 로그인해서 맘대로 명령을 내리면 된다 이거구만. 전군 정렬! 뒤로 돌아! 앨리스를 찾으러 가!! 하고 말이지."

"……어째 네가 그렇게 말하니까 기껏 생각한 아이디어가 시시해지는 것 같다."

투덜거리면서도 크리터는 맹렬한 스피드로 리스트를 스크롤해 댔다. 하지만.

겨우 몇 초 후, 그답지 않은 욕설과 함께 리스트업이 중지되었다.

"젠장, 안 되겠네. 여기서 직접 조작하는 것만이 아니라 하이

레벨 어카운트 로그인도 확실하게 패스워드를 걸어 놨어. 유감이지만 휴먼 엠파이어는 일반 백성 어카운트로만 다이브할 수 있겠네요."

"……흐음……."

크리터와 바사고의 머리에는 명확한 낙담의 빛이 떠올랐지만, 가브리엘은 표정 근육 하나 움직이지 않고 가볍게 고개를 갸웃했다.

남은 시간적 유예는 결코 많다고는 할 수 없다.

하지만 그것은 어디까지나 이곳 현실세계에서 설정된 리미트일 뿐이다. 스크린 안에 펼쳐진 이세계 언더월드에서는 현실세계 대비 수백 배라는 무시무시한 비율로 압축된 시간이 흐르는 것이다.

그러니 바꿔서 말하자면 남은 시간적 유예 23시간은 언더월드에서는 1년이 넘는 세월에 해당한다는 뜻이다. 그만한 시간이 있다면 일반 백성으로 로그인해 앨리스를 찾아내 확보할 수 있는 데다, 내부의 정보 콘솔에서 현실세계로 이젝트시키는 것도 영 불가능하지만은 않을지도 모른다.

하지만 지나치게 느긋한 이야기임은 분명했다. 그런 수고를 끼치느니 차라리 휴먼 엠파이어 바깥쪽에서 접근하는 편이 빠르지 않겠는가.

"크리터. 하이레벨 어카운트는 엠파이어 바깥쪽……, 다크 테리토리에는 없나?"

"……바깥요? 하지만 앨리스가 그쪽에 있을 가능성은 엄청 낮지 않을까요?"

의문을 입에 담으면서도 크리터의 손가락이 가볍게 번뜩였다. 새로이 열린 윈도우를 올려다보며 가브리엘이 대답했다.

"뭐, 그렇겠지. 하지만 에어리어 경계가 완전불가침인 건 아니잖아? 어카운트에 주어진 권한에 따라서는 경계를 넘어설 수단이 있을지도 모르지."

"오오, 역시 bro! 생각하는 게 다르다니깐! 다시 말해 그거지……, 인간 장군이 아니라 몬스터들의 대장이 돼서 쳐들어간다는 거지?! 그쪽이 더 타오르지 않아?!"

휘익 휘파람을 불며 소리를 지르는 바사고에게 자못 진저리가 난다는 어조로 크리터가 찬물을 끼얹었다.

"타오르는 건 네 마음인데, 다크 테리토리에 로그인한다면 홉고블린이니 오크 같은 게 될지도 모른다고. 뭐, 너한테는 어울린다만……, 어라, 어, 있네. 있네요."

타앙, 소리 높여 키를 두드리자 다시 두 개의 윈도우가 떠올랐다.

"어디 보자, 엠파이어 쪽하고는 달리 슈퍼 어카운트는 딱 두 개인데……, 됐다, 패스워드는 없어! 어디어디……, 우선 하나는 다크나이트라는 신분이네요. 권한 레벨은……, 70! 이거 써먹을 만하네!"

"오오, 좋구만! 그건 내가 쓸래!!"

소란을 떨어 대는 바사고를 무시하고 크리터는 또 다른 윈도우를 활성화시켰다.

"그리고 또 하나는, 어디. ……뭐야, 이건? 신분이 공란이고 레벨 표시도 없잖아. 설정된 건 이름뿐이고. 이건……, 뭐라고 읽는 거지? …………《엠퍼러……, 벡터》?"

"우와, 엠퍼러면 황제 아니야? 역시 난 그걸……."

말을 하려던 바사고의 어깨를 가브리엘이 뒤에서 가볍게 두드렸다.

"아니, 그건 내가 쓰지."

"엥? 그치만 bro, 일본어 할 줄 알아?"

"너만큼은 아니지만."

그리고 가브리엘은 3년에 걸쳐 공부한 일본어로 대답했다. 읽기와 쓰기는 애초에 포기했지만 일상회화라면 문제없이 구사할 자신이 있었다.

"휘유, 역시 대단해. 그럼 황제는 bro한테 맡기고 난 암흑기사로 갈까? 이거 재미있어졌는데! 야, 네눈박이! 이젠 로그인할 수 있나?!"

여전히 소란을 떨어 대는 바사고를 완벽하게 무시하고 크리터는 키보드를 두드려 댔다. 모니터에 잇달아 표시되는 정보를 노려보는 옆얼굴이 진지해, 가브리엘은 옆으로 다가가 조용한 목소리로 물었다.

"왜 그래, 크리터. 달리 뭐 문제라도 있나?"

"…………문제랄까, 마음에 걸린달까……. 데이터를 보고 있으니 여기저기서 묘한 단어가 튀어나오는데 말이죠. 의미는 아직 잘 모르겠지만……."

"호오? 무슨 단어지?"

가브리엘의 물음에 크리터는 숨을 한 번 쉬고 대답했다.

"……《최종 스트레스 테스트》."

3

히가는 서브 컨트롤을 에워싼 무거운 침묵을 살짝 주저하며 깨뜨렸다.

"어, 음……, 말이죠. 그의 육체, 랄까, 현실세계에서의 키리가야 군이 처한 상황은, 지금 설명했다시피……, 낙관을 용납하질 않아요."

코지로 린코에게 부축을 받은 유우키 아스나가 흠칫 가녀린 몸을 떠는 것을 보고 황급히 말을 덧붙인다.

"그, 그렇지만 약간이나마 희망도 있어요!"

"……그게 뭐지?"

날카로운, 그러나 어딘가 기도하는 듯한 울림을 띤 목소리로 린코가 물었다.

"키리토 군은 아직 언더월드 로그인을 유지하고 있어요."

히가는 빼앗긴 메인 컨트롤 룸에 비하면 훨씬 작아져버린 모니터 화면을 올려다보았다. 마우스를 몇 번 클릭하자 표시가 바뀌어 원형의 인계와 이를 에워싼 다크 테리토리로 구성된 언더월드의 전체 지도가 출현했다.

"그러니까 셀프 이미지가 손상되었다고는 해도, 그의 플럭트라이트 자체는 아직 활동하면서 이런저런 자극을 받고 있다는 거죠. 그렇다면 현실세계에서는 무리여도 언더월드에서 그의 영혼을 치유해줄 수 있을지도 몰라요. 자기 자신을 책망한 나머지 자신의 영혼을 손상시켜버린 그를 누군가가 《용서》해준다면……, 어쩌면…….”

자신의 말이 도저히 과학적이라고는 할 수 없는 것임을 히가는 자각하고 있었다.

하지만 그것은 꾸밈없는 본심 그 자체였다.

너브 기어, 메디큐보이드에 이은 브레인 머신 인터페이스의 진화형 소울 트랜슬레이터. 그러나 히가 자신이 개발에 가담했던 그 기계로 인해 밝혀진 인간의 양자적 의식체 《플럭트라이트》에 관해서는 아직 알 수 없는 것이 압도적으로 많았다.

플럭트라이트는 물리적인 현상인가?

아니면 현대과학으로는 설명할 수 없는 관념적 사상인가?

만일 후자라면, 상처 입고 지쳐버린 키리가야 카즈토의 영혼을 과학을 넘어선 힘이 치유해주는 것도 가능할지 모른다.

이를테면——누군가의 사랑이.

“……저, 가겠어요.”

마치 히가의 생각과 동조했던 것처럼.

작은, 그러나 결연한 목소리가 서브 컨트롤 룸에 울려 퍼졌다.

방 안에 있던 모든 이들이 흠칫 숨을 멈추며 발언자를 보았다. 유우키 아스나는 어깨를 부축해주는 코지로 린코에게 고개를 끄덕이고 한 걸음 앞으로 나가더니 말을 이었다.

“제가 언더월드로 가겠어요. 그쪽에서 키리토에게 말해주겠어요. 그동안 열심히 했다고. 슬픈 일, 괴로운 일이 많이 있었겠지만 너는 할 수 있는 일을 다 했다고."

연갈색 눈동자에 눈물을 머금으면서 그렇게 말한 아스나의 모습은, 평생을 학구에 바칠 각오를 한 히가조차 말을 잃을 만큼 아름다웠다.

키쿠오카 또한 몹시 감격한 듯한 표정으로 아스나를 쳐다보았으나, 이내 안경 렌즈로 표정을 감추고 옆방의 문으로 시선을 돌렸다.

"……분명 STL은 한 대가 더 비어 있긴 하지."

조용히 그렇게 말한 지휘관은 심각한 표정이 되어 말을 이었다.

"하지만 언더월드는 지금 평온한 상황이라고는 말하기 힘들어. 이쪽 시계로 몇 시간 후에 예정된 최종 스트레스 테스트의 라스트 스테이지에 돌입할 테니까."

"최종……, 스트레스? 뭐가 일어나는데요?"

눈살을 찡그리는 린코에게 히가가 손짓을 섞어 가며 설명했다.

"어……, 간단히 말하자면 껍질이 깨지는 거예요. 인계와 다크 테리토리를 수백 년이나 격리시켰던 《동쪽 대문》의 내구치가 0이 돼서, 괴물의 군세가 인간 세계로 쳐들어가죠. 인간들이 충분한 방위체계를 갖췄다면 마지막에는 밀어낼 수 있을 거예요. 하지만 이번 실험에서는 키리토 군이 인계의 통치조직인 공리교회를 반쯤 궤멸시켜 버렸으니……, 어떻게 될지……."

"생각해보면 어느 쪽이든 우리 중 누군가가 그곳에 다이브해야만 하는 상황일 수도 있겠군."
팔짱을 낀 키쿠오카가 중얼거렸다.
"침공이 시작되면 그 혼란 속에서 인계 어딘가에 존재할《앨리스》가 살해당하고 말 수도 있지. 그렇게 되면 메인 컨트롤을 잠가 놓고 시간을 끌었던 행동도 무의미해지니……. 고위 어카운트로 접속해 앨리스를 보호하고《월드 엔드 얼터》까지 이동해서, 그곳에서 앨리스의 라이트큐브를 이 서브 컨트롤 룸에 이젝트시킬 수 있다면……."
"아……, 당신이 키리토 군에게 그렇게 부탁했죠, 사고 직전에."
린코의 말에 키쿠오카는 분통한 표정으로 고개를 끄덕였다.
"응. 그가 무사하다면 분명 그렇게 해줬을 거야. 그때 그는 앨리스의 바로 곁에 있었으니까……."
"그럼 내부 시간으로 몇 달이 지난 지금도 두 사람은 같이 있을 가능성이 높다는……, 그런 말인가요?"
그 질문에는 히가가 대답했다.
"……그렇게 생각해도 되겠죠. 그렇다면 역시 다이브는 아스나 양에게 부탁해야 할지도……. 키리토 군과의 커뮤니케이션은 물론이고, 앨리스를 보호하려면 언더월드에서의 전투능력도 필요할 테니까요. 여기 있는 사람 중 가장 가상세계에서의 움직임에 익숙한 건 아스나 양이에요, 분명."
"그러면 어카운트도 가능한 한 하이레벨로 쓰는 게 좋겠어."
키쿠오카의 목소리에 히가는 고개를 끄덕이고 키보드에 손을 가져다 댔다.

"그야 물론 마음대로 골라잡을 수 있죠. 기사, 장군, 귀족……, 고위 어카운트는 이것저것 마련되어 있으니까요."

"저기, 잠깐만 기다려봐."

갑자기 약간 긴장된 목소리로 린코가 끼어들었다.

"왜요?"

"……습격자들이 그와 완전히 똑같은 생각을 할 가능성은 없어? 아까 네가 그랬잖아? 앨리스를 확보하는 샛길은 내부에서의 오퍼레이션이라고."

"아……, 네, 그야 그놈들에게도 가능한 수법이죠. 아래쪽 메인컨에도 STL이 2기 있으니까요. 하지만 그놈들에게 고위 어카운트의 로그인 패스워드를 깰 시간은 없을 거지 말입다. 쓸 수 있는 건 레벨 1인 일반 백성뿐이에요. 도저히 최종 스트레스 테스트의 아수라장에서 활동할 만한 스테이터스가 아니지 말입다."

재빠르게 그런 설명을 하면서도——.

히가는 문득 무언가 중요한 사실을 잊어버린 것이 아닌가 하는 어렴풋한 불안을 의식했다.

하지만 그 생각은 고속으로 스크롤되는 어카운트 리스트의 문자열에 섞여버리고 말았다.

Sword Ar
The 4th Episode
Project "Alicization"
the new chapter
War of the Underworld

t Online
소드 아트 온라인
제4부
[앨리시제이션] 신장
언더월드 대전

《오션 터틀》 내부

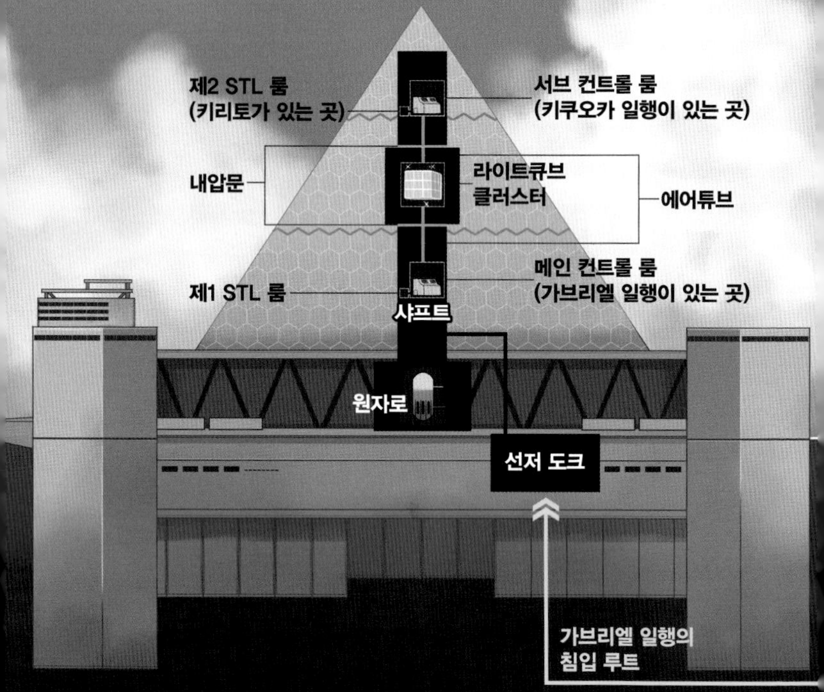

보텀업 인공지능 개발계획 《프로젝트 앨리시제이션》을 위한 위장 기업 《라스》의 본거지인 자주식 메가플로트 《오션 터틀》. 거대한 피라미드 형태를 한 그곳에는 《언더월드》에 로그인하기 위한 《소울 트랜슬레이터》가 제1 STL실에 2대, 제2 STL실에 2대씩 합계 4대가 존재한다. 키리토가 《언더월드》에 로그인한 《소울 트랜슬레이터》는 제2 STL 룸에 있다.

《오션 터틀》 중심부에는 《언더월드》 주민들의 《영혼》인 인공 플럭트라이트가 보존된 《라이트큐브 클러스터》가 있다. 이 수많은 라이트큐브 중에서 앨리스의 인공 플럭트라이트를 찾아 에어튜브를 통해 이젝트시키는 것이 가브리엘 일행의 임무이다.

제17장 다크 테리토리 인계력 380년 11월

1

암흑기사 리피아 잔케르는 비룡의 움직임이 멈추기도 전에 등에서 뛰어내려 서서 발착대와 제궁(帝宮)을 잇는 공중복도를 전력으로 뛰기 시작했다.

금세 숨이 가빠지는 것을 느끼고 오른손으로 얼굴까지 뒤덮은 투구를 벗었다.

사라락, 펼쳐지는 청회색의 긴 머리카락을 왼손으로 잡아 한꺼번에 등 뒤로 넘긴 후, 리피아는 더욱 속도를 높였다. 무거운 갑옷과 망토까지 벗어던져 버리고 싶었지만, 제궁에 도사린 집정관 놈들에게는 피부 한 점 보여주고 싶지 않았다.

구불구불한 복도를 뛰어나가니 오른쪽에 늘어선 원기둥 틈새로 붉은 하늘을 가르며 시커멓게 솟은 거대한 성이 모습을 나타냈다.

제궁 옵시디아 성은 광대한 어둠의 나라에서 가장 높은——물론 저 가증스러운 《한끝산맥》을 제외하면 말이지만——바위산을 백 년에 걸쳐 뚫어 지은 성이다.

옥좌가 있는 최상층의 홀에서는 서쪽 지평선에 뿌옇게 떠오른 한끝산맥과 그 바위자락에 뚫린 거대한 문이 어렴풋이 보인다고 한다.

하지만 그 소문의 진위를 아는 사람은 하나도 없다.

다크 테리토리의 옥좌는 초대 황제인 암흑의 신 벡터가 태고 시절 옛날에 땅 밑바닥의 암흑으로 떠난 이래로 줄곧 공석이었다. 최상층의 대문은 무한의 천명을 가진 사슬로 봉인되어 영원히 열리지 않는다.

리피아는 칠흑의 성 최상층에서 시선을 돌리고 눈앞까지 다가온 성문을 지키는 오우거족의 위병들에게 말했다.

"암흑기사 제11위 잔케르다! 문을 열라!!"

늑대 머리에 인간 몸을 가진 위병들은 굴강하지만 머리 회전이 조금 둔해, 리피아가 주철 문에 도달하기 직전에야 겨우 개폐장치 손잡이를 돌리기 시작했다.

구, 구궁, 무거운 소리를 울리며 살짝 열린 문틈에 몸을 옆으로 돌려 비집고 들어갔다.

석 달 만에 오는 성은 예전과 다를 바 없는 싸늘한 공기로 리피아를 맞이했다.

허드렛일을 하는 코볼트들이 매일 우직하게 닦아 놓는 복도에는 티끌 하나 없다. 흑요석 바닥판을 부츠 굽으로 울리며 뛰어가고 있자, 전방에서 피부가 다 드러난 의상을 입은 요염한 여자 두 명이 그녀와는 달리 발소리 하나 내지 않고 미끄러지듯 걸어오는 것이 보였다.

매끄럽게 물결치는 머리카락에 얹힌 커다란 뾰족모자는 그녀들이 암흑술사임을 나타내주었다. 눈을 마주치지 않고 엇갈려 지나가려 했을 때 여자 중 하나가 카랑카랑 울려 퍼지는 목소리로 짐짓 말했다.

"어머나, 엄청나게 쿵쿵거리는걸! 오크나 뭐가 뛰어가기라도 하나?"

즉시 나머지 한쪽이 째지는 웃음소리로 대꾸했다.

"그럴 리가 있나~. 이 진동은 분명 자이언트야!"

——발검이 금지된 성내가 아니었다면 혀를 잘라주었을 것을.

그렇게 생각하며 리피아는 코웃음만을 치고 열심히 뛰어갔다.

어둠의 나라에 태어난 인간족 여자는 훈련학교를 졸업한 후에는 대부분이 암흑술사 길드에 들어간다. 매우 향락적인 조직이라 규율 대신 방탕을 배운다고 하며, 그렇게 완성된 것들은 저렇게 몸단장에밖에 관심이 없는 자들뿐이다.

그러면서도 기사가 되는 길을 선택한 여자에게는 공연히 대항심을 불태운다. 리피아도 유년학교 동기 중 사이가 나빴던 여자 술사에게서 독충의 저주를 받아 골탕을 먹은 적이 있다. 그 여자의 자랑거리였던 잘 땋은 머리를 검으로 잘라버려 줬더니 얌전해졌지만.

어차피 이 나라 놈들은 앞을 보려 하지 않는 바보들뿐이다.

조직이, 그리고 개인이 항상 서로 싸우며 힘으로 우열을 결정하는 것밖에 모르는 어둠의 나라에는 미래가 없다.

현재야 《십후회의(十侯會議)》 밑에서 간신히 균형을 유지하고 있지만 그것도 오래 가지는 못할 것이다. 눈앞에 닥친 인계——오크니 고블린들이 말하는 《이웃의 나라》와의 전쟁 중에서 십후 중 누군가가 목숨을 잃는다면 균형은 깨져, 다시 피로 피를 씻는 전란의 시대가 찾아온다.

그 미래상을 리피아에게 말해준 것은 십후 중 한 명이자 직속상관인 암흑기사단의 장이며, 또한 애인이기도 한 사내였다.

그리고 지금 리피아는 그가 고대하던 기밀정보를 가슴속에 품고 있다.

그런 상황인 만큼 여술사들의 헛소리에 장단을 맞춰줄 여유따위는 1초도 없었다.

아무도 없는 홀을 일직선으로 가로질러, 커다란 계단을 두 단씩 건너뛰며 열심히 올랐다. 단련된 몸으로도 숨이 가빠지기 시작했을 때쯤 겨우 원하던 층에 도달했다.

어둠의 나라 전체를 합의로 지배하는 《십후회의》는 5석이 인간족, 2석이 고블린족, 나머지 3석을 각각 오크족, 오우거족, 자이언트족의 장이 차지하고 있다. 100년에 걸친 내란을 거쳐 겨우 조약 비슷한 것이 체결되어 다섯 부족 사이에는 위아래가 없다는 약정이 맺어진 결과였다.

따라서 옵시디아 성의 최상층에 가까운 18층에는 제후 열 명 각각의 개인실이 있다. 살짝 발소리를 죽이며 복도를 다 지나간 리피아는 후미진 곳의 한 방문을 오른손 손등으로 세 번 두드렸다.

"들어오게."

즉시 나직한 목소리로 허가가 내려왔다.

복도 좌우를 둘러보고, 이목이 없음을 확인한 다음 리피아는 재빨리 안으로 들어갔다.

장식을 최소한도로 억제한 방에 감도는 남자다운 냄새를 반갑게 여기면서 바닥에 한쪽 무릎을 꿇고 고개를 조아렸다.

"기사 리피아 잔케르, 지금 막 귀환했습니다."

"수고했네. 우선 앉지."

굵은 목소리에 가슴이 크게 뛰는 것을 의식하며 시선을 들었다.

둥근 테이블을 끼고 놓인 긴 의자 중 하나에 털썩 앉아 발을 척 꼬는 이 사내야말로 암흑기사장——《암흑장군》이라는 별명을 가진 빅슬 우르 샤스타였다.

인간족 중에서는 매우 뛰어난 체구. 물론 가로의 폭으로는 비교가 안 되지만 키만은 오우거족에게도 뒤지지 않는다. 새까만 머리카락은 짧게 깎았으며, 입가의 수염도 깔끔하게 정돈해 놓았다.

간소한 마직 셔츠는 단추를 튕겨 내버릴 정도로 다부진 근육을 감싸며 한껏 부풀어 올랐지만 허리 언저리에는 쓸데없는 살이라고는 한 점도 없었다. 도저히 나이 마흔을 넘었다고는 여겨지지 않는 완벽한 육체가 기사의 최고위까지 오른 후에도 빠뜨린 적이 없는 무시무시한 평소의 단련으로 유지되고 있음을 아는 자는 드물다.

석 달 만에 보는 정인(情人)의 모습에 지금 당장이라도 품으로 뛰어들고 싶다는 충동을 억누르며 리피아는 샤스타의 맞은편 소파에 앉았다.

상체를 일으킨 샤스타는 테이블 위에 두 개 마련되어 있던 수정잔 중 하나를 리피아에게 들게 하고는 오래 묵은 것으로 보이는 와인의 봉인을 뜯었다.

"자네와 함께 마시려고 어제 보물고에서 슬쩍해 왔지."

한쪽 눈을 찡긋하면서 향기가 강한 진홍색 액체를 잔에 따른다. 그런 표정을 하면 어딘가 장난꾸러기 아이 같은 면도 옛날과 전혀 다를 바가 없다.

"고……고맙습니다, 각하."

"단둘이 있을 때 각하는 관두라고 몇 번이나 말했잖나."

"하오나 아직은, 그래도 임무 중인지라."

못 말리겠다며 어깨를 으쓱하는 샤스타와 조심스레 잔을 부딪친 후 향긋한 와인을 단숨에 기울이자 오랜 여행으로 소모되었던 천명이 조금씩 회복되는 것을 느꼈다.

"……그래서."

자신도 잔을 비우고 표정을 다잡은 기사장은 아주 살짝 나직해진 목소리로 물었다.

"자네가 패밀리어로 알렸던 중대사란 대체 무엇인가?"

"예……."

리피아는 자신도 모르게 시선을 좌우로 돌린 다음 몸을 앞으로 내밀었다. 샤스타는 자유분방한 사내지만 동시에 세심하기도 하다. 이 방에는 방어술이 몇 겹으로 펼쳐져 설령 암흑술사 길드의 총장인 《마녀》라 해도 대화 내용을 엿들을 수는 없을 것이다. 하지만 그 사실을 알면서도 자신이 가진 정보의 중대함을 생각하면 속삭이지 않을 수 없었다.

샤스타의 까만 눈동자를 가만히 바라보며, 리피아는 간결한 보고를 입에 올렸다.

"인계의, 공리교회 최고사제가……, 죽었습니다."

그 말에는 대담한 암흑장군도 두 눈을 크게 떴다.
후우우, 굵은 한숨이 정적을 깨뜨렸다.
"그게 사실인가……, 라고 묻는다면 자네에 대한 모욕이 되겠지. 정보를 의심하지는 않겠네만……, 하지만……, 그 불사신이……."
"예……, 심정은 이해합니다. 저도 도저히 믿을 수가 없어 확인을 위해 일주일을 허비했습니다만, 역시 틀림없었습니다. 센트럴 커시드럴에 《귀벌레》를 숨겨 두어 내정을 확인한 바."
"뭐야? 무모한 짓을 했군. 술법을 역추적당했다면 그대는 센트리아에서 탈출하지도 못한 채 갈기갈기 찢겨 죽었을 텐데."
"예. 하오나 저 정도의 술식을 탐지하지 못한 점만을 보더라도 정보는 진실이 아닐까 합니다."
"……으음……."
두 잔째의 와인으로 살짝 입술을 축이며 샤스타는 우락부락한 얼굴을 숙였다.
"언제인가, 그것이. 그리고 사인은?"
"약 반년 전이라 합니다……."
"반년. 분명 그 무렵에 일시적으로 산맥의 경계가 느슨해진 적이 있었지."
"예. 그리고 최고사제의 사인 말입니다만……, 이것은 도저히 믿기 힘든 말인데, 검에 쓰러졌다고……."
"검에. ——그 불사신을 벤 자가 있단 말인가?"
"있을 수 없지요."
입을 꾹 다문 샤스타에게 리피아는 크게 고개를 가로저었다.

"아마 불사자라고는 해도 마침내 천명이 다했을 것입니다. 하지만 신인(神人)인 최고사제의 영성(靈性)을 유지하고자 그러한 헛소문을 퍼뜨린 것은……."

"으음……, 뭐, 그런 식이겠지. 하지만……, 죽었단 말인가. 최고사제 어드미니스트레이터가……."

샤스타는 눈을 감고 팔짱을 끼더니 몸을 등받이에 기댔다.

그대로 오랫동안 묵고하였으나, 이윽고 짧은 말과 함께 힘차게 눈을 떴다.

"기회다."

리피아는 한순간 숨을 멈춘 후, 갈라진 목소리로 물었다.

"무슨 기회, 말씀이십니까?"

대답은 즉시 돌아왔다.

"물론……, 화평의 기회지."

이 성에서 입 밖에 내기에는 지나치게 위험한 그 단어는 즉시 실내의 공기 속에 녹아 사라졌다.

"그것이 가능하다고……, 생각하십니까, 각하?"

속삭이듯 물은 리피아에게 샤스타는 시선을 잔 속의 붉은 액체에 떨구며 천천히, 그러나 깊이 고개를 끄덕였다.

"가능하든 불가능하든 이루어야만 하네. 어떻게든."

와인을 단숨에 비우고 말을 이었다.

"창세 때부터 인계와 어둠의 나라를 갈라놓았던 《대문》의 천명이 마침내 다하려 하네. 다크 테리토리의 다섯 종족은 해와 땅의 은총이 풍요로운 인계로 쳐들어갈 대침공을 눈앞에 두고 넘쳐나기 직전의 가마솥과도 같은 상태지. 지난번 십후회의에서는 인계의 토지와 재물, 그리고 노예를 어떻게 분할할지를 두고 큰 다툼이 있었을 정도였어. 나 원……, 구제할 길 없을 만큼 탐욕스러운 것들이지."

솔직하기 그지없는 샤스타의 말에 리피아는 고개를 움츠렸다.

《금기목록》이라는 거대한 법전에 지배되는 인계와는 달리 어둠의 나라에 존재하는 법은 단 하나뿐이다. 즉――힘으로 빼앗아라.

그런 의미에서 보자면 최고권력자의 자리에 올라서도 끊임없는 정복욕을 불태우는 아홉 명의 제후들과는 달리 인계와의 화평을 생각하는 샤스타야말로 이단자일 것이다.

그러나 리피아가 이 사내에게 끌리는 이유도 그 이질적인 생각 때문이다. 뭐니 뭐니 해도 다른 제후들을 시중드는 여자들과 달리 리피아는 그에게 억지로 빼앗긴 적이 없었다. 샤스타는 무릎을 꿇고 꽃다발을 내밀며, 진지한 말로 그녀를 설득했던 것이다.

애인이 그러한 생각에 잠겼다는 것을 알아차리지도 못한 채 샤스타는 무거운 어조로 말을 이었다.

"……하지만 제후 놈들은 인간을 너무 우습게 보고 있어. 특히 300년에 걸쳐 인계를 지켜 온 정합기사단을."

그 이름을 들은 순간 머릿속이 싸늘해지는 기분을 느끼며 리피아는 고개를 끄덕였다.

"그렇습니다……. 놈들은 무시무시한 고수들뿐이지요."

"일기당천일세, 문자 그대로. 암흑기사단의 오랜 역사에서도 정합기사에게 죽은 자는 헤아릴 수 없네만, 그 반대는 한 번도 없었으니 말이야. 놈들의 검술은 정묘하고, 소유한 신기는 강력하기 그지없지……. 내가 싸웠을 때도 어느 정도 몰아붙인 적은 몇 번이나 있지만 숨통을 끊기에 이른 적은 없었다네. 물론 져서 도망친 경험은 얼마든지 있지만."

"그건……, 놈들이 검으로 불꽃이나 빛을 뿜어내는 수상쩍은 술법을 사용하기 때문에……."

"《무장완전지배술》 말이군. 우리 기사단의 술리부(術理部)에 오랫동안 연구를 시켰네만 결국 해명에는 이르지 못했지. 그 기술 하나에 대항하려 해도 고블린 병사 백 명으로는 부족할걸."

"그렇다고는 하지만……, 우리 쪽의 군세는 5만에 이릅니다. 반면 정합기사는 서른 명 정도밖에 되지 않지요. 숫자로 밀어붙일 수 있지 않을까요……?"

리피아의 말에 샤스타는 멋들어진 수염 끝을 씁쓸하게 틀어올렸다.

"놈들은 일기당천이라고 하지 않았나. 계산상으로는 이쪽 병력도 3만은 죽을 걸세."

"설마……, 그렇게까지는요."

"뭐, 그렇지. 마음에 안 드는 전법이지만 최전선에서 우리 기사단과 오우거, 자이언트 정도가 버티고 후방에서 암흑술사 놈들의 원거리 술법을 계속 퍼부어 대면 언젠가는 정합기사들도 힘이 다할 거야. 하지만 놈들의 마지막 한 명이 쓰러졌을 때 우리의 피해가 어느 정도일지 상상도 안 가는걸. 3만까지는 아니겠지만 그 절반 정도라면 충분히 가능해."

딸그락. 단단한 소리를 내며 수정잔이 테이블 위에 놓였다.

와인을 따라주려 하는 리피아를 한쪽 손으로 저지하고, 샤스타는 넓은 등을 의자에 기댔다.

"……그리고 그 결과, 당연하지만 어둠의 다섯 종족에 힘의 불균형이 발생할 걸세. 십후회의는 의미를 잃고, 다섯 종족 평등 약정도 무의미해지겠지. 그렇게 되면 100년 전의 《철혈시대(鐵血時代)》가 다시 오는 걸세. 아니, 더 안 좋겠군. 이번에는 인계라고 하는, 다 삼키지도 못할 꿀의 바다로 가는 문이 열린 거니까. 그곳의 지배권을 둘러싼 전쟁이 가라앉으려면 100년으로는 부족할 거야……."

그것이야말로 오래전부터 샤스타가 우려하고 리피아에게도 몇 번이나 들려주었던 최악의 미래상이었다. 그리고 샤스타 이외의 제후들은 그 미래를 최악이라 여기지 않는다――오히려 진심으로 바라 마지않는 것이다.

리피아는 고개를 숙이고 기사 서임과 동시에 받은 전신갑주의, 생채기투성이지만 잘 닦인 칠흑색 광채를 가만히 바라보았다.

어렸을 때 매우 몸집이 작았던 리피아는 《철혈시대》였다면 도저히 기사가 되지 못했을 것이다. 인신매매단에게 노예로 팔려 가거나 도시 밖의 황야에 버려져 짧은 인생을 마쳤을 터.

그러나 모양뿐이라고는 해도 평화조약 비슷한 것이 생긴 덕에 노예시장이 아니라 유년학교에 들어갈 수 있었으며, 그곳에서 뒤늦게 꽃핀 검의 재능을 발견해 인간족 여자로서 바랄 수 있는 거의 최고의 지위까지 올라올 수 있었다.

기사가 된 후로는 매달 받는 급료의 대부분을 투자해, 아직까지도 인신매매가 횡행하는 벽지에서 부모에게 버림받은 아이들을 모아 학교에 갈 나이가 될 때까지 돌봐주는 보육소 같은 시설을 운영하고 있다.

그 사실은 동료들은 물론 샤스타에게도 말한 적이 없다. 스스로도 자신이 왜 그런 짓을 하는지 설명할 수가 없었기 때문이다.

다만――.

힘 있는 자가 모든 것을 빼앗는 이 나라는 어딘가 이상하다는 감각은 항상 리피아의 마음 한구석에 있었다. 샤스타와는 달라 자신의 의구심을 명확한 말로 표현할 수 있을 만한 지혜는 없지만, 그래도 좀 더 《마땅히 갖출 올바른 모습》이 다크 테리토리에――아니, 인계를 포함한 모든 언더월드에 존재한다는 생각이 들었던 것이다.

그렇다. 말하자면 새로운 세계가, 샤스타가 제창하는 평화의 아득한 너머에 존재하리라는 것은 지금의 리피아도 어렴풋이나마 이해할 수 있었다. 동시에 한 명의 여자로서 사랑하는 사내에게 힘이 되고 싶다고도 생각했다.

그러나.

"……그러나 어떻게 다른 제후들을 설득하실 생각이십니까, 각하? 게다가……, 애초에 정합기사단이 화평 교섭을 받아들이려 할까요?"

나직한 목소리로 리피아가 물었다.

"……으음……."

샤스타는 두 눈을 감고 오른손으로 매끄러운 수염을 쓰다듬었다. 이윽고 씁쓸함을 띤 목소리가 조용히 울려 퍼졌다.

"정합기사들은, 가망이 있다고 보네. 최고사제가 쓰러졌다면 지금 총지휘권을 잡은 것은 베르쿨리, 그 아저씨일 테지. 방심할 수 없는 사람이지만 말귀는 알아먹거든. 문제는……, 역시 십후회의겠지. 이쪽은……, 모순된 것 같네만……."

눈을 뜨고 험악한 빛을 담은 두 눈으로 허공을 노려본다.

"——베어야만 할지도 모르겠어. 최소한 넷은."

리피아는 흠칫 숨을 멈추고 조심스레 물었다.

"넷, 이라고 하시면……, 역시 두 고블린족장, 오크족장, 그리고……."

"암흑술사 길드 총장. 그 여자는 어드미니스트레이터의 불사에 관한 비밀을 손에 넣어 언젠가 황제의 자리에 오를 야망을 품고 있거든. 화평안 따위 절대 받아들이지 않을 걸세."

"하, 하오나!"

쥐어짜 내듯 리피아는 반박했다.

"그건 너무 위험합니다, 각하! 고블린과 오크족장은 각하의 적수가 되지 못하겠지만……, 암흑술사만은 무슨 요사스러운 술수를 동원할지 감도 잡을 수 없습니다!"

리피아가 입을 다문 후에도 샤스타는 한동안 침묵을 지켰다.

그리고 갑자기 샤스타가 건넨 말은 예상도 하지 못한 것이었다.

"이봐, 리피아. 나한테 온 후로 얼마나 지났지?"

"예? 어……, 으, 으음……, 제가 스물한 살 때였으니……, 4년이군요."

"벌써 그렇게 됐군. ……오랫동안 애매한 신분으로 있게 해서 미안했네. 어때……, 슬슬, 그 뭐냐, 그러니까."

시선을 홱 돌리고는 머리를 벅벅 긁더니, 암흑기사장은 조금 무뚝뚝하게 말했다.

"……정식으로 내 아내가 되지 않겠나? 이런 아저씨라 미안하지만."

"가……각하……."

리피아가 아연실색해 두 눈을 크게 뜨고——.

이어서 심장 언저리에 스멀스멀 뜨거운 것이 퍼져, 참지 못하고 테이블을 뛰어넘어 사랑하는 사내의 품에 뛰어들려 했던 그때.

두꺼운 문 너머에서 경련을 일으킨 듯 째지는 목소리가 울려 퍼졌다.

"큰일이다!! 큰일 났습니다!! 아아, 이럴 수가!! 모이십시오, 각 제후분들! 어서, 어서어!!"

살짝 귀에 익은 그 목소리는 10대 제후 중 하나인 상공 길드 두령의 것인 듯했다.

리피아의 기억에 있는, 자못 거물처럼 보이는 커다란 몸집에 어울리지 않는 째지는 비명은 계속 이어졌다.

"큰일 났습니다!! ——오, 옥좌가 있는 홀의! 봉인 사슬이! 흔들리고 있습니다아아아아아!!"

2

황제 벡터가 되어 옥좌의 홀에 다이브한 가브리엘 밀러는 발밑에 무릎을 꿇고 고개를 조아린 인공 플럭트라이트들을 모종의 감회와 함께 바라보았다.

그들은 한 변이 2인치짜리 라이트큐브에 담긴 광양자정보다. 아울러 이 세계에서는 지성과 영혼을 갖춘 진짜 인간인 것이다. 물론 제일 앞줄에 늘어선 열 명 중 절반은 기괴한 용모의 몬스터였지만.

자신들을 《제후》라고 했던 열 명의 장군들과 그 뒤에 도열한 기사며 술사들, 그리고 성 밖에 주둔한 5만 군세가 가브리엘에게 주어진 유닛인 셈이다. 이제부터 이 말들을 적절히 움직여 인계의 방위력을 섬멸하고 《앨리스》를 확보해야만 한다.

하지만 현실세계의 리얼타임 시뮬레이션 게임과는 달리 이 유닛들은 마우스와 키보드를 놀려 마음대로 움직일 수 있는 것이 아니다. 언어와 태도로 통솔하고 명령을 내려야만 한다.

가브리엘은 말없이 옥좌에서 일어나 몇 걸음 이동해 후방의 벽에 걸린 거울 중 하나를 보았다.

그곳에 비친 것은 참으로 악취미한 차림을 한 자신의 모습이었다.

얼굴의 형태와 흰색에 가까운 금발만은 현실의 가브리엘 그대로였다. 그러나 이마에는 까만 금속에 진홍색 보석을 박은 왕관이 장식되어 있었으며, 까만 스웨이드 같은 가죽 셔츠와 바지 위에는 마찬가지로 칠흑색의 화려한 모피 가운을 걸치고 있다. 허리에는 어렴풋한 인광을 뿜어내는 가느다란 장검을 걸쳤으며 부츠와 장갑에는 치밀한 은사 자수가 가미되었다. 게다가 등에는 핏빛으로 물들인 긴 망토.

시선을 오른쪽으로 돌리자 옥좌에서 한 층 내려간 위치에 두 손을 머리 뒤에 깍지 끼고 두리번두리번 주위를 둘러보는 기사의 모습이 있었다.

보석 같은 흑자색으로 빛나는 전신갑주의 내용물은 가브리엘과 동시에 로그인한 바사고 카살스였다. 상황을 파악할 때까지는 신이 나 쓸데없는 행동을 저지르지는 말라고 못을 박아 두었지만, 가슴속의 감명을 슬랭으로 표현하고 싶어 안달이 났는지 발끝을 까닥까닥 울려 댔다.

슬쩍 고개를 가로젓고, 가브리엘은 다시 거울 속의 자신에게 시선을 돌렸다.

맞춤 정장이 익숙하던 몸에는 아무래도 어색한 차림이었다. 하지만 이 《언더월드》에서 가브리엘은 민간군사회사의 CTO가 아니다.

하염없이 넓은 다크 테리토리를 다스리는 황제.

그리고 신인 것이다.

가브리엘은 두 눈을 감더니, 천천히 숨을 들이마시고 내뱉었다.

연기할 역할을 터프하고 쿨한 지휘관에서 무자비한 황제로 전환하는 스위치가 의식 어딘가에서 찰칵 울렸다.

눈을 뜨고 심홍색 망토를 펄럭이며 돌아선 가브리엘——암흑신 벡터는 열 명의 장군들을 노려보며 인간미라고는 조금도 남지 않은 목소리를 옥좌의 홀에 쩌렁쩌렁 터뜨렸다.

"고개를 들고, 이름을 대라. ——오른쪽 끝에 있는 너부터다."

바닥에 이마를 비벼 댈 것처럼 평복했던 체구 큰 중년 사내는 의외로 준민하게 몸을 일으키더니 유창한 일본어로 이름을 댔다.

"예, 예에! 저는 상공 길드의 두령을 맡은 렌길 기라 스코보라고 하옵니다!"

중년 사내가 다시 고개를 숙이자 그 옆에서 산 같은 거구가 움직이기 시작했다.

일어난 것은 키가 12피트(3.5미터)는 될 것 같은 거구에 시커멓게 번들거리는 사슬을 교차시켜 감고 허리에는 짐승 가죽을 두른 아인종이었다. 그는 기이하게 긴 콧대를 불쑥 들어 올리더니 지진과도 같은 저음으로 이름을 댔다.

"자이언트족장, 시그로시그."

이 괴물의 내면에도 지성과 영혼이 존재하는 것이다. 가브리엘이 그 사실을 음미하는 동안 세 번째 사람이 귀에 거슬리는 갈라진 목소리를 냈다.

"……암살자 길드 두목……, 프 자……."

옆의 거인족에 비하면 너무나도 작아 존재감이 없는 후디드 로브 차림은 나이도, 성별조차도 확실하지 않았다.

얼굴을 보이라고 명령할까 잠깐 생각했지만 어차피 이런 어새신에게는 맨얼굴을 보이는 것을 금지하는 규칙이나 뭐 그런 것이 있으리라 생각해 내버려 두기로 하고, 가브리엘은 시선을 다음 장군에게 돌렸다.

그 순간 눈살을 찡그리고 싶어졌지만 꾹 참았다.

추악하다는 말을 멋들어지게 구현한 존재가 털썩 주저앉아 있었다. 다리가 너무 짧아 무릎을 꿇고 앉을 수가 없는 것이다. 둥글게 부푼 배는 기름이 끼어 번들번들 빛났고, 어깨에 반쯤 파묻힌 목에는 작은 짐승의 두개골 같은 것이 수없이 걸려 있었다.

그 위에 얹힌 머리는 돼지가 70퍼센트, 인간이 30퍼센트 정도의 비율이었다. 코는 앞으로 튀어나와 밋밋했으며, 거대한 입에서는 송곳니가 엿보였다. 그러나 조그만 눈만이 인간 같은 지성을 번뜩번뜩 머금고 있어 그것이 더욱 끔찍했다.

"오크족장, 릴피린이다."

높은 목소리를 듣고 가브리엘은 이 녀석이 과연 남자일까 여자일까 생각했으나, 이번에도 금방 흥미를 버렸다. 오크라고 했으니 하급 유닛이겠지. 어차피 한 번 쓰고 버릴 것들이다.

다음으로 고개를 들고 기민한 동작으로 인사를 한 것은 아직 소년이라 해도 좋을 연령의 젊은이였다. 적금색 곱슬머리를 늘어뜨리고, 볕에 탄 상반신에는 가죽띠만을 감고 있었다. 하반신은 짝 달라붙는 가죽 바지와 샌들, 그리고 두 손에는 네모난 금속 징이 박힌 글러브.

"권투사 길드 제10대 챔피언, 이스칸!!"

기세 좋게 외치는 소년을 돌아보며 가브리엘은 내심 고개를 갸웃했다. 권투사라면 복서를 말하는 건가? 맨손으로 전장에서 싸울 수 있단 말인가.

생각에 잠겨 있으려니 갑자기 짐승처럼 그르르륵! 하는 소리가 들렸다.

소리가 들린 곳은 자이언트보다는 못하지만 인간의 수준을 벗어난 체구의 아인종이었다. 상반신은 거의 전체가 긴 모피로 뒤덮였다. 의상이 아닌 본인의 털임을 알 수 있었던 것은 머리가 완벽하게 짐승의 것이었기 때문이다.

늑대와도 비슷하다. 튀어나온 콧날과 톱날처럼 늘어선 이빨, 그리고 세모꼴 귀. 긴 혀가 늘어진 입에서 알아듣기 힘든 목소리가 새어 나왔다.

"그르르……, 오우거……족장……, 후르구르……르르르……."

그것이 이름인지 그냥 으르렁거리는 소리인지는 확신할 수 없었지만, 가브리엘은 슬쩍 고개를 끄덕이고 다음을 보았다.

그 순간. 귀에 거슬리는 키익키익 소리가 울려 퍼졌다.

"산 고블린족장 하가시라 하옵니다! 폐하, 부디 선봉의 영광은 우리 종족의 용사들에게 맡겨주십시오!!"

원숭이 같은 대머리의 양 옆에서 가늘고 긴 귀가 뻗어 나온 조그만 아인종이었다. 키는 이제까지 이름을 댄 자이언트, 오크, 오우거는 물론 인간들보다도 작았다.

다이브 전에 크리터에게서 받은 강의에 따르면, 이 다크 테리토리에 존재하는 법규는 단 한 가지라고 한다. 다시 말해, 힘 있는 자가 지배한다. 그렇다면 어디를 봐도 힘이 약할 것 같은 고블린에게 다른 종족과 대등한 지위를 준 힘이란 무엇인가.

어찌 됐든 오크보다도 못한 최하급 보병 유닛이겠지만, 약간의 관심과 함께 산 고블린의 얼굴 생김새를 본 가브리엘은 무언가를 깨달은 듯 "흐음." 하고 소리를 냈다. 왜냐하면 추악한 아인의 조그만 눈에는 강렬한 욕망이 도사리고 있었기 때문이다.

산 고블린족장의 인사가 끝나자마자 그 곁에 앉아 있던, 피부색만 다른 아인이 마찬가지로 키익키익 외쳤다.

"말도 안 되는 소리! 우리는 이딴 놈들보다도 열 배는 폐하께 도움이 될 것이옵니다! 평지 고블린족장 쿠비리이옵니다!"

"뭐라고, 이 달팽이나 먹는 놈들이! 축축한 동네에서 살다 머리가 퉁퉁 불었냐?!"

"너야말로 뇌가 햇볕에 쨍쨍 말라붙었냐!!"

말다툼을 시작한 두 마리의 코앞에서——.

파지직! 새파란 불꽃이 터지고, 고블린족장들은 비명을 지르며 물러났다.

"——황제 폐하 어전이랍니다, 두 분."

매끄러운 목소리와 함께 오른손을 내린 것은 맨살을 거의 다 드러낸 의상을 걸친 젊은 여자였다. 불꽃은 여자의 손끝이 라이터의 부싯돌처럼 마찰한 것과 동시에 사라져 흩어졌다.

흐느적 일어난 여자는 풍만한 몸과 요염한 미소를 과시하듯 허리를 틀더니 젠체하는 몸짓으로 인사했다. 가브리엘의 오른쪽에서 살짝 휘파람을 분 바사고의 마음도 이해하지 못할 것은 없었다.

까만 에나멜 레더 의상은 오일이라도 발라 놓은 것처럼 반짝이는 카페오레 색 피부를 생색만 내듯 가려 놓았다. 부츠는 바늘 같은 핀 힐. 등에는 검은색과 은색으로 빛나는 모피 망토를 걸쳤으며 그 위로 화려한 백금발이 허리 아래까지 늘어졌다.

아이섀도우와 루즈는 하늘색, 여기에 뒤지지 않을 만큼 선명한 푸른 눈동자를 요염하게 뜨며 여자는 이름을 댔다.

"암흑술사 길드 총장, 디 아이 엘이라 하옵니다. 제 휘하 술사 3천, 그리고 저의 마음과 몸은 모두 폐하의 것이옵니다."

실로 요염한 몸짓과 목소리였으나 성적 충동에 흔들리지 않는 가브리엘은 느긋하게 고개를 끄덕였을 뿐이었다.

디라고 이름을 댄 마녀는 눈을 빛내더니 다시 말을 할까 말까 생각에 잠긴 눈치였으나, 말없이 고개를 숙이고 다시 무릎을 꿇었다.

현명하다고 생각하며, 가브리엘은 시선을 돌려 장군 유닛 중 마지막 한 사람을 내려다보았다.

조용히 고개를 조아리고 있던 것은 인간치고는 뛰어난 몸집을 가진 장년의 사내였다.

온몸을 감싼 칠흑색 갑주는 무수한 상처가 새겨져 둔중하게 빛났다. 아래를 향한 얼굴에도 이마와 콧날에 희미한 상흔이 남은 것을 알아볼 수 있었다.

고개를 들지 않은 채 말하는 사내의 목소리는 걸걸한 바리톤이었다.

"암흑기사단장 빅슬 우르 샤스타. 저의 검을 바치기 전에……, 황제께 여쭙고 싶습니다."

그제야 고개를 든 사내의 얼굴은 가브리엘이 과거에 만났던 얼마 안 되는 《진짜 병사》들을 방불케 하는 냉엄함을 갖추고 있었다.

샤스타라는 기사는 이제까지 이름을 댔던 아홉 장군들에게서는 볼 수 없었던 모종의 각오를 담은 두 눈으로 가브리엘을 응시하며, 한층 나직한 목소리로 말을 이었다.

"지금 이 시기에 옥좌로 돌아오신 황제의 바람은 무엇이오이까."

과연――정말로 이놈들은 단순한 프로그램이 아니로군.

그 사실을 항상 의식해 두어야겠다고 속으로 생각하며, 가브리엘은 무자비한 황제로서 냉정하게 대답했다.

"피와 공포. 불꽃과 파괴. 죽음과 비명."

가브리엘의, 절삭된 금속과도 같은 단단한 목소리가 흘러나온 순간 장군들의 표정이 확 바뀌었다.

열 명의 얼굴을 순서대로 쳐다본 후, 가브리엘은 모피 망토를 펄럭이며 오른팔을 높이 서쪽 하늘로 치켜들었다.

입에서는 거짓 정복욕에 가득 찬 대사가 거의 자동으로 터져 나왔다.

"……짐을 천계에서 몰아낸 신 놈들의 힘이 넘치는 서쪽 땅, 이를 수호하는 《대문》은 지금 당장이라도 무너지려 한다. 짐은 돌아왔다……, 나의 위광을 두루 지상에 떨치기 위해!"

이곳의 시간으로 따져 일주일 후로 다가온 《최종 스트레스 테스트》에 대해서는 크리터에게서 가능한 한 자세히 들었다. 그 내용에 더해 연극적인 어조로 연설을 계속했다.

"대문이 무너진 그 순간이야말로 인계는 너희 어둠의 백성들 것이 된다! 짐이 원하는 것은 오직 하나, 때를 함께하여 그 땅에 나타난 《신의 무녀》 단 한 사람! 그 이외의 인간들은 원하는 대로 죽이고 빼앗을 것을 허하노라! 모든 어둠의 백성이 고대하던——약속의 순간이다!!"

정적에 잠겨버린 공기를——.

찢어지는 듯한, 야만스러운 포효가 갈라놓았다.

"끄으으으으!! 죽이자! 하얀 이웃 놈들, 다 죽이자아아아아아!!"

두 발을 쾅쾅 구르며 고함을 지른 것은 조그만 눈에 욕망과 울분을 이글거리는 오크족장이었다. 이내 고블린족장들도 동시에 두 팔을 쳐들며 편승했다.

"호오오오오오오!! 전쟁이다!! 전쟁이다!!"

"으라————!! 전쟁이다 전쟁이다————!!"

함성은 금세 다른 장군들, 그리고 그들의 뒤에 있던 장교들에게도 전염되었다. 까만 로브를 입은 암살 길드원들은 나뭇가지처럼 가느다란 몸을 흐늘흐늘 흔들었으며, 암흑술사 길드의 마녀 집단도 교성과 함께 형형색색의 불꽃을 터뜨렸다.

거대한 홀에 가득 찬 원시적인 야만의 함성 한복판에서——.

가브리엘은 샤스타라 했던 기사만이 무릎을 꿇고 앉은 채 꿈짝도 하지 않고 있음을 알아차렸다.

그것이 군인다운 자제심에서 나온 것인지, 혹은 모종의 감정에 기인한 것인지는 조각상 같은 모습에서는 판단할 수 없었다.

***

"bro한테 그런 재능이 있었다니! 배우가 되는 게 낫지 않았겠어?"

싱글싱글 웃으며 와인 병을 던지는 바사고. 이를 받으며 가브리엘은 흥 하고 코웃음을 쳤다.

"필요에 응했을 뿐이다. 너야말로 그럴듯한 연설 방법을 배워 두는 게 좋을걸. 그놈들보다도 한 단계 위인 입장이니까."

술병의 마개를 손끝으로 퉁겨 따고 루비색 액체를 조금 입에 머금은 다음, 이것은 작전 중 음주에 해당하는 것인지 어떤지를 문득 생각했다.

바사고는 마시지 않으면 손해라는 양 오래된 진귀한 술을 맥주처럼 벌컥벌컥 마시더니 입가를 쓱 닦고 대답했다.

"난 명령이니 연설 같은 것보다 선두에 서서 쳐들어가고 싶은데. 기껏 이렇게 엄청난 VR 월드에 다이브했으니 말이야……. 이 술도 술병도 진짜로밖에는 안 보여."

"그 대신 베이면 아프고 피도 나오지. 여긴 페인 업소버가 듣질 않으니까."

"그게 좋은 거라고."

씨익 웃는 바사고에게 어깨를 으쓱해 보이고, 가브리엘은 병을 테이블에 놓은 다음 소파에서 일어났다.

옵시디아 성 최상층에 있는 황제의 방은 글로우젠 DS 본사 빌딩의 임원실보다도 훨씬 넓었으며, 거대한 창문으로는 성

아랫마을의 광경을 한눈에 내려다볼 수 있다. 샌디에이고의 사무실과 비교하면 밝기나 컬러풀한 면에서는 떨어지지만, 그만큼 환상적이었다.

제후라고 하던 열 명의 장군들은 개전 준비를 갖추기 위해 성을 나가고, 창고에서 물자를 꺼내는 수송 대열의 화톳불이 대로 위를 끊임없이 움직였다. 보급을 맡은 상공 길드의 두령에게는 성에 비축된 식량이나 장비를 남김없이 다 쓰라고 명령했으므로 병사들이 굶주리거나 추위에 떠는 일은 당분간 없을 것이다.

무수한 빛에서 시선을 뗀 가브리엘은 방 한구석으로 다가가 그곳에 설치된 보라색 수정판——시스템 콘솔에 손을 가져다 댔다.

메뉴를 재빨리 조작해 외부 옵저버 호출 버튼을 눌렀다. 시간 가속 배율이 떨어지고 등배속으로 돌아온 시간의 기묘한 감각에 이어 크리터의 빠른 말이 화면에서 흘러나왔다.

『대장이세요?! 대장하고 바사고가 다이브한 걸 보고 이제 막 메인 컨트롤 룸으로 돌아온 참이에요!!』

"이쪽에서는 벌써 첫째 날 밤이다. 알고는 있었지만 시간 가속이란 참으로 기묘하군. 아무튼 지금은 예정대로 진행하고 있지. 유닛 준비는 하루 이틀 안으로 끝나고, 이틀 후에는 휴먼 엠파이어로 진군을 개시할 예정이다."

『훌륭해요. 아시겠지만 《앨리스》의 신병을 확보하면 그곳까지 데려와 메뉴에서 메인 컨트롤 룸으로 이젝션 조작을 해주세요. 그러면 《앨리스》의 라이트큐브는 우리 거니까요. 그리고 이건 바사고 바보에게도 잘 타일러 주셨으면 하는 건데.』

크리터의 목소리가 들렸는지 등 뒤에서 짧은 욕설이 돌아왔다.

『관리자 권한 조작을 못하는 현재 상태에서는 어카운트 리셋도 불가능해요. 다시 말해 대장도 바사고도, 그쪽에서 죽으면 두 번 다시 그 슈퍼한 어카운트는 쓸 수 없어요. 그랬다간 이번에야말로 일개 병졸부터 다시 시작해야 한다고요!』

"그래……, 나도 알아. 당분간 전선에는 나가지 않도록 하지. JSDF의 움직임은?"

『아직까지는 없어요. 아직 대장이 다이브한 건 알아차리지 못한 것 같아요.』

"좋아. 그럼 통신을 끊지. 다음 연락은 앨리스를 확보한 다음에 하고 싶군."

『라저. 기대하죠.』

통신 윈도우를 닫자 다시 약간의 위화감과 함께 가속배율이 돌아왔다.

바사고는 여전히 투덜거리면서 갑옷 잠금쇠와 씨름하고 있었지만, 이윽고 모든 금속장비를 바닥에 벗어던지고 가죽 셔츠와 바지 차림으로 일어났다.

"어~, bro. 잠깐 다운타운에 놀러 가면……, 안 되겠지, 역시?"

"한동안은 참아라. 작전 완료 후 하룻밤 시간을 줄 테니."

"오케이. 살인도 여자도 보류라니……. 그럼 뭐, 얌전히 잠이나 자야겠네. 그쪽 방은 내가 쓸게."

뚜둑뚜둑 관절을 울리며 바사고가 인접한 침실 중 하나로 사라진 후, 가브리엘도 숨을 후우 내쉬고 이마에서 왕관을 벗었다.

이제까지 플레이했던 VR 게임에서는 장비는 벗자마자 아이템 스토리지로 돌아갔는데, 보아하니 이 세계에는 그런 편리한 기능은 없는 것 같다. 이 상태로 한 달쯤 지내면 방이 처참해질 것 같지만 어차피 내일모레면 성을 나가고, 그 후에는 오로지 로그아웃을 위해 돌아올 것이다.

윗옷의 단추를 풀며 바사고가 사라진 쪽과는 반대쪽 문을 연 가브리엘은――흠칫 눈을 가늘게 떴다.

마찬가지로 매우 광대한 침실의 어이없을 정도로 호화로운 침대 곁에 평복한 조그만 실루엣이 있었다.

하인을 포함한 그 누구도 성의 옥좌 위쪽 층에는 들어오지 말라고 명령했을 터. 신의 명령을 저버린 자가 있다니 어떻게 된 노릇이란 말인가.

검을 가지러 돌아가야 하나 한순간 생각했지만, 가브리엘은 일부러 그대로 침실로 발을 들이고 손을 뒤로 하여 문을 닫았다.

"……누구냐."

짧게 물었다.

돌아온 것은 약간 허스키한 여자의 목소리였다.

"……소녀가 오늘 밤을 함께해드릴까 하옵니다."

"호오."

한쪽 눈썹을 실룩인 다음, 어스름한 침실을 가로질러 침대로 다가갔다.
두 손을 바닥에 짚고 있던 것은 얇은 옷을 걸친 젊은 여자였다. 청회색 머리카락을 높이 틀어 올려 장식끈으로 묶었다. 살짝 비치는 몸의 라인에는 무기 같은 것을 휴대한 기척은 없었다.
"누구의 명령이냐."
매끄러운 실크 시트에 앉으며 묻자, 여자는 한순간 간격을 둔 다음 조용한 목소리로 대답했다.
"아닙니다……. 이것은 소녀의 역할이온지라."
"그러한가."
가브리엘은 시선을 떼고 침대 한복판에 털썩 누웠다.
몇 초 후, 여자가 몸을 일으키고 소리도 없이 오른쪽 옆으로 미끄러져 들어왔다.
"실례하옵니다……."
그렇게 속삭인 여자의 얼굴은 가브리엘조차 감탄할 만큼 이국적인 미모였다. 피부색은 짙지만 광대뼈 언저리에는 어딘가 북유럽적인 고결한 느낌이 있었다.
얇은 옷을 훌렁 젖히고 머리를 묶은 장식끈을 풀려 하는 여자를 올려다보며 가브리엘은 모종의 감동을 느꼈다.
인공 플럭트라이트란 이런 일도 할 수 있군.
이 여자조차 진정한 AI에는 아직 미치지 못한단 말인가. 그렇다면 완성형이라는 앨리스는 얼마나 높은 경지에 있단 말인가.
가브리엘이 마음을 움직인 것은 몸을 드러낸 소녀의 행위가 아니었다.

그것이 아니라——.

사라락 펼쳐진 머리카락 속에서 여자가 뽑아내 높이 치켜든 날카로운 나이프의 존재를 예측했기 때문이었다.

충분한 여유를 두고 여자의 오른팔을 붙잡은 가브리엘은 나머지 한쪽 손을 재빨리 놀려 가녀린 목덜미를 붙잡고 침대에 찍어눌렀다.

"크……!!"

여자는 이를 갈면서도 여전히 나이프를 찌르고자 격렬히 저항했다. 완력은 예상 이상이었지만 가브리엘을 당황하게 만들 정도는 아니었다. 오른손으로 팔의 관절을 꺾고 왼손 엄지로 기도를 가볍게 눌러 움직임을 억눌렀다.

격통에 얼굴을 일그러뜨리면서도 여자의 회색 눈동자에 떠오른 결의의 빛은 옅어지지 않았다. 그 사나운 표정과 서툰 화장, 근육이 붙은 정도로 보건대 전업 암살자는 아니리라고 예상할 수 있었다. 그렇다면 거역하려는 마음을 품은 것은 '프자' 라고 했던 암살자 총수가 아니라 다른 아홉 장군 중 누군가——아마도 인간 장군들 중 누군가라는 뜻이 된다.

여자에게 얼굴을 들이대고 가브리엘은 조금 전과 같은 질문을 던졌다.

"누구의 명령이냐."

낮게 갈라진 대답은 조금 전과 같았다.

"나 자신의……, 의지다."

"그렇다면 네 상관은 누구냐."

"…………없다."

"흐음."

가브리엘은 어떤 감정도 섞지 않고 기계처럼 생각했다.

《라스》가 브레이크스루를 목표로 한 인공 플럭트라이트의 한계점. 그것은 상위존재에게서 받은 법칙이나 법, 명령을 거역하지 않는다는 것이었다.

무수한 법에 얽매인 인계의 주민들에 비해 다크 테리토리의 백성은 훨씬 자유롭게 행동하는 것처럼 보이지만, 본질은 변함이 없다. 이쪽의 플럭트라이트에 주어진 법은 단 한 가지이므로 자유로워 보일 뿐이다.

그 법이란 《힘으로 빼앗아라》. 더 큰 전투력을 가진 자가 하위의 존재들을 지배하는 약육강식의 세계다. 라스의 실험이 계획대로 진행되었다면 질서를 존중하는 인계와 혼돈으로 가득 찬 어둠의 나라는 가브리엘의 개입 없이도 격돌해, 그 대전쟁을 촉매로 다음 브레이크스루를 지향할 예정이었다고 한다.

하지만 어떤 이유에서인지, 계획이 거기까지 진행되기 전에 인계에서는 한계를 돌파한 플럭트라이트가 탄생했다. 라스의 내통자에게서는 어둠의 나라에도 비슷한 플럭트라이트가 발생했다는 정보는 들어오지 않았다.

다시 말해, 나이프 하나로 황제의 암살을 꾀한 이 여자 또한 절대법칙에 속박된 영혼임에는 틀림이 없다는 뜻이다. 그런데도 가브리엘의 질문, 아니, 명령을 받아도 주인의 이름을 밝히지 않았다. 그렇다면 이 여자는 황제이자 신인 가브리엘의 명령보다도 자신의 주인에 대한 충성을 우선시했다는 뜻이다.

달리 표현한다면 황제보다도 주인이 더 강하다고 생각하는 것이다.

앞으로 작전을 원활히 추진하기 위해서라도 한 번은 장군이나 간부 유닛들에게 전투력을 확실하게 보여주어 가브리엘——황제 벡터가 이 세계 최강의 존재임을 인식시킬 필요가 있을 것 같았다. 하지만 그렇다고 장군들을 모두 죽일 수는 없다. 대체 어떻게 해야 좋을까.

——아니지.

어차피 장군 중 하나는 처분해야만 한다. 이 여자에게 암살의 뜻을 품게 만든 누군가를.

어떻게 하면 배신자를 알아낼 수 있을까. 다시 한 번 크리터에게 연락해 장군 유닛을 외부에서 감시하게 만들까? 아니다. 그렇게 하려면 시간 가속을 등배속으로 고정해야 하며, 귀중한 현실세계에서의 대기 시간을 소모해버린다.

어떻게 한다——.

한순간 여기까지 생각한 가브리엘은 다시 한 번 강철색 눈동자를 들여다보았다.

"왜 짐의 목숨을 노렸지? 누가 돈을 주더냐? 지위를 약속하더냐?"

별 생각도 없이 건넨 질문이었다. 그러나 즉시 돌아온 대답은 전혀 예상치도 못한 것이었다.

"대의를 위해서다!"

"호오……?"

"지금 전쟁이 시작되면 역사는 백 년, 아니, 이백 년이나 후

퇴하고 만다! 이젠 힘없는 자들이 괴롭힘을 당하는 시대로 돌아가서는 안 된단 말이다!!"

다시 가브리엘은 소소한 놀라움을 느꼈다.

이 여자는, 이런데도 정말 브레이크스루 이전의 단계란 말인가. 그렇다면 지금 이 말을 하게 만든 것은 이 여자의 주인일까?

가브리엘은 얼굴을 들이대고 코앞에서 회색 눈동자를 응시했다.

결의. 충성. 그 안에 감추어진 이 감정은…………

아아, 과연.

그런 것이라면 이 여자는 더는 필요 없다. 정확하게는 이 여자의 플럭트라이트는 더 이상 필요가 없다.

가브리엘은 자신이 내린 판단에 따라 이제는 더 이상 쓸데없는 말을 하지 않고 아무렇게나 여자의 목을 움켜쥔 왼손에 힘을 주었다.

뿌드득, 목뼈가 삐걱거리는 감촉. 여자의 두 눈이 크게 뜨이고, 입이 소리 없는 비명을 질렀다.

버둥거리는 팔다리를 단단히 억누르고 가차 없이 목을 조르면서도 가브리엘은 조금 전과는 다른 놀라움을 맛보고 있었다.

이곳은 정말로 가상세계란 말인가. 왼손에 전해지는 근육과 목뼈가 파괴되어 가는 감촉도, 드러난 피부에서 뿜어져 나오는 공포와 고통의 냄새도 현실세계 이상으로 생생하게 오감을 자극했다.

무의식중에 몸이 떨리고 왼손이 반사적으로 수축되었다.

뚜둑. 둔중한 소리와 함께 이름 모를 여자의 목뼈가 부서졌다.

그리고 가브리엘은 보았다.

두 눈을 질끈 감고 이를 악다문 여자의 이마에서——무지개색으로 빛나는 광채가 솟아져 나오는 것을.

이것은 틀림없는 그때——어린 앨리시아를 죽였을 때 보았던 영혼의 구름이다.

그 순간 가브리엘은 입을 크게 벌리고 여자의 영혼을 남김없이 빨아들였다.

두려움과 고통이 자아내는 쓴맛.

분함과 슬픔의 신맛.

그런 것들에 이어 가브리엘의 혀를, 형언할 수 없는 천상의 감미가 적셨다.

꽉 감은 눈꺼풀 안에 어렴풋한 광경이 언뜻언뜻 빛났다.

낡은 2층집 앞뜰에서 노는 어린 아이들. 인간도, 고블린도, 오크도 있다. 아이들은 이쪽을 보더니 얼굴을 빛내고 팔을 한껏 벌린 채 일제히 달려온다.

그 영상이 사라지자 이번에는 남자의 상반신이 보였다. 잘 단련된 넓은 가슴팍이 따뜻하게, 힘차게 포옹한다.

『사랑……합니다……, 각하…………….』

어렴풋한 목소리가 생겨나고, 메아리치고, 멀어졌다.

모든 것이 사라진 후로도 가브리엘은 여자의 주검을 꽉 끌어안고 있었다.

훌륭하다. 이 얼마나 훌륭한 체험이란 말인가.

가브리엘의 의식 대부분은 희열에 떨고 있었지만 남은 이성의 일부분이 현상에 논리를 부여하려 했다.

여자의 플럭트라이트를 담은 라이트큐브와 가브리엘 자신의 플럭트라이트는 STL을 통해 접속되어 있다. 그러므로 천명, 다시 말해 히트 포인트가 0이 되어 해방된 양자 데이터의 단편이 회선을 통해 역류했던 것인지도 모른다.

하지만 그러한 논리는 이젠 아무래도 상관이 없었다.

인생을 걸고 추구해 왔던 현상을 마침내 다시 체험할 수 있었던 것이다. 죽어가는 여자가 마지막으로 품었던 감정——사랑을 모조리 섭취하고 맛보았다. 그것은 마치 황량하던 사막에 쏟아진 천상의 감로와도 같았다.

좀 더.

좀 더.

좀 더 죽여야만 한다.

가브리엘은 몸을 크게 젖히고 소리 없는 홍소를 터뜨렸다.

＊＊＊

가브리엘은 다시 열 명의 장군들과 각 진영의 간부들이 질서정연하게 늘어서 공손히 고개를 숙인 모습을 만족과 함께 바라보았다.

그들은 명령대로 이틀 동안 진군 준비를 완료했던 것이다. 어쩌면 현실세계에서 글로우젠 DS 본사의 중역 플로어에 늘

러앉은 자들보다 이 장군 유닛들이 더 우수할지도 모른다.

숫제 이것을 완성품으로 삼아도 되지 않을까 생각했을 정도였다. 나무랄 데 없는 사무처리 능력에, 이 충성심까지. 전투용 로봇에 탑재하기 위한 AI로서 이 이상 무엇을 바란단 말인가.

그렇다고는 해도 장군들의 충성은 라스가 집착했던 인공 플럭트라이트의 문제점에 기인한다는 점을 잊어서는 안 된다. 최대의 힘을 가진 존재가 지배한다는 대원칙을 영혼에 새겨놓았기에 이 열 명은 황제인 가브리엘, 아니, 벡터를 따르는 것이다. 그것은 동시에 황제의 힘에 의심의 여지가 발생한 순간 누가 배신해도 이상하지 않다는 뜻도 된다.

그 의구심은 이미 현실이 되었다.

이틀 전 밤, 침실에 잠입한 여자 암살자.

그 여자는 최고권력자인 황제를 죽이려 했다. 그녀의 마음에는 가브리엘보다도 상위의 주인이 존재했을 것이다. 임종 직전에 《각하》라 불렀던 누군가가. 그리고 그 인물은 거의 틀림없이 눈앞에 늘어선 열 명의 장군 중에 있을 것이다.

그녀에게는 황제 벡터보다도 자신의 주인이 더 강자였다. 그렇다면 그 각하 자신도 본심으로는 가브리엘에게 충성을 맹세하지 않았을 가능성이 높다. 그러한 유닛을 휘하에 거느린 채 전장에 임한다면 만에 하나 뒤통수를 맞을 수도 있다.

따라서 열 명 중에서 각하를 알아내 처분하는 것이 출진 전의 마지막 미션이 되었다.

그리고 동시에 나머지 아홉 명에게 황제의 힘이 어느 정도인지를 톡톡히 새겨 놓는다. 누가 최강자인지를 그들의 플럭트라이트에 영원히 새겨 놓기 위해.

이때 가브리엘 밀러는 자신의 눈 아래에 있는 열 개의 유닛 중 누군가에게 뒤처진다는——다시 말해 일대일 전투에서 패배하리라는 가능성을 조금도 고려하고 있지 않았다. 그도 언더월드가 어디까지나 게임의 연장선상인 VR 월드이며, 이곳에 존재하는 유닛은 모두 NPC라는 고정관념에 아직까지 사로잡혀 있었던 것이다.

***

암흑장군 빅슬 우르 샤스타는 무릎을 꿇고 고개를 조아린 자세로 뇌리에 스승의 말을 떠올리고 있었다. 20년 이상 전, 암흑기사단 본부의 수련장에서 있었던 일이었다.

『——나의 스승님의 스승님께서는 목을 베여 즉사하셨다. 스승님은 가슴을 찔려서 성으로 돌아오는 길에 쓰러지셨지. 그러나 나는 팔 하나가 잘리기는 했지만 이렇게 살아 돌아왔다. 그리 자랑할 만한 일은 아니다만.』

검게 번들거리는 바닥판에 무릎을 꿇고 앉은 스승은 그렇게 말하며 팔꿈치 위에서 멋들어지게 절단된 오른팔을 샤스타에게 내밀었다. 약으로 지혈하고 붕대만을 감은 상처는 보는 것만으로도 가슴이 아팠다.

겨우 사흘 전에 그 상처를 만든 것은 암흑기사의 숙적이자

세계 최강의 검사, 혹은 최악의 괴물──정합기사장 베르쿨리 신서시스 원, 바로 그 인물이었다.

『이것이 어떤 의미를 가지는지 알겠느냐, 빅슬?』

당시 스무 살 정도밖에 안 됐던 샤스타는 고개를 갸웃할 수밖에 없었다. 스승은 외팔을 다시 품으로 집어넣더니 눈을 감고 불쑥 말했다.

『따라잡고 있다는 것이다, 겨우 말이다.』

『따라잡다니──, 그자를, 말씀입니까?』

젊은 샤스타는 목소리에 불신이 섞이는 것을 억누를 수 없었다. 그 정도로 베르쿨리의 검기는 압도적이었다. 스승의 오른팔이 선혈의 띠를 끌며 높이 치솟은 그 순간 등골을 꿰뚫은 듯한 냉기가, 사흘이 지난 지금까지도 사라지려 하질 않았다.

『나는 올해로 50살이 되었지. 그러고도 아직 검을 휘두르는 방법은 고사하고 쥐는 법조차 극의를 터득했다는 생각이 안 드는구나. 아마도 앞으로 5년이나 10년이 지나 죽을 때가 되어서도 마찬가지겠지.』

스승은 조용히 말을 이었다.

『……이미 200년도 넘게 살아왔다는 그자의 경지에, 짧은 수명을 가진 우리가 어찌 이를 수 있겠느냐. 한심한 말이다만, 검을 나누는 순간까지 나의 내면에는 그러한 체념이 있었다. 그러나 비참하게 패배하고 도망쳐 돌아온 지금이야말로 그것이 잘못이었음을 깨달았다. 헛되지 않았던 것이야……. 이제까지 나의 스승님, 그리고 스승님의 스승님들이 그자에게 하염없이 도전하고 또 도전했던 것은 말이다. ──빅슬, 궁극의 검기란 무엇이냐.』

갑작스러운 질문에 샤스타는 반사적으로 대답했다.

『《무상태도(無想太刀)》입니다.』

『그렇다. 오랜 수행을 거쳐 검과 하나가 되어, 내리치겠다는 생각도 뽑겠다는 생각도 없이, 움직이겠다는 생각조차 없이 뿜어져 나가는 일격이야말로 검기의 궁극이지. 나의 스승님께서는 그렇게 가르치셨고, 나도 너에게 그렇게 가르쳤다. 그러나 말이다……, 빅슬. 그렇지 않았던 게야. 그 너머가 있었다. 나는 그 괴물에게 베이고 그 사실을 알았다.』

스승의 늙은 얼굴에 어렴풋한 흥분의 빛이 떠올랐다. 샤스타도 정좌한 채 자신도 모르게 몸을 내밀었다.

『그 너머……라고 하시면?』

『무상과는 정반대. 확고한 확신이다. 의지의 힘이다, 빅슬.』

갑자기 스승은 팔꿈치 바로 위에서 절단된 오른팔을 크게 쳐들었다.

『너도 보았겠지. 그때 나는 우상단에서 내리쳤다. 그야말로 무상의 참격, 생애를 통틀어 가장 빠른 검이었다. 초동에서는 확실하게 베르쿨리를 한 수 앞서고 있었다.』

『예……, 저도 그렇게 생각했습니다.』

『그러나, 그러나 말이다. 원래는 나의 검에 튕겨 나가야 했던 놈의 검세는 반대로 나의 검을 밀어내고 이 팔을 잘라버렸지. ……믿을 수 있겠느냐, 빅슬? 그 순간 놈의 검은 나의 검에 닿지도 않았다!』

샤스타는 놀라 입을 다물고, 이어서 고개를 뻣뻣하게 가로저었다.

『그……그런 일이…….』

『사실이다. 마치 참격의 궤도 그 자체가 보이지 않는 힘에 의해 엇나가는 것만 같았다. 술식이 아니었다. 무장완전지배술도 아니었다. 그 현상을 설명하려면 이제는 이렇게 말할 수밖에 없겠구나. 나의 무상태도는 놈이 200년에 걸쳐 빚어낸 의지력에 의해 깨진 것이다. 놈이 너무나도 확고하게 자신의 검이 나아가야 할 궤도를 그렸기에 그것이 불변의 사실이 된 것이다!』

샤스타는 스승의 말을 곧바로 믿을 수는 없었다.

의지의 힘처럼 형태도 없는 것이 확고하게 존재하는 무겁고 단단한 검을 밀어내다니, 어떻게 그럴 수 있겠는가.

그러한 샤스타의 반응을 스승은 미리 예견했던 모양이었다. 갑자기 자세를 바로잡더니 검게 빛나는 바닥판 위에서 조용히 명령했다.

『빅슬, 너에게 마지막 검결을 전수하겠다. ——나를 베어라.』

『무……무슨 말씀이십니까! 기껏…….』

살아남았는데, 라는 말을 샤스타는 삼킬 수밖에 없었다. 갑자기 스승의 두 눈이 강렬한 안광을 띠었기 때문이다.

『목숨을 부지하고 말았기에 나는 너에게 베여야만 하는 것이다. 놈에게 일격에 패한 지금, 너의 마음속에서 나는 더 이상 최강자가 아니다. 그런 내가 살아 있다면 너는 놈과 대등하게 싸울 수 없을 것이다. 너도 나를 베고, 아니, 죽이고, 놈과……, 베르쿨리와 같은 위치에 서야만 한다!!』

그렇게 내뱉고 일어난 스승은 잃어버린 오른팔에 검을 쥐고 있는 것처럼 자세를 잡았다.

『자, 일어나라! 검을 뽑아라, 빅슬!!』

샤스타는 스승을 베고, 그의 목숨을 끊었다.

동시에 스승이 말한 의미를 몸으로 깨달았다.

스승의 오른팔에 들려 있던 눈에 보이지 않는 칼날——의지라는 이름의 검은 교차된 순간 샤스타의 검과 격렬한 불꽃을 일으켰으며, 실제로 뺨을 베어 두 번 다시 사라지지 않는 상처를 남긴 것이다.

눈물과 선혈로 뺨을 적시면서, 젊은 날의 샤스타는 《무상태도》를 넘어서는 극의 《심의태도》의 초입에 들어섰다.

그리고 세월이 흘러——5년 전.

샤스타는 마침내 암흑기사의 원수, 정합기사장 베르쿨리에게 도전했다. 나이 서른일곱 살에 자신의 검이 달할 수 있는 한계에 이르렀다고 느꼈을 때였다.

스승은 팔 하나와 맞바꾸어 생환했으나, 샤스타는 패배하면 살아 돌아가지 않을 생각이었다. 왜냐하면 샤스타는 후계자라는 의미로는 제자를 두지 않았기 때문이었다. 스승을 베고 언젠가는 제자에게 베여야 하는 운명을 젊은이들에게 지우고 싶지 않았다. 자신의 목숨과 맞바꾸어 피에 젖은 연쇄를 이곳에서 끊겠노라 결심했다.

가지고 있는 모든 결의와 각오, 다시 말해 《심의력》을 실은 검은 베르쿨리의 첫 일격과 정면으로 맞부딪쳐, 튕겨 나가지는 않았다. 그러나 그 시점에서 샤스타는 패배를 예감했다. 다시 한 번 같은 무게의 참격을 날릴 수 있으리라고는 생각할 수 없었기 때문이다.

그러나 베르쿨리는 검을 마주 댄 채 굵직하게 웃으며 속삭였다.

『훌륭한 검기로군. 살의로 똘똘 뭉친 검으로는 내 검을 받아낼 수 없었을 텐데. 그 의미를 잘 생각해서 5년 후에 다시 와라, 애송이.』

그리고 정합기사장은 간격을 벌리더니 유유히 떠나갔다. 허점투성이처럼 보이는 등에 어째서인지 공격을 가할 수는 없었다.

베르쿨리가 말하려던 바를 이해하기까지는 오랜 시간이 필요했다. 그러나 5년이 지난 지금이라면 알 것 같았다. 그때 샤스타가 살의와 증오만을 검에 실었더라면 아마도 검을 부딪친 순간 밀려 패배했을 것이다. 단 1합이라고는 하지만 대등하게 맞설 수 있었던 것은 살의보다도 무거운 각오를 가슴속에 품었기 때문이다.

다시 말해――목숨과 맞바꾸어 기술을 전수해주었던 선구자들에 대한 감사와, 자신의 후대로 이어질 젊은이들에 대한 기원을.

그래서 샤스타는 최고사제가 죽었다는 소식을 들었을 때 즉시 화평 교섭을 개시해야겠다고 결심할 수 있었던 것이다. 베르쿨리라면 틀림없이 제안을 받아들이리라는 확신이 있었다.

같은 이유로――.

갑자기 옵시디아 성에 강림해 가차 없이 개전을 결정한 황제 벡터를, 자신은 베어야만 한다.

무릎을 꿇고 고개를 조아리면서도, 샤스타는 필살의 검에 실어야 할 심의를 짜내고 있었다.

수백 년의 부재를 거쳐 부활한 황제는 마치 인계 사람처럼 흰 피부와 금색 머리를 가진 젊은 사내였다. 체구도 용모도 박력이라 할 만한 것은 없다.

그러나 이상하리만치 푸른 두 눈만이 황제가 보통 사람이 아님을 말해주었다. 그 안에 있는 것은 허무였다. 모든 빛을 빨아들이는 바닥없는 심연. 이 사내는 거대하고 사악한 굶주림을 감추고 있다.

한껏 빚어낸 심의의 힘이 황제의 허무에 빨려 들어간다면 검은 닿지 않으리라.

그 순간 암흑장군 샤스타는 죽으리라. 그러나 의지는 뒤를 따르는 자들에게 이어질 것이다.

단 한 가지 미련은, 어젯밤 리피아가 방에 찾아오지 않았기에 자신의 결의를 전할 수 없었다는 점이다. 출정 전의 바쁜 잡무에 시달렸는지, 혹은 그녀의 소중한 《집》에 들렀던 것인지.

그녀에게 황제를 벨 계획을 털어놓는다면 함께하겠다며 자신의 명령은 듣지 않았을 것이다. 그러니 차라리 잘된 노릇이다.

샤스타는 천천히 숨을 들이마시고, 꾹 멈추었다.

허리에서 풀러 바닥에 놓았던 애검에 살짝 왼손 손가락을 가져다 댔다.

옥좌까지 약 15메르. 두 걸음을 내딛으면 닿는 거리다.

초동을 들켜서는 안 된다. 뽑을 때는 무상이어야 한다.

한계까지 갈고 닦은 심의의 힘을, 손가락에서 검으로 쏟아붓는다. 그리고 몸을 텅 비운다.

왼손이 칼집을 쥐려던——

그 직전.

황제가 유리를 연상케 하는 단단하고 매끄러운 목소리로 별 대수롭지도 않다는 듯이 말했다.

"헌데 그저께 짐의 침소에 숨어든 자가 있었다. 단검을 머리카락 속에 숨겨서 말이지."

술렁. 억눌린 놀라움이 홀의 공기를 흔들었다.

샤스타의 왼쪽에 늘어선 아홉 제후들도, 어떤 자는 살짝 숨을 멈추고, 어떤 자는 목 안에서 나직하게 으르렁거렸으며, 또 어떤 자는 두꺼운 로브 속으로 몸을 묻었다. 후방에 대동한 간부들의 대열에서도 놀라는 목소리가 여럿 들렸다.

놀라움에 사로잡힌 것은 샤스타도 마찬가지였다. 베기 직전의 자세를 유지한 채 재빨리 생각을 굴렸다.

자신 말고도 황제를 제거해야 한다는 결론에 이른 자가 있었던 것이다. 황제가 이렇게 멀쩡한 것을 보면 아깝게도 실패했겠지만——하지만 대체 자객을 보낸 것은 아홉 사람 중 누구란 말인가.

다섯 아인들은 아닐 것이다. 자이언트, 오우거, 오크는 물론 비교적 체구가 작은 고블린족이라 해도 위병의 눈을 속이고 최상층에 숨어들 수 있을 거라는 생각은 들지 않았다.

인간족의 나머지 네 제후에게 눈을 돌려보았다. 우선 권투사의 우두머리인 젊은 이스칸과 상공 길드 두령 렌길은 제외할 수 있다. 이스칸은 맨손 투기를 갈고 닦는 것만이 목적인 세상 무서운 줄 모르는 꼬마고, 렌길은 전쟁이 시작되면 크게 한 몫 잡을 수 있는 입장이다.

침소에 숨어들었다는 수법으로 보건대 암살자 길드의 장인 프 자가 아무래도 수상쩍었으며, 실제로 그자는 무슨 생각을 하는지 종잡을 수 없는 면이 있지만 단검을 썼다는 것이 이해가 가지 않았다.

암살자 길드가 어두운 구멍 밑바닥에서 하염없이 거듭했던 연구는 술식도 검기도 아닌 제3의 힘, 독이었다. 프 자의 일족은 술식 행사 권한도, 무구 조작 권한도 타고나지 못한 자들이 살아남기 위해 결속한 집단인 것이다. 그들에게는 독자적인 규범이 있어, 허용되는 무기는 독침형 암기 내지는 바람총뿐. 단검은 여기에 포함되지 않는다.

같은 이유로 바로 왼쪽에 앉은 암흑술사 총장 디 아이 엘도 제외해야 한다. 권세욕만으로 이루어진 것 같은 이 여자라면 황제의 목을 베어 단숨에 암흑계의 지배자가 되려 할 수도 있을 것 같지만, 디가 파견한 암살자라면 단검이 아니라 술식을 썼을 것이다.

하지만 그렇다면 아홉 제후 중 그 누구도 자객을 파견하지 않았다는 뜻이 된다.

남은 것은 단 한 사람, 암흑기사장 샤스타 자신.

그러나 당연히 자신은 그런 적이 없었다. 황제를 제거할 때는 목숨을 걸고 자신의 검을 휘두르겠노라 결심했기 때문이다. 부하들에게 암살을 명령한 적은 물론, 감추어 둔 결의를 말한 적조차 한 번도――.

아니.

아니…….

설마.

황제가 암살자의 이야기를 꺼낸 후로 눈 한 번 깜빡할 시간 동안 여기까지 생각한 샤스타는 칼집에 가져다 댄 왼손이 손끝부터 싸늘해지는 것을 의식했다.

한껏 짜냈던 의지력이 순식간에 변질되었다. 의구. 불안. 공포. 그리고 불길한 확신으로.

거의 동시에 황제 벡터가 다음 말을 입에 담았다.

"짐은 자객을 파견한 자를 문초할 생각은 없다. 가진 힘을 구사하여 더 큰 힘을 얻으려는 그 기개가 가상하다. 짐의 목을 베고 싶다면 언제든 뒤에서 베어보거라."

다시 나직한 술렁임이 흘러나오는 홀을 노려보며, 황제는 그 하얀 얼굴에 처음으로 표정이라 부를 수 있을 만한 것――지극히 희미한 웃음을 내비쳤다.

"물론 그러한 도박에는 그에 상응하는 대가가 필요하다는 것을 이해한다면 말이다만. 예를 들어……, 이렇게 말이다."

칠흑의 긴 옷 안에서 나온 손이 가볍게 신호를 보냈다.

그러자 옥좌 옆, 샤스타의 위치에서는 동쪽 벽에 있던 문이 소리도 없이 열리더니 몸종 소녀가 조용히 걸어왔다. 두 손에 커다란 은쟁반을 받쳐 들고, 그 위에는 무언가 네모난 물건이 얹혀 있었지만 까만 천을 덮어 놓아 정체는 알 수 없었다.

소녀는 은쟁반을 옥좌 앞에 놓더니 황제에게 공손히 고개를 숙이고 다시 문 안쪽으로 사라졌다.

긴장을 머금은 정적 속에서, 황제 벡터는 어딘가 일그러진 웃음을 입가에 머금은 채 장화 끝을 뻗어 은쟁반을 덮은 천을 짓밟듯이 걷어 냈다.

온몸이 얼어붙은 샤스타가 두 눈으로 본 것은——.

푸르고 투명한, 얼음의 입방체와.

그 안에 갇힌, 영원히 깨어날 수 없는 잠에 빠진 사랑하는 여자의 얼굴이었다.

"리……피……"

아.

입술 움직임만으로 샤스타는 중얼거렸다.

온몸을 에워쌌던 냉기마저도 사라지고, 하염없이 깊고 어두운 허무가 가슴을 채웠다.

샤스타는 암흑기사 리피아 잔케르가 몰래 운영하는 고아원에 대해 알고 있었다. 부모형제를 잃고 길가에서 죽을 운명이었던 아이들을, 종족의 구별 없이 보호하고 길러주는 리피아의 행동에서 미래의 희망을 보았다고 생각했다.

그렇기에 샤스타는 리피아에게만은 자신의 이상을 들려주었다. 인계와의 만성적인 전쟁 상태를 해소하고, 서로 빼앗는 것이 아니라 함께 길러 가며 나누는 세계를 만들고 싶다는, 끝없는 꿈을.

그러나 그 사실이 리피아를 황제 암살로 내몰아 저처럼 가슴 아픈 모습이 되는 결과를 초래하고 말았다. 그녀를 죽인 것은 황제였지만——동시에 샤스타 자신이기도 한 것이다. 틀림없이.

한순간이기는 하지만, 그렇기에 한없이 거대한 후회와 자책의 폭풍이 샤스타의 공허한 가슴에 휘몰아쳤다.

그것이 하나의 시커먼 감정으로 변질되는 데에는 시간이 필요하지 않았다.

살의.

죽인다. 옥좌에서 다리를 꼬고 엷은 웃음을 흘리는 저 사내만은 무슨 일이 있더라도 죽인다.

자신의 목숨, 그리고 다크 테리토리의 미래 전체와 맞바꾸는 한이 있더라도.

***

자, 과연 어느 놈이 문제의 각하일까.

가브리엘은 소소한 흥분을 느끼며 눈 아래에 부복한 열 명의 리더 유닛들을 바라보았다.

여자 자객은 주인을 진심으로 사랑했다. 그녀가 죽기 전에 뿜어낸 천계의 감로와도 같은 감정을 빨아들인 가브리엘은 여자의 사모뿐 아니라 각하가 여자에게 보낸 애정의 질까지도 이해——어디까지나 패턴 데이터로써——하고 있었다.

그렇기에 이렇게 여자의 목을 보여주면 각하라 불렸던 인물은 반드시 움직이리라는 확신이 있었다. 칼을 들이댄 반역 유닛을 가차 없이 처분하고, 공포로 나머지 유닛의 충성심을 상승시킨다. 현실세계에서 심심풀이로 플레이하던 시뮬레이션 게임처럼.

참으로 가엾고 재미있는 놈들이로군.

진짜 영혼을 가진 주제에 지성은 제한되고, 그렇기에 죽여도 죽여도 원하는 만큼 재생산할 수 있다. 언젠가 언더월드를, 메인 프레임과 라이트큐브까지 자기 것으로 삼는 날에는 어렸을 때부터 시달렸던 굶주림을 마음껏 채울 수 있을 것이 분명했다.

옥좌의 팔걸이에 세운 팔에 한쪽 뺨을 대고 가브리엘은 느긋하게 기다렸다.

유닛들과의 거리는 15미터 이상. 어떤 무기로 공격해도 왼쪽 허리에 장비한 검으로 틀림없이 받아칠 수 있는 거리였다.

물론 시스템 콜로 시작되는 커맨드 공격에 대처하기에는 불충분하다. 그러나 가브리엘의 불안은 로그인 전에 불식되었다.

슈퍼 어카운트《암신 벡터》는 라스 스태프가 다크 테리토리에 강제로 개입하기 위해 설정한 것이었다. 그렇기에 천명이라 불리는 HP는 막대하고, 장비한 검은 최강이며, 무엇보다 벡터에게는 다른 이들의 온갖 커맨드에 대상으로 지정되지 않는 반칙 같은 특성이 있는 것이다.

이만한 조건으로 보호받는 가브리엘은 열 명의 리더 유닛 중 왼쪽 끝에 앉은 칠흑색 갑옷의 기사가 한껏 등을 구부렸을 때도.

그의 온몸이 엷은 그림자 같은 오라에 휩싸였을 때도.

기사의 왼손이 번개처럼 내달려 바닥에 놓인 검의 칼집을 쥐고, 동시에 홱 고개를 들어 강인한 얼굴 한복판에 있는 두 개의 눈으로 인간의 것이 아닌 진홍색 빛을 뿜어내는 것을 보았을 때조차——.

현재 발생하고 있는 현상을 완전히는 이해하지 못했다.

이 세계는 물리 서버 내에서 연산되는 프로그램인 동시에 인간의 플럭트라이트와 같은 질의 광양자로 구성된 《현실의 꿈》이라는 사실을.

그렇기에 암흑기사가 발생시킨 순수하면서도 강렬한 살의가 그의 라이트큐브에서 메인 비주얼라이저, 그리고 양자통신회선을 경유해 가브리엘이 접속한 STL에 닿을 수 있음을.

***

샤스타는 핏빛으로 물든 시야의 중앙에 그저 황제의 모습만을 포착했다.

생애 최고속의 움직임으로 오른팔이 내달려, 발검했다.

칼집에서 해방된 것은 스승에게서 물려받은 신기, 장도 《으스름안개》의 눈에 익은 회색 도신이 아니었다. 검명 그대로 밤안개와도 비슷한 짙고 뿌연 그림자가 거대한 칼날을 에워싸고 소용돌이치듯 꿈틀거렸다.

그 현상의 알고리듬이 오랜 기간의 연구로도 결국 해명할 수 없었던 정합기사의 궁극오의인 무장완전지배술과 같은 것임을 샤스타는 깨닫지 못했으나, 그에게는 그 사실조차 이미 무의미했다.

"샤아(죽어라)!!"

찰나의 기합성과 함께 샤스타는 온갖 분노, 증오, 그리고 슬픔을 애도에 실어 높은 상단으로 쳐들었다.

3

인계의 북쪽 끄트머리에서 동역 끝으로.

4제국 중에서도 가장 신비로운 곳인 이스타발리에스 동제국을 방문한 것은 정합기사 앨리스에게도, 서제국에서 태어난 아마요리에게도 처음 있는 일이었다.

눈 아래에 이어진 기암괴석 사이를 보석처럼 빛나는 새파란 강이 도도히 흘러간다. 이따금 강기슭에 나타나는 도시나 마을은 북방에서 눈에 익은 석조가 아니라 주로 목재로 지은 것 같았다.

하늘을 올려다보고 이쪽을 가리키는 사람들의 머리는 대부분 검은색. 그러고 보니 앨리스와는 도저히 기질이 맞지 않던 정합기사 부단장 파나티오가 이쪽 출신이었다는 사실이 문득 떠올랐다.

시선을 앞으로 되돌리자 고삐를 쥔 앨리스에게 기대 멍하니 하늘을 바라보는 키리토의 머리카락 또한 칠흑색이어서, 혹시 이 사람도 동역 출신이 아닐까, 도시에 내려가 사람들과 접촉하면 마음을 되찾을 계기가 되진 않을까 생각하기도 했지만, 지금은 한시라도 빨리 목적지에 도착해야만 한다.

밤에는 주거지에서 멀리 떨어진 곳에 야영하고, 아마요리가 잡아다 준 물고기와 휴대용 식량인 말린 과일로 식사를 하며 여행길을 서두르기를 사흘——.

11월 2일 오후, 유일하게 북방과 다를 바 없는 자태를 보이는 한끝산맥과, 그 바위 표면을 신이 수직으로 잘라 놓은 것과도 같은 협곡이 전방에 나타났다.

"……보이기 시작했어, 키리토."

앨리스는 그렇게 중얼거리고는 무거운 짐을 싣고 장거리를 날아와야만 했던 애룡의 목덜미를 살짝 쓰다듬었다. 비룡은 마수라는 것들이 거의 자취를 감춰버린 현재 최대급의 천명을 자랑하는 생물이지만, 그래도 인간 두 사람과 신기 세 자루를 짊어지고 비행하기는 매우 힘들었을 것이 분명하다. 반년 동안 물고기를 실컷 먹고 비축해 둔 힘도 거의 다 써버린 것 같았다.

야영지에 도착하면 뭐가 어찌 됐든 그녀가 좋아하는 삶은 양고기를 듬뿍 먹여주어야겠다고 생각하면서 고삐를 울리자, 아마요리는 피로가 느껴지지 않는 목소리로 대답하고는 날개를 힘차게 퍼덕였다.

멀리서 보았을 때는 아주 가느다란 틈새처럼 보이는 협곡이었지만, 다가감에 따라 그런 어정쩡한 것이 아님을 알 수 있었다.

계곡의 폭은 100메르 정도는 되지 않을까. 오크나 오우거의 대군단이 횡렬을 이루고 돌진하기에 충분한 넓이다.

산자락을 관통해 똑바로 뻗어 나간 계곡의 바로 앞, 입구를 에워싸듯 펼쳐진 초원에는 무수한 흰색 천막이 질서정연하게 늘어서서 야영지 일대를 이루었다. 곳곳에서 취사를 하는 연기가 피어나고, 주변에서는 병사들이 한창 훈련을 받는 중이었다. 검의 광채와 기합성이 하늘까지 닿았다.

우려했던 만큼 사기는 낮지 않은 모양이지만, 아무리 그래도 병사의 절대수가 너무나도 적었다. 언뜻 둘러본 바로는 전부 합쳐도 3천 명이 되지 않을 것이다. 반면 다크 테리토리의 침략군은 5만을 밑돌지 않을 것이다. 인계에서는 병사나 위사가 극히 일부 사람에게만 주어지는 천직인데, 산맥 너머에서는 남녀노소를 막론하고 싸울 수 있는 사람은 누구나 병사가 되는 것이다.

이 상황에 새삼스레 앨리스 한 사람이 더해진다 한들 무언가가 바뀌리라는 생각은 들지 않았다. 기사장 베르쿨리는 대체 어떤 방어작전을 구상하고 있는 걸까…….

조용히 생각하며 앨리스는 일단 야영지를 건너뛰고 어스름 속에 잠긴 협곡으로 비룡을 몰았다.

"미안해, 아마요리. 조금만 더 날아주렴."

그렇게 말을 걸고 용이 쿠르르 대답한 직후, 솔루스의 빛이 산자락에 가로막혔다.

계곡에 들어선 순간 오싹할 정도의 냉기가 몸을 감쌌다. 좌우의 암벽은 정말로 신이 깎아 놓은 것이라고밖에는 형언할 수 없을 정도로 매끄럽게 우뚝 솟아 있었다. 생물은 고사하고 풀 한 포기 보이지 않는다.

그대로 저속으로 비행하기를 몇 분——.

자욱한 안개 너머에서 마침내 어마어마하게 거대한 구조물이 모습을 드러냈다.

"이것이……, 《동쪽 대문》…………?"

수직으로 솟아난 회색 문은 아래쪽에서 꼭대기까지 높이가

300메르는 될 것 같았다. 500메르에 이르는 공리교회 센트럴 커시드럴보다는 낮지만 위압감은 뒤지지 않았다.

무엇보다도 그녀를 경악케 한 것은 좌우의 문이 이음매가 하나도 없는 한 장의 바위로 만들어졌다는 점이었다. 이런 것은 인간의 손으로 세우는 것은 물론, 신성술로 가공해 생성하는 것도 절대 불가능하리라. 최고사제 어드미니스트레이터가 만들어 낸 최대의 구조물은 중앙도시 센트리아를 사등분한 《불후의 벽》이지만, 그 또한 이어지는 벽 한 장, 한 장은 이 문짝보다 훨씬 작다.

이 대문은 세계가 시작되었던 그때, 신의 손에 의해 이 땅에 설치된 것이다. 인계와 어둠의 나라를 나누기 위해——그리고 3백하고도 수십 년 후의 참극을 이끌어 내기 위해.

"멈추렴, 아마요리."

비룡을 허공에 정지시킨 앨리스는 가까운 곳에서 다시 한 번 문을 올려다보았다.

높이 200메르 정도 위치에서 좌우의 문을 이루는 회색 바위판을 연결하듯 신성문자로 무언가가 적혀 있었다.

"디스트럭트……, 앳……, 더, 라스트, 스테이지……."

중간 정도에 있는 한 줄을 어찌어찌 소리 내어 읽어봤지만 의미까지는 알 수 없었다.

고개를 갸웃한 그 순간이었다. 갑자기 쩌저적! 하는 무시무시한 파쇄음이 공기를 뒤흔들어 앨리스와 아마요리를 놀라게 했다. 용의 목덜미를 문지르며 응시하자 바로 조금 전까지는 매끄러웠던 문에 가느다란 균열이 칠흑의 번개처럼 새겨지고 있었다.

수십 메르 정도나 뻗어 나간 균열이 겨우 정지하자, 그 주위에서 바위 조각 몇 개가 떨어져 나가 아득한 아래쪽의 계곡으로 사라져 갔다.

고개를 들어 다시 거대한 문을 응시했다. 그러자 매끄럽던 바위판 거의 전체에 그물눈처럼 균열이 뻗쳐 있음을 알 수 있었다.

앨리스는 고삐를 가볍게 휘둘러 비룡을 문 바로 앞까지 접근시켰다.

조심스레 왼손을 내밀어 허공에 스테이시아의 인을 그은 다음, 가만히 문 표면을 두드렸다.

그곳에 떠오른 보라색 《창》에는 동쪽 대문이 가진 천명의 최대치와 현재 수치가 적혀 있었다.

왼쪽 숫자는 이제까지 보았던 그 어떤 천명 수치 중에서도 최대급――300만 이상이나 되는 방대한 것이었다. 그러나 오른쪽에는 그 천분지 일도 되지 않는 2,985라는 숫자가 보였다. 아연실색하여 바라보는 사이, 그 현재 수치가 눈앞에서 1 감소했다.

손바닥에 땀을 쥐며 앨리스는 다시 숫자가 떨어질 때까지의 시간을 쟀다. 그리고 천명이 완전히 소멸하기까지의 유예기간을 계산했다.

"……그럴 수가……."

자신의 머리가 도출해 낸 해답을 믿을 수 없어 앨리스는 중얼거렸다.

"……닷새……, 앞으로 겨우 닷새밖에 없는 거야…………?"

300년 이상이나 두 세계를 확고하게 갈라놓았던 대문이 겨우 닷새 후에 무너진다니——그런 일이 정말로 일어날 수 있단 말인가.

머릿속에 세르카의 빛나는 웃음과 가리타 노인의 주름 많은 얼굴, 그리고 아버지 거스프트의 엄격한 얼굴이 차례대로 지나갔다. 그들을 습격한 고블린들을 격퇴하고 동굴을 얼음으로 봉인했던 것이 겨우 며칠 전이었다. 이로써 루리드 마을은 당분간 평화로울 거라고 믿었는데.

만약 닷새 후에 대문이 무너지고 어둠의 군세가 밀려들었을 때, 수비군이 이를 막아 내지 못한다면 인계에는 피에 굶주린 마물들이 홍수처럼 넘쳐난다. 그 파도는 순식간에 북부 변경까지 이르러 루리드 마을을 집어삼킬 것이다.

"어떻게든……, 어떻게든 해야 해……."

혓소리처럼 중얼거리고, 앨리스는 무의식중에 고삐를 잡아당겼다. 붕괴 직전의 대문에서 물러난 아마요리는 천천히 날갯짓해 상승했다.

300메르 정도 높이까지 우뚝 솟은 문의 최상부에 이르자 다시 체공시켰다.

문 너머에는 인계 측과 마찬가지로 산맥을 깎아 놓은 듯한 계곡이 똑바로 이어져 있었다. 그러나 그 너머에 펼쳐진 것은 푸른 하늘과 녹색 초원이 아니라 핏빛 하늘과 꺼진 숯을 뿌려 놓은 것 같은 다크 테리토리의 황야다.

사위스러운 광경으로부터 눈을 돌리려 했던 앨리스는 문득 눈을 가늘게 떴다.

어렴풋이 내다보이는 검은 대지에 언뜻언뜻 흔들리는 빛을 발견한 것이다.

아마요리를 더욱 상승시켜 가만히 응시했다. 빛은 하나가 아니었다. 불규칙하게 밀집된 채 한없이 펼쳐져 있는 것처럼 보였다.

저것은 화톳불이다.

야영지인 것이다. 어둠의 군세가, 그들의 선봉이 바로 코앞에서 대거 진을 친 채 기다리고 있었다. 문이 붕괴되고, 인계로 가는 길이 열릴 그 순간을.

"앞으로……, 닷새……."

앨리스는 갈라진 목소리로 다시 한 번 중얼거렸다.

그 직후 비룡의 기수를 돌렸다. 이대로 무수한 화톳불을 보고 있으면 초조함에 사로잡혀 혼자 적진으로 돌격해버릴 것만 같았기 때문이다.

가령 그렇게 한다 해도 상대가 고블린이나 오크 보병뿐이라면 백이나 이백 정도를 물리친 후 무사히 돌아올 자신이 있다. 그러나 적진에 오우거 궁병, 또는 암흑술사의 대부대가 있다면 사태는 그리 단순하지 않다.

아무리 정합기사가 일기당천이라 해봤자 한 사람의 힘일 뿐이다. 검기나 술식이 미치지 못하는 후방에서 장거리 공격을 집중적으로 받는다면 멀쩡할 수 없으며, 설령 경상이라 해도 계속 축적되면 언젠가는 천명을 모두 잃게 된다. 그것이야말로 기사장 베르쿨리가 오랫동안 우려했던 정합기사단의——

나아가서는 인계 수호의 가장 큰 약점인 것이다.

전력을 한 점에 집중시키기만 했던 최고사제 어드미니스트레이터는 이미 죽었고, 커시드럴에 처박혀 있던 수많은 무기와 방어구도 급조 수비군에게 분배되었다. 그러나 남은 시간이 너무나도 적었다. 하다못해 병력이 1만, 준비기간이 1년만 있었어도——.

한숨으로 헛된 생각을 떨치고, 앨리스는 아마요리에게 하강 지시를 내렸다.

수비대의 야영지는 중앙의 풀밭을 넓게 비워 놓고 있었다. 거대한 천막이 인접해 늘어선 것을 보면 그곳이 비룡의 발착장이 분명했다.

곡선을 그리며 강하한 아마요리는 팔다리의 발톱이 녹색 잔디에 닿을락말락할 때부터 긴 목을 천막 쪽으로 돌리고, 어리광을 부리듯 목으로 우는 소리를 냈다.

금세 조금 낮은 목소리로 대답이 돌아왔다. 오빠인 타키구리일 것이다. 앨리스는 용이 발을 멈추자마자 키리토를 안은 채 풀밭에 뛰어내리고 아마요리의 두 다리에서 무거운 짐을 벗겨 주었다. 그 순간 아마요리는 천막으로 쿵쿵 돌진해 두꺼운 천 밑에서 고개를 내민 오빠와 서로 목을 비벼 댔다.

앨리스는 자신도 모르게 웃음을 지었지만 등 뒤에서 달려오는 발소리를 듣고 황급히 표정을 다잡았다. 염색하지 않은 소박한 스커트 자락을 정돈하고 바람에 흐트러진 머리를 등 뒤로 넘긴다.

돌아보기도 전에 귀에 익은 한 사내의 목소리가 발착장에 울려 퍼졌다.

"스승님! 나의 스승 앨리스 님!! 저는 믿고 있었습니다!!"

좌아악, 풀밭 위를 미끄러지며 눈앞으로 돌아 들어온 것은 열흘쯤 전에 작별의 잔을 나누었던 정합기사, 엘드리에 신서시스 서티원이었다. 야영 중인데도 물결치는 등나무꽃색 머리카락과 은백색 갑주에는 티 한 점 없었다.

"……잘 지내는 것 같군요."

앨리스의 무뚝뚝한 대답에도 굴하지 않고 감개무량한 듯 무언가를 말하려던 엘드리에의 입술이 멈칫 얼어붙었다.

앨리스가 왼팔로 부축하고 있는 흑발 청년을 알아본 탓이다.

한쪽 뺨을 살짝 굳히고 크게 고개를 젓히더니, 젊은 기사는 믿을 수 없다는 투로 신음했다.

"데리고……, 오셨습니까? 어째서?"

앨리스도 한껏 등을 펴고 대답했다.

"당연하지 않나요. 지키겠다고 맹세했으니까요."

"하, 하지만……, 막상 전투가 시작되면 우리 정합기사는 항상 최전선에 서야만 합니다. 적병과 검을 마주하는 동안에는 어떡하실 겁니까. 설마 업고 싸우시려는 것은 아닐 테지요."

"필요하다면 그리 하겠어요."

자력으로는 제대로 서지도 못하는 키리토의 깡마른 몸을 엘드리에의 눈에 들지 않게 하고자 앨리스는 오른발을 약간 뒤로 뺐다. 그러나 어느 사이엔가 발착장 주위에는 휴식 중인 병사들이며 하급 정합기사들까지도 삼삼오오 몰려들어, 나란히

선 앨리스와 키리토에게 의아하다는 시선을 보내고 있었다.

파도 소리와도 같은 술렁임을 업고 엘드리에가 날카롭게 반박했다.

"아니됩니다, 스승님! 저어되오나 한 말씀 드리자면, 그러한 쓸데없는 짐을 끌어안고 싸우면 검의 힘이 반감될 뿐만 아니라 스승님도 위험해질 수 있습니다! 앨리스 님은 다가올 전투에서……."

한순간 말을 끊더니, 현란한 은색 건틀릿으로 주위의 병사들을 가리킨다.

"……저들을 이끌고 싸워야 할 책무가 있습니다! 그런 분께서 자신의 힘을 모두 발휘하려 하지 않다니, 그게 무슨 말씀입니까!"

정론이었다. 그러나 안이하게 알겠다고 말할 수는 없다. 앨리스는 질끈 어금니를 악물고 자신에게는 그 모든 것이——인계를 위해 싸우는 것도, 키리토를 지키는 것도 마찬가지로 소중하다는 사실을 어떻게 설명해야 할지 말을 골랐다.

동시에 제자의 열변에 모종의 놀라움을 느끼기도 했다.

과거 센트럴 커시드럴에서 앨리스에게서 검의 가르침을 받던 무렵에 비하면 확연한 변화였다. 당시의 엘드리에는 마치 앨리스를 숭배하는 것처럼, 무슨 소리를 들어도 절대 말대답을 하는 법이 없었다.

이 세계의 인간들은 수수께끼 어린 《외계의 신》에 의해 오른쪽 눈에 봉인이 이루어져, 법규나 상급자의 명령에는 절대 거역하지 못하게 되어 있다. 앨리스가 아는 한 스스로 봉인을 깨뜨리는 데 성공한 사람은 앨리스 자신과, 지금은 죽은 청장미의 검사 유지오뿐이다. 신과도 같은 권한을 자랑하던 최고사제 어드미니스트레이터와 현자 카디널, 그 두 사람조차 봉인에는 결국 거역하지 못했는데도.

엘드리에는 지금도 봉인의 영향을 받고 있을 것이다. 그런데도 그는——앨리스의 말에 명확히 거역하려는 것은 아니라 해도——옛날과 같은 맹종에서는 벗어났다. 스스로 매사를 생각하고, 자신의 의견을 주장한다.

그 변화를 그에게 가져다준 것은 아마도 키리토, 그리고 유지오일 것이다.

세계 최대의 반역자이자 당당한 검사인 그 두 사람과 한순간이나마 접했던 사실이 엘드리에의 영혼을 강하게 흔들어 놓았던 것이 분명했다.

생각해보면 루리드 마을에 살았을 때 여동생 세르카도 구태의연한 마을 규칙이나 유력자들의 굳은 머리에 대해 틈만 나면 불만을 늘어놓곤 했다. 혹은 앨리스가 키리토와 유지오를 북 센트리아 수검학원에서 연행하려 했을 때 달려왔던 두 여자생도 또한. 나이 어린 소녀들이 정합기사를 불러 세우다니, 원래 그런 일은 있을 수가 없다.

그리고 물론——앨리스 자신 또한.

키리토와 검을 나누고 커시드럴의 외벽에서 떨어질 뻔했던 그 순간까지는 세계의 구조에도, 교회의 지배에도, 최고사제의 신성에도 한 점의 의문조차 품지 않았다.

하지만 어쩔 수 없이 힘을 합쳐 위기를 벗어나고 휴전을 받아들여 외벽을 기어오르는 동안 키리토는 말로, 검으로, 그리고 칠흑의 눈으로 앨리스를 격렬히 흔들어 댔으며——나아가서는 오른쪽 눈의 봉인을 깨뜨리게 만들기에 이르렀다…….

그렇다. 키리토는 마치 거짓된 조화로 가득 찬 세계에 내리쳐진 철퇴와도 같은 자였다. 영혼에 담긴 힘으로 세계를 뒤흔들고, 요동시키고, 나아가서는 공리교회라는 이름의, 인계 한복판에 박힌 거대한 낡은 못까지도 부숴버렸다. 하지만 그 대가로 그는 벗 유지오와 카디널의 목숨, 그리고 자신의 마음을 잃어버렸다…….

앨리스는 왼쪽 팔로 부축한 가녀린 몸을 꽉 끌어안았다. 그리고 정면으로 엘드리에의 두 눈을 바라보았다.

말하고 싶었다. 당신이 지금의 당신인 것은 이 사람과 싸웠기 때문이라고. 그러나 물론 이해하지는 못할 것이다. 정합기사단에게 키리토는 지금도 용서할 수 없는 반역자에 불과하기 때문이다.

엘드리에는 말없이 서 있는 앨리스에게 마치 둔중한 아픔을 견디는 듯한 표정으로 다른 말을 하려 했다.

그때였다. 주위의 인파 중 한 곳이 마치 보이지 않는 거인의 손에 밀려나기라도 한 것처럼 갈라졌다.

인파 속에서 나타난 것은 앨리스에게는 눈물이 나올 정도로 그립고, 동시에 아플 정도로 긴장을 느끼지 않을 수 없는 그 목소리였다.

"너무 그렇게 열 내지 마라, 엘드리에."

재빨리 등을 쭉 펴는 젊은 기사에게서 시선을 떼고 앨리스는 천천히 몸을 돌려 목소리의 주인을 보았다.

동역풍의 낙낙한 앞여밈식 옷. 낮은 위치에서 묶은 폭이 넓은 띠. 그 왼쪽 허리에 아무렇게나 꽂힌 무미건조한 장검. 두 발에 걸친 것은 기묘한 목제 신발.

주위의 기사나 병사들과 비교하면 매우 경장이었다. 그러나 잘 단련된 몸에서 뿜어져 나오는 위력은 어떤 갑옷보다도 두꺼우며 무거웠다.

입은 옷과 흡사한 연푸른색의 짧게 깎은 머리를 북북 긁으며, 목소리의 주인은 입가에 싱글싱글 웃음을 지었다.

"여어, 아가씨. 생각한 것보다 건강해서 안심했어. 얼굴이 좀 토실토실해졌나?"

"……아저씨. 오랜만에 뵙네요."

앨리스는 눈물이 배어 나오려는 것을 열심히 참으며 세계 최초이자 최강의 정합기사――정합기사장 베르쿨리 신서시스 원에게 인사를 했다.

정합기사로서 살아온 6년 동안 앨리스가 유일하게 마음을 허용하고, 스승으로 받들었으며, 또한 아버지처럼 흠모했던 인물이다. 그리고 동시에 이 세상에서 유일하게――키리토를 제외하면――절대 이길 수 없으리라 확신하는 검사이기도 하다.

그렇기에 지금은 우는 얼굴을 보여선 안 된다.

만약 베르쿨리가 키리토를 이곳에 놓아둘 수 없다고 말하면 그때는 따라야만 한다. 물론 지금의 앨리스는 설령 그의 명령이라 해도 속박되지 않는다. 그러나 모두가 보는 앞에서 거역한다면 기사단과 수비군의 질서가 흔들린다. 결전이 겨우 닷새 앞으로 다가온 상황에서 베르쿨리의 지휘권에 털끝만큼이라도 상처를 입혀서는 안 된다.

그런 앨리스의 갈등을 모두 내다본 것처럼, 우락부락한 다정함으로 가득 찬 미소를 지은 채 베르쿨리는 천천히 다가왔다.

우선 앨리스의 눈을 들여다보더니 힘차게 고개를 끄덕인다.

그리고 등 뒤에서 무언가를 말하려던 눈치인 엘드리에를 한 번 노려보고 저지시키더니, 기사장은 시선을 앨리스의 팔에 안긴 키리토에게 돌렸다.

입가가 굳어졌다. 청백색 불꽃과도 같은 빛이 날카로운 두 눈에 깃들었다.

스읍. 베르쿨리가 긴 숨을 들이마셨다. 앨리스는 주위의 공기가 찌릿찌릿 냉각되어 가는 것을 느꼈다.

"……아저씨……."

앨리스는 소리가 나지 않을 정도로 목소리를 쥐어짜 냈다.

베르쿨리는 검기를 가다듬고 있다. 정합기사만이 쓸 수 있는 《심의기》……, 마음의 힘으로 물체를 움직이는 《심의의 팔》을 넘어서는 비술, 《심의태도》를 뽑아내려 하는 것이다.

가다듬은 의지의 힘을 검에 실어, 날린다. 때로는 눈에 보이지 않는 그 칼날은 실체가 있는 적의 칼을 튕겨 내 날려버리기도 한다. 기사장이 가진 신기 《시천검》의, 미래조차 벤다는 무장완전지배술은 그러한 압도적인 의지력이 있어야 비로소 성립되는 술식인 것이다.

다시 말해――베르쿨리는 키리토를 벨 생각인 것일까.

말 그대로 일도양단해 이 문제에 종지부를 찍으려 한다면,

그것만은 절대로 받아들일 수 없다. 만일 그렇게 된다면 그때는 검을 뽑아서라도 키리토를 지켜야만 한다.

기사장의 강렬하기 그지없는 검기에 압도되어 주위의 병사들도, 엘드리에도, 천막의 비룡들마저도 입을 다물었다. 숨도 제대로 쉴 수 없을 만큼 무겁게 압축된 공기 속에서 앨리스는 필사적으로 오른손을 움직이려 했다.

그러나 앨리스가 애검의 자루를 건드리기 직전, 베르쿨리의 입이 살짝 움직이더니 사념과도 같은 목소리가 들려왔다.

——괜찮아, 아가씨.

"…………?!"

앨리스가 숨을 멈춘 그 찰나.

베르쿨리의 온몸은 미동도 하지 않고, 다만 두 눈만이 번뜩 무시무시할 정도로 빛을 뿜었다.

동시에 앨리스의 팔 안에서 키리토의 몸이 격렬하게 떨렸다.

키잉! 하는 단단한 소리가 울려 퍼지더니 베르쿨리와 키리토 사이의 허공에서 은색 섬광이 터졌다.

——이게 뭐지?!

앨리스는 경악한 나머지 살짝 신음했으나, 그때 이미 베르쿨리는 이제까지의 검기가 환각이었던 것처럼 굵직한 웃음을 짓고 있었다.

"아……아저씨……?"

멍하니 중얼거린 앨리스를 향해 기사장은 마치 수련이라도 마친 것처럼 손가락 끝으로 턱을 긁으며 말했다.

"아가씨, 지금 그거 봤어?"

"아……, 예. 한순간이었지만……, 분명 검이 부딪치는 광채가……?"

"음. 난 이 젊은이한테 심의태도……까지는 아니고, 비수쯤 되는 심의의 칼날을 날렸지. 맞았다면 뺨 정도는 찢어졌을 텐데."

"맞았……다면요? 그럼……."

"그래. 받아친 거야. 이 친구가, 자기의 심의로."

앨리스는 자신도 모르게 왼팔로 안아 든 키리토의 얼굴을 들여다보았다.

그러나 기대는 금세 배신당했다. 살짝 뜨인 까만 눈에는 공허한 어둠밖에 보이지 않았다. 표정은 완전히 죽은 상태였다.

——그래도 아까, 분명 몸이 떨렸어.

앨리스는 오른손으로 키리토의 머리를 쓰다듬으면서 시선을 베르쿨리에게 돌렸다. 기사장은 고개를 설레설레 저으면서도 또렷한 목소리로 단언했다.

"이 친구의 마음은 여기에는 없는 것 같구만……. 하지만 죽진 않았어. 그거 알아? 그 꼬마는 아까 자기 자신이 아니라 아가씨를 지키려 했던 거야. 그러니 언젠가는 돌아와. 난 그렇게 생각해. 아마 아가씨가 정말로 그 녀석을 필요로 하는 그때가 되면."

앨리스는 다시 배어 나오려는 눈물을 조금 전의 몇 배나 되는 노력으로 억눌렀다.

——그래. 분명 돌아올 거야.

——왜냐하면 키리토는, 키리토야말로 세계 최강의 검사니

까. 두 자루의 검을 휘둘러 반신인이었던 어드미니스트레이터마저 쓰러뜨리고 말았으니까.

——나를 위해서……라고는 말하지 않겠어. 이 세계에 살아가는 수많은 이들을 위해 돌아와줘…….

앨리스는 마침내 견딜 수가 없어 두 팔로 키리토의 몸을 있는 힘껏 끌어안았다. 그런 앨리스를 다독이듯 기사장의 목소리가 등을 두드렸다.

"그런고로 엘드리에. 그렇게 쪼잔한 소리 하지 말고 젊은 친구 하나 정도는 좀 돌봐주자고."

"하……하오나……."

숫제 훌륭하기까지 한 기개를 보여, 가장 어린 정합기사인 엘드리에는 가장 오래된 기사 베르쿨리에게도 반박했다.

"조금이라도 전력이 된다면 모를까, 이 상태로는……. 게다가 설령 제정신이 돌아온다 해도 생도의 검이 과연 얼마나 도움이 될지는……."

"이봐이봐."

베르쿨리의 목소리는 따뜻한 웃음과 함께 명검과도 같은 날카로움을 머금고 있었다.

"잊어버린 거야? 저 꼬마의 단짝은 날 이겼어. 정합기사장 베르쿨리 신서시스 원을."

주위가 순식간에 조용해졌다.

"유지오란 이름의 그 꼬마……, 강했지. 아주아주. 난 시천검의 완전지배술까지 썼어. 그러고도 졌다고. 너나 듀솔버트나 파나티오가 그랬듯 말이야."

여기에는 더 이상 엘드리에도 받아칠 말이 없는 모양이었다. 당연하지 않은가. 일대일로 베르쿨리에게 이길 수 있는 검사는 정합기사단에도, 그리고 대문 너머의 다크 테리토리에도 존재할 리가 없다——고 공리교회의 모든 이들이 믿어 의심치 않았으니까.

그러나 이것은 어떤 의미에서는 지나치게 위험한 선언이 아닐까.

기사장 베르쿨리는 급조된 수비군을 최강자의 관록으로 통솔해 왔다. 하지만 자신을 꺾었던 검사 유지오의 존재를 모두에게 알리고——그리고 키리토가 유지오와 동등한 실력을 가졌다고 인정한다는 것은…….

앨리스가 여기까지 생각하고 고개를 들려 했을 때였다.

베르쿨리가 갑자기 고개를 번쩍 들어 하늘을 올려다보았다.

"아……아저씨……?"

앨리스의 물음에 기사장은 생각지도 못한 말로 대답했다.

"아주 먼 곳에서 커다란 검기가 한순간 부풀었다가 사라졌군……. 내가 아는 누군가가 죽었어……."

4

다크 테리토리의 십후회의를 구성하는 열 명의 제후들은 성향도, 인품도, 내면에 감춘 야망도 전혀 닮지 않았지만 단 한 가지 완벽한 공통점을 가졌다.

그것은 《힘이 모든 것을 지배한다.》라는 유일한 법을 누구보다도 명료하게 이해한다는 점이다.

오히려 그 법을 어렸을 때부터 영혼에 새기고 부단한 노력을 ——자신을 단련하든, 방해 세력을 제거하든——아끼지 않았기에 피로 피를 씻는 이 세계에서 거의 정점을 차지할 수 있었다고 해야 하리라.

그런고로.

샤스타와 동석에 속한 아홉 제후들은 오른쪽 끝에 앉아 있던 암흑기사장이 폭발하는 듯한 기세와 함께 황제를 향해 발검했을 때도 진심으로 경악하지는 않았다.

오히려,

——여기서 저지르려는 건가.

——대담하군.

그렇게 이해하는 이들이 많았다. 300년 동안 언어능력, 다시 말해 지능을 퇴화시켜버린 오크족이나 오우거족의 족장들마저도 이로써 황제인지 하는 놈의 힘을 알 수 있겠다고 짐승의 눈을 날카롭게 번뜩였다. 샤스타에게 같은 구도자로서 경의를 품던 젊은 권투사는 뽑았으니 베어버리라고 내심 응원까지 보냈을 정도였다.

그런 그들 중에서 몇 초 전부터 이 사태를 예측했던 자가 둘 있었다.

하나는 암흑술사 길드 총장 디 아이 엘. 샤스타와 격렬하게 적대하던 그녀는 전부터 암흑장군의 애인을 납치할 계획을 세웠으므로 리피아의 얼굴을 알고 있던 것이다.

그렇기에 오히려 경악은 얼음에 갇힌 리피아의 목을 보았을 때가 더 컸다. 디는 '이거 어쩌면 샤스타가 분노에 몸을 맡기고 검을 뽑지 않을까.' 하고 예측했으며, 그 경우 어떻게 움직여야 할지를 재빠르게 생각하고 있었다.

샤스타를 등 뒤에서 술법으로 쳐서 황제에게 은혜를 베풀어주는 방안도 검토했지만 결국 디는 방관을 선택했다. 샤스타가 황제에게 패한다면 그건 그것대로 좋고, 만에 하나 이긴다면 그때야말로 심각한 부상을 입었을 원수를 불태워 죽여 다시금 자신이 다크 테리토리의 패권을 쥐면 그만이다. 내심으로 씨익 웃음을 지으며 디는 흥분을 억누르기 위해 낼름 입술을 핥았다.

그리고 암흑장군의 반의를 감지한 사람이 또 하나——.

이쪽은 즉시 행동했다.

***

샤스타는 죽일 살(殺) 한 글자만을 가슴에 품고 애검을 높이 쳐들었다.

검에 담긴 심의의 강도만을 계측한다면 과거 정합기사장 베르쿨리와 맞섰을 때를 확실하게 능가했다. 그의 분노와 탄식이 얼마나 무시무시한지는, 원래 긴 술식이 필요한 완전지배 현상을 즉시 이끌어 낸 것만을 보아도 알 수 있을 정도였다.

샤스타가 가진 장도 《으스름안개》는 VRMMO 패키지 속성을 가진 언더월드가 200년쯤 전에 자동으로 생성한 신기급 오브젝트였다. 속성은 《물》이며 샤스타의 강렬하기 그지없는 살의에 호응한 도신은 필살의 위력을 내포한 채 실체를 잃고 안개 형태의 그림자로 변화했다.

완전지배 상태에 들어간 으스름안개의 특성은 모든 검에 딸린, 《칼날로 대상을 절단 또는 관통하여 대미지를 입힌다.》라는 공격 프로세스를 완전히 생략하는 것이다. 길게 뻗어 나간 안개의 띠에 닿은 자는 그 시점에서 천명 수치에 참격 속성 대미지를 입는다. 다시 말해 회피 이외의 모든 방어는 통하지 않는다.

황제 벡터, 즉 가브리엘 밀러는 샤스타가 발검한 시점에서 자신도 허리의 검을 뽑아 적의 일격을 튕겨 내려 했다.

만약 사태가 그처럼 흘러갔다면 샤스타의 안개 칼날은 가브리엘의 검을 뚫고 몸에 닿아 응축된 살의를 쏟아부었을 것이다.

그러나 신속의 한 걸음과 함께 필살의 참격을 내뿜으려던 그 직전.

샤스타의 움직임이 얼어붙은 것처럼 멈추었다.

어느 사이엔가 암흑장군의 갑옷 왼쪽 겨드랑이, 두꺼운 장갑의 미미한 이음매에 바늘 한 자루가 깊이 박혀 있었던 것이다.

후방에서 흐느적 일어난 자는 짙은 회색 로브로 온몸을 감싼, 유령처럼 깡마른 사내였다.

암살자 길드의 두목 프 자. 십후 중에서도 한층 존재감이 희박하며 회의에서도 거의 발언을 하지 않던 그늘 속의 존재가 생애를 통틀어 가장 큰 주목을 받으면서 슬금슬금 앞으로 나왔다.

프 자가 샤스타의 반란을 사전에 감지할 수 있었던 것은 그가 제후들 중 누구보다도 겁이 많고 신경질적이었기 때문이다.

암살자 길드는 힘없는 자들을 모아 놓은 곳이다. 체력, 술법, 재력, 그 외의 모든 힘을 타고나지 못했지만 노예로서 혹사당하는 삶을 거부한 자들이 다크 테리토리에서조차 기피당하는 《독 기술》을 갈고 닦기 위해 만든 집단이다.

언더월드에서 일부 벌레나 뱀, 식물과 같은 독성 오브젝트는 원래 스트레스 테스트의 일환으로 배치된 것이었다. 그렇기에 효과는 한정적이며, 주민이 필요한 지혜를 동원하면 충분히 회복할 수 있는 수준에 그친다. 바꿔 말하자면 도저히 술식이나 검기에 대항할 만한 힘은 얻을 수 없다.

그러나 암살자 길드를 만든 자들은 라스의 스태프도 예상하지 못했던 《농축》이라는 기법을 창안해 오랜 세월에 걸쳐 하염없이 독액을 생산하고 강화했다. 성하마을의 슬럼가 지하 깊은 곳에 존재하는 길드 총본부에는 100년 이상 독열매의 즙을 짜내고 있는 거대한 가마솥이며, 각지에서 모은 독사를 상잔

시키는 항아리 같은 것이 무수히 있다.

하지만 마침내 완성된 《치사성 독》은 길드 내에서 암살이 횡행하는 비극까지 낳았다. 검이나 술법과는 달리 지효성 독은 가해자를 밝혀내기가 지극히 곤란한 것이었다.

필연적으로 길드를 통솔하는 장은 극도로 겁이 많아야만 살아남을 수 있다. 주위 사람들의 시선, 아니, 기척 속에 도사린 어렴풋한 살의의 싹조차도 느낄 수 있을 만큼.

샤스타가 리피아의 목을 본 순간 뿌렸던 살기는 프 자에게 선혈보다도 확실한 냄새를 풍겼다.

또한 프 자에게는 암흑장군 샤스타야말로 누구보다도 증오해 마땅한 존재였다.

이제까지 구상했다가 파기했던 암살계획은 헤아릴 수도 없다. 죽이는 데까지는 달성할 자신이 있었다. 그러나 사인이 독이라는 사실이 밝혀지면 암살자 길드의 소행임을 누구나 알아차린다. 샤스타가 숨이 끊어지고 한 시간 후면 강력하기 그지없는 암흑기사단이 길드 본부에 쳐들어와 모두를 없애버릴 것이다. 정면전투가 되면 승산이 없다.

하지만 지금 이 순간이라면.

원수의 몸에 그간 갈고 닦은 독침을 박을 대의명분이 있다. 황제의 어전에서 발검한 순간부터 샤스타는 암흑장군도 십후도 아닌, 단순한 반역자가 되니까.

프 자가 로브 안에서 뽑아 던진 것은 암살자 길드 두목에게 대대로 전해 내려오는 암기였다. 《루베릴 독강》이라 불리는, 그 자체가 마비독을 분비하는 위험한 광물에서 깎아 낸 지극히 가느다란 바늘은 안쪽이 텅 비어 각종 독액을 넣어 둘 수 있다.

여기에 주입된 것은 마찬가지로 길드 기술의 정수인 치사성 독이었다. 《피썩힘거머리》라는 희귀한 거머리 5만 마리를 한꺼번에 갈아 으깨 몇 번이나 여과, 농축을 해야 겨우 한 방울의 독액을 얻을 수 있다. 거머리를 사육하고 번식시키려는 시도는 모두 실패했으므로 이 독 한 방울을 제조하는 데에는 어마어마한 노력이 필요했다.

프 자는 알 도리도 없는 노릇이지만 언더월드의 필드에 서식하는 동물은 면적당 규정치에 따라 시스템이 생성하는 것이며, 가축 유닛으로 지정된 양이나 소 같은 것을 제외하면 일체의 인위적인 번식이 불가능하다.

다시 말해 프 자가 날린 독침은 소재도, 내부의 독액도 암살자 길드의 총력을 한 점에 응집했다고 말해도 과언이 아닌 물건이었다. 그것은 또한 수백 년에 걸쳐 학대를 받았던 약한 자들의 원념이 낳은 결정체이기도 했다.

***

샤스타는 쳐든 검에만 의지력을 집중했으므로 몸에 독침이 깊이 박힌 아픔을 전혀 의식하지 못했다.

하지만 옥좌를 향해 높이 도약하려던 바로 그 순간, 몸 전체가 납으로 변한 것처럼 엄청난 무게를 느껴 눈을 크게 떴다.

두 다리에서는 힘이 빠져나가 털썩 무릎을 꿇어버린 후에야 새삼 왼쪽 옆구리의 이물감을 느꼈다.

——독이구나.

순식간에 그렇게 생각하고 얼음장 같은 냉기가 왼손을 마비시키기 전에 재빨리 침을 뽑았다. 무기라고도 할 수 없을 만큼 가느다란 침이 선명한 녹색 광택을 띤 것을 본 샤스타는 그것이 가증스러운 루베릴 독강임을 깨닫고 즉시 대항술식을 외우려 했다.

그러나 냉기는 무시무시한 속도로 왼쪽 옆구리에서 온몸으로 침투해 입까지 도달했다. 시스템 콜 머릿구조차 외우기 전에 혀의 감각이 사라지고 이를 악물 수조차 없게 되었다.

왼손 또한 마비되어 주먹에서 미끄러져 떨어진 독침이 흑대리석 위에서 희미한 소리를 냈다.

마지막으로는 검을 치켜들었던 오른팔이 천천히 떨어지기 시작했고, 동시에 완전지배 상태도 풀려 회색 안개에서 실체로 돌아온 애도의 칼끝이 바닥에 닿았다.

황제에게 달려들기 전과 완전히 똑같이 왼쪽 무릎을 꿇고 고개를 늘어뜨린 자세로 얼어붙은 샤스타의 시야에 소리도 없이 어둠색 로브가 미끄러져 들어왔다.

——프 자.

——설마 이자에게 당할 줄이야.

"……이렇게 하잘 것 없는 소인배에게. ……그렇게 생각하고 있습니까, 빅슬?"

슈슈, 마찰하는 듯한 목소리가 머리 위에서 들려와, 샤스타는 유일하게 그나마 움직이는 눈가를 찡그렸다.

——왜 갑자기, 친한 척 이름으로 부르는 거냐…….

"이름을 불리고 싶지는 않다, 그렇게 말하고 싶은 눈치군요? 하지만 말입니다, 제가 당신을 빅슬이라고 부르는 건 이번이 처음이 아닙니다만?"

천천히 무릎을 구부리고 같은 높이까지 몸을 낮춘 암살자의 얼굴이 샤스타의 시야에 들어왔다. 그러나 깊이 내려온 후드가 빛을 차단해 뾰족한 턱 말고는 어둠에 잠겨 있었다.

그 턱이 떨리듯 움직이더니 한층 갈라진 목소리가 흘러나왔다.

"당신은……, 기억하지 못하겠지요. 유년학교에서 자신이 꺾었던 아이들의 얼굴 따위는. 그리고 그중 하나가 굴욕에 빠진 나머지 수로에 몸을 던져 학교에서 영원히 모습을 감추었다는 것도."

——뭐지? 이자가 무슨 소리를 하는 거지? 유년학교라고?

평기사의 자식으로 태어난 샤스타는 목검을 쥘 수 있는 나이가 되자 가차 없이 기사단 소속 유년학교에 처박혔다. 그 후로는 살아남기 위해 오로지 수업에 매진한 기억밖에 없었다. 온갖 선발시험에서 항상 승리했고, 기사단 장교로 임명받고, 스승인 선대 기사장의 눈에 들고——과거를 돌이켜볼 틈 따위 없는 격류와도 같은 반생이었다.

기억할 리도 없다. 30년도 더 전에 나란히 목검을 휘두르던 아이들의 얼굴 따위.

"……그래도 말이죠, 저는 하루도 잊어버린 적이 없었습니다. 떠내려간 땅 밑바닥의 도랑에서 암살자 길드 덕에 목숨을 건지고, 노예로 혹사당하던 긴 세월 동안 계속해서 말입니다. ……저는 지식을 익히고, 수많은 새로운 독을 개발하고, 결국 길드 두목 자리까지 올랐지요. 그 대가로 숱한 것들을 잃었지만……, 그 모든 것이 당신에게 복수하기 위해서였습니다, 빅슬.”

일그러진 목소리가 끊어진 것과 동시에 아주 살짝 후드가 걷혀 샤스타의 눈에 프 자의 맨얼굴이 드러났다.

그래도 기억이 살아나지는 않았다. 아니, 만약 샤스타가 한 때의 동급생들을 완벽히 기억한다 해도 역시 이름을 떠올리지는 못했을 것이다. 왜냐하면 프 자의 얼굴은 독의 영향인지 추악하게 녹아내려 오크도 두려워할 만큼 기이한 얼굴로 전락해 버렸기 때문이었다.

다시 깊이 늘어뜨린 후드 속에서 두 개의 눈만이 번들번들 강렬한 빛을 뿜어냈다.

“당신의 몸에 주입된 독은 당신을 죽이기 위해 개발하고, 정신이 아득해질 만한 시간을 들여 한 방울, 한 방울 모아 놓았던 것입니다. 실험에서는 천명이 3만도 넘는 대형 지룡조차 한 시간 내에 죽였지요. 당신의 체력과 천명 총량이라면 아마 앞으로 2, 3분 아닐까요. 자아……, 돌려드리겠습니다. 당신에게서 맡아 두었던 나의 원한과 굴욕을.”

——원한이라.

샤스타는 프 자의 눈에서 시선을 떼고 흑대리석 바닥에 떨어진 독침을 바라보았다.

——나는 분노와 원한에 사로잡혀 황제를 베려 했지. 프 자

도 완전히 똑같은 힘을 이 바늘에 담아 나를 죽이려 한 거다. 그래서 내 검이 멈춘 거다. 《살(殺)의 심의》는 《의(義)의 심의》에는 이기지 못한다. 옛날 그자와……, 정합기사장 베르쿨리와 1합을 마주했을 때 얻었던 검결을, 나는 마지막 순간에 잊어버리고 말았구나…….

이제는 무릎으로도 설 수가 없어 샤스타는 왼쪽 어깨부터 바닥에 무너지고 말았다.

뿌옇게 흐려져 가는 시야 한복판, 독침 너머에——.

은쟁반에 얹힌 얼음 입방체가 있었다.

＊＊＊

프 자, 옛 이름은 페리우스 자르가티스라고 하는 복수자는 마침내 찾아온 환희의 순간을 모조리 맛보고자 두 눈을 한껏 크게 떴다.

모든 명예를 누리던 암흑장군 샤스타가 지금 자신의 발밑에 쓰러져 있다. 나이에 비해 팽팽하던 피부는 흙색으로 변했으며, 날카로운 안광도 사라지고, 호흡도 거의 끊어지려 하는 몰골이었다.

추하고 한심한 죽음이다.

그리고 샤스타의 죽음은 곧 독살 기술이 검술과 암흑술보다 우월하다는 사실을 증명하는 것이기도 했다. 루베릴 독강과 피썩힘거머리를 이용한 신형 복합독이라면 바늘로 단 한 번 찔러 적을 발검도 영창도 불가능한 상태로 몰아넣은 후 신속하게 숨통을 끊어버릴 수 있는 것이다.

옥좌에 앉은 황제 벡터도 이 일막으로 암살자 길드의 가치를 알았을 것이다. 신형 독의 대량 생산이 완료되는 날에는 더 이상 기사나 술사들의 낯빛을 살필 필요도 없다. 원래의 이름을 되찾고, 자신을 버린 자르가티스 가문에 새로운 지배자로서 쳐들어갈 수도 있다…….

희열에 몸을 떨던 프 자는 시야 바깥쪽에 떨어진 샤스타의 검이 다시 한 번 도신을 안개로 바꿔 나가고 있음을 전혀 알아차리지 못했다.

***

——리피아.

샤스타는 천명이 다하기 직전, 유일하게 사랑했던 여성의 이름을 마음속으로 불렀다.

리피아가 황제 암살을 결의했던 것은 샤스타가 들려주었던 새로운 시대의 도래를 실현시키고 싶다는 바람 때문이었음이 분명하다. 300년 동안 이어진 전쟁이 끝나고 새로운 법과 질서가 어둠의 나라를 비춘다면 굶어 죽거나 노예가 될 수밖에 없던 고아들에게도 평화롭게 살아갈 권리가 주어지게 된다고, 그렇게 믿었기 때문임이 분명하다.

——프 자.

——유년학교에서 혼쭐이 빠졌다고? 굴욕을 견디지 못해 몸을 던졌다고?

——하지만 적어도 네놈에게는 기회가 있었지 않나. 학교에 넣어줄 부모가, 하루 세 끼의 식사가, 그리고 따뜻한 침대와 비를 피할 지붕이 있었다. 이 세상에는 태어났을 때부터 그런 최소한도의 권리조차 받지 못하고 넝마 같은 취급을 당해 사라져 가는 어린 목숨이 얼마나 많은지 아나?

——리피아는 그런 세상을, 목숨을 걸고 바로잡으려 했다. 그 심의를 헛되이 할 수 없다. 네놈의 개인적인 원한 따위에——

"……멈출 수는 없단 말이다!!"

완전히 마비되었어야 할 샤스타의 입에서 처절한 노성이 터져 나옴과 동시에 회색 용오름 같은 것이 암흑기사의 오른손을 중심으로 높이 솟아올랐다.

그것이 바로 정합기사들 중에서도 극히 일부만이 쓸 수 있는, 신기의 기억해방 현상이었다. 샤스타의 강력하기 그지없는 심의가 모든 언더월드의 정보를 축적하고 연산하는 메인 비주얼라이저를 오버라이드하기 시작한 것이다.

회색 용오름은 건드리는 것을 모조리 분해하는 순수한 무속성 파괴력의 현현이었다. 피할 틈도 없이 용오름에 말려든 프자의 두꺼운 검은색 로브가 파스슥, 메마른 소리를 내며 연기처럼 흩어졌다.

그 속에서 나타난 깡마른 중년 사내는 녹아내린 얼굴을 감추고자 두 팔을 들었다. 그 직후 그 팔이 무수한 살점으로 변해 흩어지고——이어서 온몸이 짙은 피안개가 되어 파스스 허공에 뿌려졌다.

***

암흑술사 디 아이 엘은 빈사 상태의 암흑장군에게서 기묘한 용오름이 솟아난 순간 매우 불길한 예감에 사로잡혀 뒤로 크게 뛰어 물러났다. 두 손에 풍소를 생성해 뒤를 향해 전속력으로 날았다.

예감은 급속도로 확대된 용오름에 닿은 오른쪽 다리가 무릎 아래쪽부터 흔적도 없이 사라져 가는 것을 보고 최대의 경악으로 바뀌었다.

디는 목욕을 할 때나 잠을 잘 때에도 수천에 이르는 방어술로 온몸을 보호한다. 술식은 물론 장거리 무기, 검, 독, 생각할 수 있는 온갖 종류의 공격을 튕겨 내는 철벽의 방벽이다.

물론 동급의 프라이어리티를 가진 십후의 전력공격이라면 방벽을 관통하고 피부에 상처를 낼 수 있을지도 모른다. 그러나 마치 방벽 따위 존재하지 않는다는 것처럼, 건드리는 것만으로 육체를 깎아 내기란 불가능하다. 절대로.

제아무리 뇌리로 부정하려 해도 전력 후퇴를 웃도는 속도로 밀려드는 죽음의 회오리에 오른쪽 다리는 점점 깎여 나갔다. 디 정도 되는 술사라면 팔다리 하나 정도 떨어져 나간다 해도 치유술로 복원할 수 있지만 그것도 살아 있어야 가능하다.

"흐으……아악……!!"

마침내 디의 입에서 찢어지는 비명이 터져 나왔다.

하지만 그 목소리는 동시에 터져 나온 두 고블린족장의 절규에 지워졌다.

디의 왼쪽에 서 있던 산 고블린족장 하가시와 평지 고블린족장 쿠비리가 짧은 다리를 열심히 놀려 용오름에서 도망치고자 달렸다. 그러나 전속력으로 비행하는 디마저 따라잡은 용오름의 팽창을 회피할 리 만무했다.

"끄갸악——!!"

추한 비명과 함께 하가시가 발이 미끄러져 바닥에 굴렀다. 필사적으로 뻗은 왼손이 쿠비리의 발목을 쬠쇠처럼 붙들었다.

"흐갸아아악!! 놔——!! 이거 놓…………."

철퍽.

두 고블린족의 지배자들은 어이없이 피안개로 변했다.

뭉텅.

디의 오른쪽 다리가 허벅지까지 흔적도 없이 날아가버렸다.

미모를 공포와 절망으로 일그러뜨린 암흑술사 길드 총장의 바로 눈앞에서——용오름의 팽창이 기적처럼 멈추었다.

쓰러진 샤스타의 몸은 이미 보이지 않았다. 그 일대를 중심으로 우뚝 선 뒤집힌 원뿔 모양의 폭풍은 이미 직경도 높이도 20메르 정도까지 확대되었다. 거리에 여유가 있었던 나머지 여섯 명의 제후들은 재빨리 서쪽 벽 근처까지 대피했으며, 홀 남쪽에 도열한 각 진영의 간부들도 간신히 목숨을 건졌다.

의식은 혼란의 극치에 빠졌지만, 그래도 디의 사고력은 용오름의 팽창이 정지한 이유를 어렴풋이 깨닫고 있었다.

지킨 것이다. 부하인 십여 명의 상위 암흑기사를. 다시 말해 저 용오름은 샤스타의 의지가 만들어 낸 것이다.

그 추측을 뒷받침하듯, 용오름의 위쪽 절반이 서서히 형태를

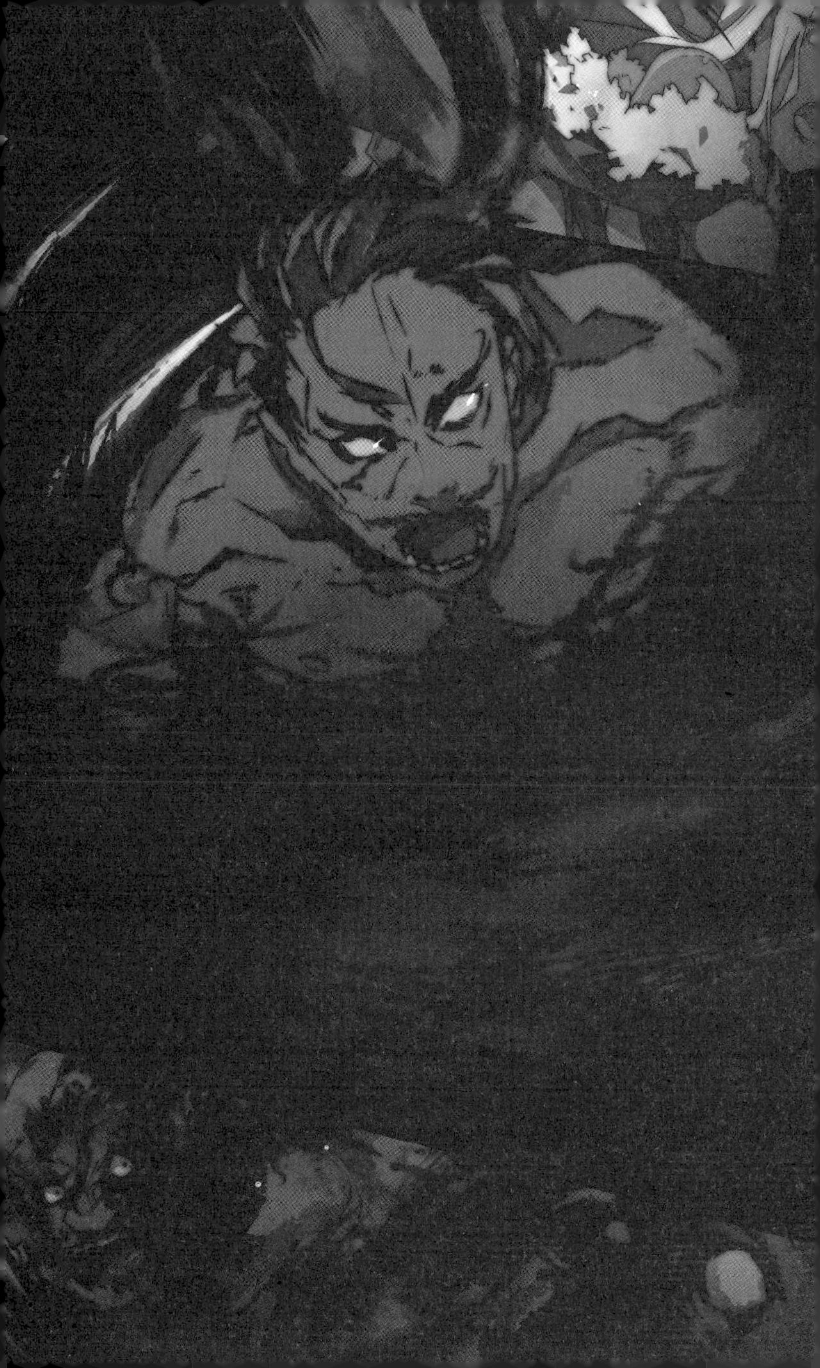

바꾸기 시작했다.

그곳에서 출현한 것은 반투명한 안개로 이루어진 남자의 상반신.

어마어마하게 거대하지만, 그것이 암흑장군 샤스타의 현신임은 명백했다.

***

황제 벡터, 즉 가브리엘 밀러 또한 놀라움을 느끼지 않을 수 없었다. 자신을 짓누르듯 우뚝 선 용오름의 거인을 올려다보았다.

여자 암살자의 목을 일동의 눈앞에 들이대고, 이를 본 왼쪽 끄트머리의 기사가 검을 뽑았던 것까지는 예상했던 범주 내였다. 가브리엘에게 달려들려던 그 사내를 암살자 길드의 장이 독인지 무엇인지로 마비시켰던 것도 의외라 할 정도는 아니었다.

반역자를 일격에 쓰러뜨리고 나머지 아홉 유닛에 절대적인 충성심을 심어주겠다는 의도는 빗나갔지만, 그래도 자발적으로 황제를 지키려 한 행동은 높이 평가해주어도 좋을 것이다. 그런 생각을 하며 사태의 행방을 지켜보고 있었는데――.

쓰러진 반역 유닛에게서 갑자기 회색 용오름이 솟아나고, 여기에 휩싸인 암살자 길드의 장과 고블린 장군 두 마리까지도 순식간에 소멸된 데에는 아무리 가브리엘이라 해도 아연실색했다.

장군 유닛은 모두들 비슷한 스테이터스를 가졌을 것이다. 그렇다면 서로 싸워도 금방은 결판이 나지 않고 HP를 깎거나 회복하거나를 반복하는 장기전이 벌어졌을 터.

그런데도 겨우 몇 초 만에 세 개체나 되는 유닛이 사라지다니. 이 언더월드에는 아직 자신도 크리터도 모르는 모종의 알고리듬이 존재한단 말인가――.

여기까지 생각했을 때. 용오름의 거인이 입을 벌리고 천지를 뒤흔드는 듯한 포효를 터뜨렸다.

강렬한 압력을 견디지 못하고 옥좌의 홀 벽을 장식하던 유리창 대부분이 바깥쪽으로 터져 나갔다.

거인이 엔진 블록만큼이나 큰 오른쪽 주먹을 쥐더니――.

가브리엘을 향해 힘껏 내리쳤다.

가브리엘은 검으로 막아 내봤자 의미는 없을 테고, 일어나서 회피할 여유도 없으리라고 판단했다. 시야 오른쪽 끝에서 부관 바사고가 준민하게 뒤로 뛰어 물러나는 모습을 보며 가브리엘은 옥좌 위에서 조용히 회색 주먹을 기다렸다.

***

샤스타가 임종 직전에 심의로 만들어 낸 죽음의 용오름은 언더월드의 시스템마저도 초월하는 현상이었다.

수치가 설정된 공격력으로 프 자나 고블린들의 천명을 빼앗고 그 결과 죽음에 이르게 한 것이 아니라, 그들의 라이트큐브에 직접 《죽음의 이미지》를 때려 넣어 우선 플럭트라이트를 파괴하고 그 상태에서 역산하듯 육체를 소멸시킨 것이다.

그렇기에 가브리엘을 공격했어도 황제 벡터의 방대한 천명에는 영향이 없었다.

그러나 샤스타의 플럭트라이트가 생성한 살의는 양자통신회로를 경유하여 살아 있는 가브리엘이 누워 있는 STL에까지 도달했고——.

암흑장군 샤스타라는 언더월드에서도 손꼽히는 검사가 자아낸 필살의 의지는 가브리엘 밀러의 플럭트라이트 중추, 다시 말해 《자아》를 직격했다.

이때 샤스타의 주관으로는 자신이 뿜어낸 혼신의 일격과 의식이 동화되어 황제 벡터의 내부로 돌입하는 것처럼 느껴졌다.

원래 육체의 천명이 이미 소진된 것은 명백했다. 샤스타는 이것이 생애 최후의 일격임을 깨달았다.

정합기사장 베르쿨리와 다시 검을 나눌 약속을 지키지 못하는 것이 아쉬웠다. 그러나 그자라면 이해해줄 것이다. 암흑장군이 무엇을 바랐으며, 왜 황제에게 반역했는지를.

암살자 길드 두목 프 자와 함께, 제후들 중에서 가장 호전적이던 고블린족장도 양쪽 모두 쓰러뜨렸다. 여기에 암흑술사 총장, 그리고 황제 벡터까지도 죽는다면 남은 제후들도 인계와의 결전을 망설일 것이 분명하다.

마찬가지로 지배자를 잃은 인계의 백성들과 하다못해 일시적인 휴전협정이라도 맺을 수 있다면. 검이 아닌 말을 나누어 모종의 이해를 공유할 수 있다면.

바라건대 그 너머에――리피아가 원하던 평화로운 세계가 도래하기를.

심의와 동화된 샤스타는 황제 벡터의 이마를 꿰뚫고 그 내면에 존재하는 영혼의 중추로 돌입했다.

그곳을 파괴하면 아무리 암흑신이라 해도 프 자나 다른 자들과 마찬가지로 존재가 소멸될 수밖에 없을 것이다.

소리 없는 포효와 함께 샤스타의 의지는 황제의 영혼에 충돌하고――.

그리고 생애 최후의 경악에 사로잡혔다.

없다.

빛의 구름 같은 영혼의 중추, 의식의 정수가 존재해야 할 그 장소에 농밀한 어둠만이 펼쳐져 있었다.

어째서냐. 세상을 등진 프 자의 영혼에서조차 생명에 대한 탐욕스러운 집착이 번들번들 빛나고 있었는데.

샤스타의 심의는 황제의 내부에 무한히 펼쳐진 어둠에 빨려 들어갔다.

사라진다. 증발한다.

――이놈은, 이자는…….

――생명을 모르는 것인가.

생명의, 영혼의, 그리고 사랑의 광채를 알지 못하는 자. 그렇기에 굶주렸다. 그렇기에 타인의 영혼을 원한다.

이자는 아무리 강력한 심의라 해도 살의의 검으로는 쓰러뜨릴 수 없다.

왜냐하면 이자의 영혼은 살아 있으면서도 죽어 있으니까.

전해야만 한다. 누군가에게. 장래에 이 괴물과 싸울 숙명을 진 자에게.

누군가——누군가에게…….

그러나 여기서 샤스타의 의식은 무한한 심연에 뒤덮였다.

…………원통하구나………….

…………리피아………….

그런 생각이 터져 나간 것을 끝으로, 암흑장군 빅슬 우르 샤스타의 영혼은 완전히 소멸했다.

＊＊＊

가브리엘 밀러는 너무나도 강렬한 영혼의 광채가 자신을 꿰뚫은 순간 공포보다도 환희를 느꼈다.

암흑기사의 영혼은 이틀 전에 먹었던 여자 암살자의 것보다도 한층 더 농밀한 감정으로 가득했다. 그 여자에 대한 사랑. 그리고 이해하기 힘든, 더욱 광범위한 자애 같은 것. 그리고 그것들을 동력원으로 삼는 강렬한 살의.

사랑과 증오. 이 이상 감미로운 것이 이 세상에 존재할까.

이때 가브리엘은 자신이 생명의 위기에 직면했다는 사실을 전혀 의식하지 못했다. 암흑기사의 공격에 세 유닛이 고깃조각으로 변해 날아가버린 것을 보고도, 가브리엘은 자신의 안전보다도 기사의 영혼을 먹기를 바라고 있었다.

만일 가브리엘이 기사의 공격을 두려워하고 자신의 생존을 원했다면, STL을 경유한 샤스타의 살의는 가브리엘의 생존본

능을 파괴한 후 연쇄적으로 플럭트라이트 그 자체를 날려버렸을 것이다.

그러나 가브리엘 밀러는 생명을 모르는 인간이었다. 그에게는 자신을 포함한 모든 생명은 어렸을 때 대량으로 살육했던 곤충과 같은 자동기계일 뿐이었다. 그 기계의 동력원인 영혼, 신비하게 빛나는 구름의 비밀을 해명하는 것만이 가브리엘의 바람이었다.

그렇기에 샤스타의 플럭트라이트가 발생시킨 파괴신호는 가브리엘의 플럭트라이트에 펼쳐진 허무를 그저 지나가, 무엇에도 충돌하는 일 없이 사라지고 만 것이다.

가브리엘은 그러한 원리를 알려고도 하지 않았지만, 그는 기사의 영혼을 되새김질하며 두 가지를 기억해 두었다.

우선 이 세계에는 보통 VRMMO 게임과 같은 무기나 주문에 의한 것 이외의 공격방법이 존재한다는 사실.

그리고 그 공격방법은 자신에게는 효과가 없는 듯하다는 사실.

조금 전에 벌어진 현상의 알고리듬을 나중에 크리터에게 조사하도록 시켜야겠다. 그렇게 생각하며 가브리엘은 천천히 옥좌에서 일어났다.

***

살아남은 여섯 제후——암흑술사 길드 총장 디 아이 엘, 권투사 챔피언 이스칸, 상공 길드 두령 렌길, 자이언트족장 시그로시그, 오크족장 릴피린, 오우거족장 후르구르——는 벽에 등을 기댄 채, 혹은 엉덩방아를 찧은 채, 혹은 중상을 지혈하면서 그저 멍하니 황제 벡터의 모습을 올려다보았다.

모두의 마음속에 있는 것은 이미 공포뿐이었다.

암흑장군 샤스타의 무시무시한 초공격——순식간에 제후 세 명을 피안개로 바꾸고 제후들 중에서도 실력자로 손꼽히던 디의 오른쪽 다리를 날려버렸던 일격을, 황제는 정면으로 받고도 상처 하나 입지 않은 것이다.

힘 있는 자가 지배한다.

황제 벡터가 여섯 제후, 그리고 등 뒤에 도열한 백 명 이상의 장교들까지 한꺼번에 덤벼든다 해도 도저히 이기지 못할 만한 힘을 갖추었음은 누가 보더라도 명백했다.

잔물결이 퍼져 가듯, 모두가 깊이 고개를 숙이고 황제에게 종순의 뜻을 보였다. 경애하던 기사장을 살해당한 암흑기사들조차 예외가 아니었다.

그 머리 위로 황제의 목소리가 도도히 울려 퍼졌다.

"……장군을 잃은 부대는 즉시 차석에 속한 자가 지휘권을 인수하도록. 한 시간 후 예정대로 진군을 개시한다."

반역자가 나왔다는 사실을 꾸중하거나 책망하는 말은 없었다. 그 사실이 장군들에게 한층 더 큰 공포를 불러 일으켰다.

겨우 오른쪽 다리를 지혈하는 데 성공한 디가 손가락 끝까지 뻗은 오른팔을 높이 들며 외쳤다.

"황제 폐하, 만세!!"

한순간의 간격을 두고——.

만세 화창이 옵시디아 성 전체를 뒤흔드는 듯한 거대한 음성이 되어 수없이 되풀이되었다.

5

앨리스는 배정받은 야영용 천막 안을 둘러보고 살짝 한숨을 쉬었다.

간이침대는 깔끔하게 정돈되어 있었으며, 바닥에 깔린 양가죽은 완전히 새것이고, 공기도 햇볕의 냄새밖에 나지 않는다. 그런 것들이야 매우 감사하지만, 이 천막이 앨리스를 위해 갑작스럽게 비워진 것이 아니라는 점은 명백했다. 다시 말해 기사장 베르쿨리는 앨리스가 올 것을 대비해 기사용 천막 하나를 따로 치도록 했다는 뜻이다.

신뢰의 증거라 받아들이면 되겠지만, 기사장의 사람 됨됨이를 알면 생각이나 행동을 모조리 간파당하고 있는 것만 같다는 생각도 들었다.

아니——아무리 그래도 그건 아니겠지. 왜냐하면 아무리 기사장이라 해도 앨리스가 키리토를 데려오리라는 것까지는 예상하지 못했던 모양이니까. 그 증거로 간이침대는 하나뿐이었다.

앨리스는 키리토의 등에 손을 대고 침대로 이끌어 앉혀주었다. 그 순간 청년은 가녀린 목소리를 흘리며 왼손을 뻗으려 했다.

"그래그래, 잠깐만 기다려."

입구 옆에 놓아두었던 짐으로 달려가 앨리스는 희고 검은 두 자루의 장검을 꺼내 침대로 돌아와 그것들을 무릎에 얹어주었다. 그러자 키리토는 왼팔로 검을 끌어안고 조용해졌다.

곁에 앉아 부츠를 벗으며 생각해보았다.

엘드리에에게는 필요하다면 키리토를 업고 싸우겠다고 단언해 버렸지만, 실제로 그러기는 조금 어렵다. 깡마른 키리토 하나만이라면 몰라도, 밤하늘검과 청장미검까지 짊어지면 무게 때문에 움직임이 제한되고 만다.

아마요리의 안장에 계속 얹어 두는 것도 생각해봤지만, 적들 중에도 비룡을 모는 암흑기사가 있는 이상 공중전이 벌어지기도 할 것이다. 무게는 될 수 있는 대로 가볍게 해 두고 싶었다.

유감스럽지만 전투 중에는 병참부대 같은 곳의 누군가에게 키리토를 돌봐달라고 하는 것이 가장 현실적인 안이었다. 하지만 문제는 그렇게 쉽게 신뢰할 만한 사람을 발견할 수 있을까 하는 점이었다.

얼굴을 아는 정합기사들은 물론 모두 최전선에 나가게 될 테고, 일반 백성 출신 병사들 중에는 아는 사람이 하나도 없다. 그렇다고 이제 와서 엘드리에에게 적임자를 소개해달라고 부탁하는 것도 내키지 않았다.

"키리토……."

앨리스는 정면에서 청년의 얼굴을 바라보며 두 손으로 뺨을 가만히 감쌌다.

키리토를 짐짝 취급 할 마음은 전혀 없다. 마음을 되찾을 수만 있다면 분명 누구보다도 든든한 인계의 수호자가 되어줄 테니까. 이렇게 전선에까지 데려온 것은 의식을 회복할 가능성을 이곳에서야말로 발견할 수 있지 않을까 생각했기 때문이다.

기사장 베르쿨리는 그가 뿜어낸 《심의태도》를 키리토가 튕겨 냈다고 말했다. 그리고 그것은 앨리스를 지키려 했던 것이라고.

믿어도 될까.

수검학원에서 처음 만났을 때는 체포인과 죄인. 커시드럴 80층에서 재회했을 때는 처형인과 반역자. 그리고 최상층에서 마지막으로 말을 나눈 순간조차 두 사람의 관계는 아무리 좋게 봐주더라도 휴전 중이었다.

――그 전투가 끝난 후로 너는 줄곧 마음을 잃어버렸는데, 아저씨의 검기에서 날 지켜주려 한 거야?

――너는……, 날 어떻게 생각해?

그 질문은 키리토의 빛 없는 눈에 부딪쳐 앨리스 자신에게 튕겨 나왔다.

자신은 대체 이 청년을 어떻게 생각하는 것일까.

커시드럴에서 본 키리토를 한 단어로 표현한다면 '얄밉다.'가 가장 적절할 것이다. 그 이전에도, 그 후로도 정합기사 앨리스 신서시스 서티에게 대고 그렇게 몇 번씩이나 '바보.'라고 말했던 자는 이 청년뿐이다.

그러나 마지막 전투에서 최고사제 어드미니스트레이터에게 맞섰던 키리토의 뒷모습――.

까만 외투 자락을 크게 펄럭이며, 좌우 양손에 검을 한 자루씩 쥔 검사의 등을 보고 앨리스의 마음은 떨렸다. 이 얼마나 힘차고, 그러면서도 가슴이 미어질 정도로 애절한 모습인가, 하고.

그 감정은 지금도 가슴 깊은 곳에 희미한 응어리로 남아 있다.

그러나 응어리의 이유를 아는 것이 두려워 앨리스는 자신의 마음에 뚜껑을 닫고만 있었다.

——왜냐하면 나는 만들어진 존재니까. 앨리스 투베르크의 몸을 차지하고 있는, 싸우기 위한 인형일 뿐이니까. 나에게는 전투 이외의 감정을 가진다는 사치가 용납되지 않으니까.

하지만. 어쩌면.

내가 자신의 마음을 억누르고 있기 때문에 네게 목소리가 닿지 않는 걸까?

만일 지금 온 힘을 다해 《심의》를 뿜어낸다면, 너는 대답해줄까?

앨리스는 가슴 가득 공기를 들이마시고 숨을 멈추었다.

두 손으로 감싼 키리토의 뺨이 차가웠다. 아니, 자신의 손바닥이 열기를 띤 것이다.

뺨을 가만히 끌어당겼다. 지근거리에서 까만 눈동자를 들여다본다. 마치 밤하늘처럼 까맣다. 그래도 아주 먼 곳에서 소소하게 빛나는 조그만 별이 보인 것도 같았다.

갑자기 딸랑, 하고 가벼운 종소리가 울려 앨리스는 펄쩍 몸을 일으켰다.

황급히 천막 안을 둘러보았지만 물론 아무도 없다. 그제야 천막 입구에 달린 종이 울렸음을 깨달았다.

손님이다. 까닭도 없이 헛기침을 하고 머리를 정돈한 앨리스는 빠른 걸음으로 천막을 가로질렀다.

뻔하다. 엘드리에가 또 잔소리를 하러 왔을 것이다. 무슨 말을 하든 키리토를 내보낼 마음은 없다고 이번에야말로 단단히 말해 놓아야겠다.

이중 구조인 출입구의 장막 중 안쪽 천에 머리를 들이민 앨리스는 바깥쪽의 두꺼운 양가죽도 왼손으로 단숨에 열어젖혔다.

그리고 말을 하려고 막 벌린 입을 딱 멈추었다.

눈앞에 있던 것은 정합기사도, 일반 병사조차도 아니었다. 자신도 모르게 빤히 응시하고 말았다.

"아……, 저기."

겁을 먹은 듯한 가녀린 목소리와 함께, 조그만 내방자는 두 손으로 받쳐 든 뚜껑 덮인 쟁반을 내밀었다.

"시……식사를 가져왔습니다, 기사님."

"……그랬군요."

앨리스는 흘끔 하늘을 올려다보았다. 어느샌가 저녁놀의 붉은 색이 서쪽 하늘로 멀어져 가려 했다.

"고마워요……, 수고했어요."

치하하며 쟁반을 받아 든 앨리스는 다시 한 번 상대의 모습을 위에서 아래로 살펴보았다.

아직 어리다. 열대여섯 살 정도밖에 안 됐을 것 같은 소녀였다.

어깨 조금 아래쪽까지 늘어진 머리는 멋들어진 붉은색. 커다란 눈동자도 비슷한 단풍색이었으며, 흰 피부와 오뚝한 콧날은 북방제국의 혈통을 보여주었다.

수비군의 일원인지 경장 갑옷을 입기는 했지만 그 안쪽의 회색 상의와 스커트는 어디 학교의 제복인 것 같았다.

이런 아이까지 전장에……, 라고 생각해 입술을 깨물려던 앨리스는 문득 눈을 깜빡거렸다.

——어라.

소녀의 얼굴이 어딘가 눈에 익었다. 하지만 센트럴 커시드럴에서 기거하던 당시의 앨리스가 일반 백성과 접촉한 기억은 거의 없을 텐데.

그때 붉은머리 소녀의 뒤에 숨어 있던 두 번째 소녀가 쭈뼛쭈뼛 모습을 나타냈다.

"저……저기……, 빵하고, 음료입니다."

까만색에 가까운 고동색 머리카락과 진남색 눈동자를 가진 소녀의 꺼져 들어가는 듯한 목소리에 앨리스는 살짝 미소를 지으면서 그녀가 내민 광주리를 받았다.

"그렇게 겁먹을 것 없어. 잡아먹거나 하지 않으니까."

그렇게 말한 순간, 그제야 앨리스의 기억이 되살아났다.

이 긴장 어린 목소리도 귀에 익었다. 두 사람은 그때 본——.

"저기……, 너희는 혹시……, 북 센트리아 수검학원의……?"

그렇게 묻자 뻣뻣하게 굳었던 두 소녀가 한순간 안도한 것처럼 빰에서 힘을 뺐다. 그러나 이내 자세를 바로잡고 부츠 뒷굽을 딱 울리며 이름을 댔다.

"네, 네엣! 저는 인계수비군 보급부대 소속 티제 슈트리넨 초등연사입니다!"

"가, 같은 소속, 로니에 아라벨 초등연사입니다!"

반사적으로 답례를 한 후, 앨리스는 역시 그랬다고 속으로 중얼거렸다.

키리토와 유지오를 학원에서 연행했을 때, 작별 인사를 하게 해달라고 허가를 구하러 온 것이 이들 둘이었다.

아무리 수비군의 인원이 부족해도 설마 학생까지 징용하지는 않았으리라. 그렇다면 두 사람은 스스로 자원해 오랫동안 지냈던 센트리아에서 위험한 전장으로 온 것일까? 아직 앳된 티를 벗지 못한 소녀들이 대체 왜 그렇게까지…….

오른손에 솥을, 왼손에 광주리를 든 채 앨리스가 빤히 두 사람을 보고 있으려니 로니에라는 고동색 머리 소녀는 다시 티제라는 붉은 머리 소녀의 등 뒤로 숨고 말았다. 티제도 몸을 조그맣게 움츠리기는 했지만, 이윽고 결사의 각오와도 같은 표정으로 입을 열었다.

"저……저기……, 기, 기사님……, 매, 매우 무례하다는 사실은, 그, 거, 거듭 알고 있사오나……!"

거창한 말투에 앨리스는 다시 쓴웃음을 짓고 말았으나, 그것을 최대한 부드러운 웃음으로 바꾸도록 노력하며 끼어들었다.

"저기, 그렇게 조심스러워할 필요는 전혀 없어. 이 야영지에서는 나도 인계를 지키기 위해 모인 검사 중 하나일 뿐이니까. 나는 그냥 앨리스라고 불러줘, 티제. 그리고……, 로니에."

그러자 티제와 그녀의 등 뒤에서 쏙 고개를 내민 로니에는 동시에 멍한 표정을 지었다.

"……왜, 왜 그래?"

"아, 아뇨……, 그게……. 전에, 수검학원에서 뵈었을 때와,

인상이, 굉장히 다르셔서…….”

“그런……가?”

어리둥절 고개를 갸웃한다. 스스로는 영 모르겠지만 루리드에서 지내던 반년 동안 나름 변화가 있었던 것일까. 기사장은 얼굴이 토실토실해졌다고 전혀 근거도 없는 감상을 입에 담았지만.

돌이켜보면 세르카가 만들어주었던 요리가 맛이 있어서 자꾸만 많이 먹어버린 것 같기도 한데……, 설마 외견에 드러날 정도로…….

하마터면 굳어버릴 뻔한 뺨에 다시 웃음을 지으며 앨리스는 말을 이었다.

“그래서……, 나한테 뭔가 볼일이라도 있니?”

“아……, 네.”

아주 조금 긴장의 빛을 누그러뜨린 티제가 한순간 입을 꾹 다문 다음 말했다.

“저기……, 저희는 기사님……, 앨리스 님이 비룡으로 도착하실 때, 흑발의, 젊은 남자를 함께 데려오셨다고 들어서요……. 그래서 어쩌면 그분이 저희가 아는 사람이 아닐까 해서…….”

“아, 아아……, 그랬지, 맞아.”

앨리스는 겨우 소녀들이 온 목적을 깨닫고 고개를 끄덕였다.

“너희는 학원에서 키리토와 친하게 지냈으니까…….”

앨리스가 그렇게 말한 순간, 마치 꽃봉오리가 피어난 것처럼 두 사람의 얼굴이 빛났다. 로니에는 푸른 눈동자에 살짝 눈물까지 머금었다.

"역시……, 키리토 선배였어……."

가느다란 목소리로 중얼거린 로니에의 손을 잡고 티제도 기대에 가득 찬 목소리로 외쳤다.

"그럼……, 유지오 선배도……!"

그 이름을 들은 순간, 앨리스는 날카롭게 숨을 멈추었다.

두 사람은 모르는 것이다. 반년 전에 커시드럴에서 펼쳐졌던 격전과 그 결말을. 알 리가 없다. 최고사제의 죽음에 얽힌 모든 정황은 정합기사들에게만 알려졌으니까.

두 사람은 입을 다문 앨리스를 올려다보며 의아한 표정을 지었다. 앨리스는 티제와 로니에의 눈을 번갈아 바라보다가 천천히 눈을 내리깔았다.

이제 와서 얼버무릴 수는 없다.

게다가 두 사람에게는 모든 것을 알 권리가 있다. 아마도 그녀들은 키리토를, 그리고 유지오를 다시 한 번 만나고자 수비군에 지원해 이곳까지 왔을 테니까…….

결심하고, 앨리스는 입을 열었다.

"너희에게는……, 너무 괴로운 일이 될지도 몰라. 하지만 나는 믿어. 키리토와, 그리고 유지오의 후배였던 너희라면 분명 받아들일 수 있을 거라고."

그리고 한 걸음 물러나 모피 장막을 들어 올려 두 사람에게 천막으로 들어오도록 권했다.

앨리스의 조용한 기대와는 달리, 키리토는 티제와 로니에를 시야에 담고도 전혀 반응을 보이지 않았다.

낙담을 억누르며, 앨리스는 천막의 벽 쪽에 서서 비장한 광경을 지켜보았다.

침대에 앉은 키리토 앞에 무릎을 꿇은 로니에는 조그만 두 손으로 젊은이의 왼손을 감싸고 뺨에 눈물을 흘리고 있었다.

그러나 더욱 애통한 것은 가죽 깔개에 털썩 주저앉아 눈앞에 놓인 청장미검을 바라보기만 하는 티제였다. 백짓장처럼 새하얗게 질린 얼굴은 유지오의 죽음을 전했을 때부터 표정이 하나도 없었다. 말없이 절반으로 부러진 검신에 시선을 떨구고만 있다.

앨리스 자신은 유지오라는 청년과 직접 말을 나눌 기회가 거의 없었다.

커시드럴로 연행해 지하감옥에 투옥할 동안, 탑 80층에서 그들과 맞서 싸웠을 때, 그리고 어드미니스트레이터와의 최종결전에서 함께 싸웠을 때뿐이었다.

기사장 베르쿨리에게 승리했을 뿐만 아니라 자신의 몸을 검으로 바꿔 소드 골렘을 파괴하고 최고사제의 한쪽 팔을 베어 날려버렸던 의지력에는 진심으로 경의를 느꼈으나, 유지오에 대한 기억은 세르카가 말해주었던 추억담에 의존하는 부분이 컸다.

세르카가 말하길, 유지오는 얌전하고 사려 깊은 소년이며 소꿉친구인 앨리스 투베르크에게 붙잡혀 이런저런 모험에 끌려다녔다고 한다. 그런 성격이라면 아마 키리토와도 좋은 단짝 사이였으리라.

키리토와 유지오는 분명 수검학원에서도 이런저런 소란을 일으켰을 것이 분명하다. 그런 두 사람에게 티제와 로니에는 이끌렸고, 큰 영향을 받은 것이다. 앨리스 자신이 그랬듯.

——그러니 부탁이야. 그 슬픔을 받아들여줘. 키리토와 유지오는 정말로 소중한 것을 지키기 위해 싸웠고, 상처 입고, 마음과 목숨을 잃었어.

앨리스는 내심 그렇게 말을 걸면서 두 사람에게 시선을 보내고만 있었다.

인계에 사는 사람들은 너무나도 거대한 공포나 비탄 같은 정신적 충격을 받으면 견디지 못하고 마음이 병들어버리는 경우가 있다. 얼마 전 어둠의 군세가 루리드를 습격했을 때도 몸은 무사한데 드러누워버린 마을 사람이 몇 명 나왔다고 한다.

티제는 분명 유지오를 사랑했을 것이다.

이 어린 나이에 사랑하는 이의 죽음이라는 거대하기 그지없는 충격을 받아들이기란 쉬운 일이 아닐 터.

앨리스의 시선 너머에서, 바닥에 주저앉은 티제의 오른손이 꿈틀 움직이더니 조금씩 청장미검에 다가가기 시작했다.

약간 긴장하며 그 모습을 지켜보았다. 청장미검은 절반으로 부러졌다고는 하지만 최상위의 신기다. 티제가 다룰 수 있으리라고는 생각하지 않아도 너무나 깊은 절망과 슬픔은 때로 예기치 못한 힘을 이끌어 낸다. 무슨 일이 일어날지는 예측할 수 없다.

뻣뻣하게 뻗어 나간 티제의 손가락이 마침내 연푸른색 검신에 닿았다. 칼날이 아니라 매끄럽고 반들반들한 측면을, 살짝 어루만진다.

그리고 그 순간——.

채광창에서 스며든 붉은 저녁 햇살을 밀어내며 부러진 검신이 어렴풋이, 그러나 또렷이 푸르게 빛났다.

그와 동시에 티제가 꿈틀 몸을 떨었다.

무언가를 느꼈는지 로니에도 돌아서서 친구를 쳐다보았다. 팽팽해진 공기 속에서, 티제의 긴 속눈썹에 천천히 투명한 물방울이 맺히더니 소리도 없이 흘러내렸다.

"……지금…………."

색이 옅은 입술에서 조용한 속삭임이 흘러나왔다.

"……들렸어……. 유지오 선배의, 목소리……. 울지 말라고……. 나는 계속, 여기 있으니까……라고……."

눈물은 하염없이 끊이지 않고 흘러내려, 마침내 티제는 검 위에 얼굴을 묻고는 어린아이처럼 큰 소리로 오열하기 시작했다. 로니에도 키리토의 무릎에 얼굴을 묻고 흐느꼈다.

애절하고, 그러면서도 맑디맑은 정경에 자신도 모르게 눈시울이 뜨거워졌지만——.

앨리스는 머리 한구석으로 그런 일이 있을 수 있을까 생각했다.

유지오의 목소리는 앨리스에게는 들리지 않았지만, 검이 한순간 빛을 낸 것은 틀림없었다. 그렇다면 티제가 들은 목소리도 환청이라고 딱 잘라 말할 수는 없다.

청장미검에 유지오의 영혼 같은 것이 남아 있는……, 걸까?

앨리스도 무장완전지배술을 발동하면 금목서검과 자신의 의지가 하나가 되는 듯한 감각을 느낀다. 게다가 유지오의 경우에는 실제로 청장미검과 자신의 몸을 융합시켰고, 그 도중에 치명상을 입었다.

그러므로 검의 나머지 절반에 주인의 의지가 남아 있다는 것도 어쩌면 있을 수 있는 일일지도 모른다.

하지만 조금 전 티제는 유지오가 자신에게 말을 걸었다고 했다. 그렇다면 검에 남은 것은 영혼 없는 잔향 따위가 아니라 진정한 의지——혹은 심의인 것일까.

소녀의 모정이 들은 환청일까? 아니면……?

답답하다. 키리토라면 이 현상의 비밀을 밝혀내주었을 텐데. 이 세계의 바깥쪽, 수수께끼의 신들이 사는 장소에서 떨어졌다고 하는 그라면.

빙글빙글 맴도는 생각의 수면에 조그만 거품처럼 하나의 단어가 떠올랐다가 조용히 터졌다.

월드 엔드 얼터.

처음 들어보는 이름의 그 장소에는 세계의 바깥쪽으로 이어지는 문이 있다고 한다.

만일 그곳에 도착할 수 있다면 온갖 수수께끼가 한순간에 풀릴까? 잃어버렸던 키리토의 마음도 되찾을 수 있을까?

하지만 얼터는 동쪽 대문을 나가 남쪽으로 멀리 떨어진 곳에 있다고 한다. 다시 말해, 어둠의 종족이 지배하는 다크 테리토리의 아득한 변경에.

그런 곳에 가려면 우선 대문 너머에 자리 잡은 적의 대군을, 막아 내는 정도가 아니라 돌파해야만 한다. 아니, 설령 적군을

돌파했다 쳐도 대문의 방위를 내팽개치고 남쪽으로 갈 수는 없다. 앨리스에게는 과대한 힘을 받은 정합기사로서 인계를 지킬 책무가 있다.

숫제 자신이 모든 적군을 끌어들여 대문에서 떼어 놓으면서 얼터로 향한다면. 그러나 다크 테리토리의 백성들에게 인계 침략은 수백 년을 끌어온 비원이다. 그 이상으로 매력적인 것 따위 있을 리가 없다…….

역시 세상 끝의 제단으로 가려 해도 그 전에 어둠의 군세를 완전히 섬멸시켜야만 한다.

그런 결론에 도달하고, 앨리스는 자신도 모르게 눈을 감았다.

섬멸 같은 거창한 생각을 해버렸지만, 현재 상황에서는 적의 선발부대를 밀어내기조차 어려울 것이다. 그러나 해내야만 한다. 티제와 로니에, 그리고 키리토를 지키기 위해서라도.

가만히 숨을 토한 후, 앨리스는 몇 초 동안의 생각을 깨고 흐느끼는 두 소녀에게 다가갔다.

•

6

솔루스의 잔조는 꽤 오래전에 서쪽 멀리 사라졌는데도, 동쪽 대문 너머로 어렴풋이 보이는 다크 테리토리의 하늘에는 불길한 핏빛이 끈덕지게 남아 있었다.

마치 그 광경을 차단하듯 인계수비군 야영지 중앙——낮에는 비룡의 발착장으로 쓰였던 풀밭에는 순백색 막사가 펼쳐져 있었다. 그 바로 앞, 높이 휘날리는 공리교회의 깃발 아래 정합기사와 수비군의 대장들이 서른 명 정도 모여 심각한 표정을 나누었다.

그들이 기사와 병사 구분 없이 서 있음을 알아차리고, 앨리스는 조금 놀라 발을 멈추었다.

빛나는 은색 갑옷을 걸친 정합기사와, 미려함에서는 떨어지지만 프라이어리티는 충분히 높을 것 같은 강철 갑옷을 걸친 대장이 같은 시랄 수 잔을 손에 들고 열심히 의논을 하고 있었던 것이다. 귀를 기울여보니 대화에서는 귀찮고 서먹서먹한 존댓말이 완전히 생략된 것 같았다.

"급조해서 긁어모은 살림치고는 제법 괜찮지, 아가씨?"

갑자기 곁에서 나직한 목소리가 들려 앨리스는 황급히 그쪽을 보았다.

동제국풍 옷의 품에 두 손을 꽂아 넣은 기사장 베르쿨리는 경례를 하려는 앨리스를 몸짓으로 말리더니 말을 이었다.

"이 수비군에서는 그런 귀찮은 의례니 뭐니 하는 건 전부 없얘기로 했어. 다행히 금기목록에도 『일반 백성은 기사와 이야기하기 전에 한껏 아양을 떨어야만 한다.』는 항목은 없거든."

"네, 네에……. 실로 바람직한 일이라고 생각하지만, 그래도, 그건 그렇다 쳐도……."

앨리스는 시선을 다시 군사회의 쪽으로 되돌렸다.

"——다른 정합기사들은 어디 있나요? 보아하니 저곳에는 열 명 정도밖에 없는 것 같은데……."

"유감이지만, 저게 거의 전부야."

"네……에에?!"

자신도 모르게 높아질 뻔한 목소리를 손바닥으로 억누르고, 앨리스는 표정이 살짝 떨떠름해진 기사장을 올려다보았다.

"그럴 리가요……. 기사단에는 저를 포함해 서른한 명이 있지 않았나요?"

그것은 가장 어린 정합기사인 엘드리에에게 부여된 서티원이라는 신성어 이름이 나타내는 대로였다.

"그야 그런데……."

베르쿨리는 한숨과 함께 대답하더니 한층 목소리를 낮추었다.

"아가씨도 알겠지만, 원로장 튜델킨은 기억에 문제가 생기려는 기사에게는 《재조정》이라는 조치를 하고 있었어. 그 자식이 죽었을 때 원로원에서 재조정 중이던 기사 일곱은 아직 눈을 뜨지 못했다고."

"…………!"

자신도 모르게 눈을 크게 떴다. 그런 앨리스에게서 시선을 떼고, 베르쿨리는 한층 씁쓸한 목소리로 말을 이었다.

"재조정용 술식을 아는 건 튜델킨하고 최고사제뿐이야. 그 둘이 죽어버린 이상 시간을 들여 술식을 해석하기 전엔 일곱을 각성시키는 건 불가능하고, 지금은 그럴 시간도 없어. 딱 한 사람, 재조정이 아니라 그냥 동결수면 중이었던 기사가 있어서 그놈은 간신히 깨웠지만……."

기사장의 어조에서 무언가 석연찮은 점을 느끼고 물어보았다.

"어느 분입니까, 그 한 분은?"

"……《무음(無音)》 셰이타."

"…………!"

아직 직접 만난 적은 없으며 몇몇 일화를 통해 이름을 알 뿐이었으나, 앨리스는 숨을 멈추었다. 왜냐하면 그 일화들이 하나같이 무서운 것들뿐이었기 때문이다.

그러나 베르쿨리는 그 이야기는 나중에 하자는 양 헛기침을 하더니 전력에 대한 설명을 이어 나갔다.

"……다시 말해, 지금 눈을 뜨고 있는 정합기사는 스물넷이란 소리지. 그중 넷은 커시드럴하고 중앙을 관리하느라 남았고, 넷은 한끝산맥 경비에 할당했어. 나머지 열여섯……, 그게 이 절대방어선에 투입할 수 있는 상한인 거지. 물론 나랑 아가씨도 포함해서 말이야."

"열여섯……이라고요."

'고작' 이라는 말을 붙일 뻔했지만 입술을 꾹 깨물고 참았다.

심지어 얼굴들을 가만히 살펴보니 지금 회의장에 있는 열네 명의 절반 이상은 신기가——다시 말해 무장완전지배술이 없는 하위기사들이다. 검으로 맞붙는다면 고블린 일이백 마리는 없앨 수 있는 강자들이기는 하지만, 전황 전체를 움직일 만한 폭발력은 기대할 수 없다.

입을 꾹 다문 앨리스에게 베르쿨리가 어조를 바꾸며 말했다.

"그보다도 그 젊은 친구를 맡길 곳 말인데……, 뭣하면 내가 후위부대에……."

"어……, 아뇨, 괜찮아요."

기사장의 서툰 배려에 자신도 모르게 미소를 지으며 앨리스가 대답했다.

"수검학원에서 그를 보좌했다던 지원병이 있어서……, 개전 후에는 그녀들에게 맡기기로 했어요."

"호오, 그거 다행인걸. ……근데 어때? 흑발 꼬맹이는 과거에 교류했던 사람들하고 접촉해서 뭔가 반응을 보이던가?"

웃음기를 지우고 말없이 고개를 저었다.

베르쿨리는 짧은 한숨을 토해 내며 그러냐고 말했다.

"……이건 여기서만 하는 소린데. 솔직히 나는 다가올 전쟁의 추세를 결판 지을 수 있는 건 그 젊은 친구가 아닐까 하는 생각이 자꾸만 든단 말이지……."

앨리스는 놀라 기사장의 얼굴을 올려다보았다.

"아가씨나 단짝이 도와줬다고는 해도, 검으로 원로장하고 최고사제를 쓰러뜨렸다는 건 엄청난 일이라고. 순수하게 심의의 강도만을 비교하면 나도 못 미칠지 몰라."

"……설마, 그렇지는……."

키리토의 강함을 새삼스레 의심할 생각은 없지만, 그렇다 해도 기사장 베르쿨리의 심의는 200년 이상의 시간을 들여 갈고닦은 것이다. 반면 키리토는 아직 성인이 되지 못한 생도. 검기나 체술이라면 모를까, 심의력만으로는 기사장에게는 도저히 미치지 못한다고 봐야 자연스럽지 않겠는가.

그러나 베르쿨리는 확신에 찬 몸짓으로 앨리스의 말을 부정했다.

"아까 심의를 맞부딪쳤을 때 분명히 느꼈어. 그 꼬마는 나와 동등하거나 그 이상의 실전 경험을 쌓았을 거라고."

"실전……? 이라면, 무슨 뜻인지요……?"

"말 그대로지. 목숨을 건 전투 말이야."

그것이야말로 설마라는 말밖에 나오지 않았다.

인계에 사는 사람들은 금기목록이나 제국기본법에 보호, 혹은 속박을 받고 있다. 목검으로 시합을 할 수는 있어도 어느 한쪽의 천명이 다할 때까지 진짜 검으로 맞붙는 실전 따위는 태어나서 늙어 죽을 때까지 한 번도 경험하지 못하는 것이 보통이다.

유일한 예외가 정합기사이며, 한끝산맥을 넘어오려 하는 고블린이나 암흑기사와 실전을 벌일 때는 있다. 그러나 그것도 긴 임무 중에 한두 번 있을까 말까 한 일일 뿐이고, 심지어 정합기사 측이 전력에서 압도적으로 웃돌기 때문에 솔직히 말해 목숨을 건다고는 말하기 힘들다.

그렇게 생각한다면 인계에서 가장 실전 경험이 풍부한 사람은 기사단이 지금보다도 훨씬 규모가 작았던 시절부터 어둠의 군세와 싸웠던 베르쿨리일 수밖에 없다. 실제로 막 정합기사가 되었던 무렵에는――믿기 힘든 이야기지만――당시의 암흑기사에게 호되게 당해 목숨만 겨우 붙여 도망친 적도 있다고 한다.

그런 베르쿨리보다도 키리토가 실전을 더 많이 경험했다니?

가령 그런 일이 있을 수 있다고 한다면, 그것은 이 세계의 경험이 아닐 것이다.

그의 진짜 고향이라는 《바깥 세계》. 그러나 그곳은 동시에 진정으로 언더월드를 만들어 낸 신들이 사는 나라이기도 할 텐데. 그런데 실전? 대체 누구와 목숨을 건 싸움을……?

무엇을 어떻게 생각해야 좋을지 알 수 없어 앨리스는 조금 망설인 다음, 마음을 굳혔다.

이렇게 된 이상은 베르쿨리에게 모든 것을 말할 수밖에 없다. 바깥 세계의 존재――그리고 그곳으로 이어지는 문이 있다는 월드 엔드 얼터에 대해.

"……아저씨……, 사실 저는 최고사제와 싸울 때……."

단어를 고르며 여기까지 말했을 때였다.

갑자기 기사장의 뒤에서 날카로운 목소리가 울려 퍼졌다.

"각하, 시간이 됐습니다."

어둠 속에서 아름답게 빛나는 연보라색 갑옷과 투구로 온몸을 감싸고 왼쪽 허리에 은백색 세검을 찬 정합기사 한 명이 서 있었다.

얼굴을 완전히 가리는 맹금의 날개를 본뜬 투구를 본 순간 앨리스의 가슴속에 떠오른 감회는――단적으로 표현하자면

'으엑.' 이었다.

앨리스에게는 아마도 이 세상에서 가장 기질이 맞지 않는 인물일 것이다. 부기사장이자 제2위의 정합기사, 파나티오 신서시스 투.

속마음이 얼굴에 드러나지 않도록 엄청난 노력을 기울이며 앨리스는 반사적으로 오른쪽 주먹을 왼쪽 가슴에, 왼쪽 손을 검의 자루에 대는 기사의 예를 취했다.

파나티오는 철컹 갑주를 울리며 같은 동작을 보였다. 그러나 두 다리를 살짝 벌리고 선 앨리스와는 달리 파나티오는 오른발에 체중을 기울이고 왼쪽 어깨를 낮춘 유연한 자세를 취했다.

이 사람의 이러한 면이 참으로……라고 손을 내리면서 앨리스는 속으로 중얼거렸다.

갑주와 투구, 그리고 냉엄한 어조로 감출 생각이겠지만 같은 여자의 눈으로 보면 파나티오의 태도에서는 숨길 수 없는 여자다움이 커다란 꽃처럼 피어날 때가 있다. 그리고 그것은 어린 시절 커시드럴로 연행되었던 앨리스는 도저히 얻을 수 없었던 《기술》이기도 했다.

부기사장 파나티오는 커시드럴 50층에서 키리토, 유지오와 싸워 키리토의 무장완전지배술에 직격당해 빈사의 중상을 입었다. 하지만 키리토는 고생 끝에 쓰러뜨린 파나티오에게 치유술을 쓰고, 나아가서는 신비한 술식으로 어딘가에 전송시켜 버렸다는 이야기를 앨리스는 그 자리에 있던 하위기사에게서 전해 들었다.

참으로 키리토가 할 법한 일이라고는 생각하지만, 역시 마음은 평온하지 못했다.

애초에 파나티오는 기사장 베르쿨리를 일편단심으로 생각하는 것치고는 자신에게 심취된 하위기사를 네 명이나 직속 부하로 삼고 있다. 동경만 할 뿐, 영원히 손을 댈 수도 없는 그들을 불쌍하다고 여기진 않는 걸까. 하다못해 24시간 투구를 쓰지 말고 얼굴이라도 보여주면 좋을 것을.

그렇게 조금 시샘 섞인 생각을 했던 그 순간, 파나티오가 두 손으로 투구 옆을 잡는 바람에 앨리스는 깜짝 놀랐다.

딸깍, 딸깍, 금속구가 열리고 연보라색 장갑이 하나하나 풀려 나갔다. 크게 펼쳐진 윤기 있는 흑발이 화톳불에 반사되어 비단실처럼 빛났다.

커시드럴에서 파나티오의 맨얼굴을 보았던 것은 대욕탕에서 우연히 맞닥뜨렸을 때뿐이었다. 이렇게 많은 사람들이 있는 곳에서 부기사장이 투구를 벗다니, 기억하는 한 처음 있는 일이다.

미모의 인상도 예전에 비하면 어딘가 부드러워진 것 같다. 잠시 응시한 후에야 이유를 깨달았다. 도톰한 입술에 옅기는 하지만 연지를 바른 것이다. 그렇게나 여자라는 사실을 감추려 했던 그녀가, 화장을——?

어리둥절하여 뻣뻣이 선 앨리스에게 파나티오는 조용한 미소를 지었다.

"오랜만이야, 앨리스. 건강해 보여서 기뻐."

"…………."

오랜만이 '야'? 기 '뻐'?

추가로 3초 정도 입을 다물어버린 다음에야 앨리스는 겨우 인사를 할 수 있었다.

"오……오랜만입니다, 부장님."

"그냥 파나티오라고 불러. 그보다도 앨리스, 아까 언뜻 들었는데……, 그 흑발 꼬마도 데려왔다며?"

무심히 날아든 말에 앨리스는 놀라움을 잠시 옆으로 치워 놓고 대신 경계심을 품었다.

파나티오의 상처를 치유해준 것은 키리토와 현자 카디널이지만 그녀가 그 사실을 안다는 보장은 없다. 자신을 쓰러뜨린 키리토에게 원한과 증오를 품었다 해도 이상하지 않다.

"아……, 네."

짧게 대답하는 앨리스에게 부기사장은 아름다운 미소를 머금은 채 고개를 끄덕였다.

"그래. 그러면 군사회의가 끝나고 잠깐만 만나게 해줄 수 있을까?"

"……어째서입니까, 파나티오 님."

"그런 표정 하지 마. 딱히 새삼스레 그 아이를 베겠다는 건 아니니까."

웃음에 살짝 씁쓸함을 내비치며 파나티오는 어깨를 으쓱했다.

"다만 한마디 고맙다는 인사를 하고 싶어서 그래. 치명상을 입은 나를 그 꼬마가 치료해줬다고 들었으니까."

"……알고 계셨군요. 하지만 키리토에게 인사를 하실 필요는 없을 것입니다. 실제로 부장님을 치유한 것은 선대 최고사제인 카디널이라는 분이라고 들었으니까요. 그리고 그분은……, 반년 전의 전투에서 유감스럽게도 돌아가셨습니다."

아주 살짝 어깨에서 힘을 빼며 앨리스가 말하자, 파나티오는 시선을 하늘로 들더니 고개를 끄덕였다.

"그래……, 어렴풋하게 기억하고 있어. 그렇게 따뜻하고 힘찬 치유술은 처음이었어. 그래도 나를 그분이 있는 곳까지 보내준 건 키리토였고, 게다가……, 또 한 가지 다른 사실에 대해서도 고맙다고 하고 싶거든."

"다른……, 사실?"

"응. ——나와 싸우고, 쓰러뜨려줘서."

……역시 키리토를 베려는 걸까.

반걸음 물러나는 앨리스에게 파나티오는 진지한 표정으로 고개를 가로저었다.

"이건 내 본심이야. 왜냐하면 그 꼬마는 정합기사로 살아온 오랜 세월 속에서 유일하게 내가 여자라는 걸 알면서도 진심으로 싸워준 남자인걸."

"네……? 그게……, 무슨……."

"나도 옛날에는 이런 투구를 쓰지 않고 너처럼 맨얼굴을 드러낸 채 싸웠어. 하지만 어느 순간 깨달아버린 거야. 대련 상대가 된 남자 기사들만이 아니라, 목숨을 걸고 싸우는 암흑기사들조차 칼놀림이 살짝 둔해진다는 걸. 여자라는 이유로 봐주다니, 져서 땅바닥에 쓰러지는 것보다도 더한 굴욕이었어."

그것은, 하지만 어쩔 수 없는 일이 아닐까. 맨얼굴을 드러낸 파나티오에게서 뿜어져 나오는 매력을 무시할 만한 남자는 찾아보기 힘들 것이다.

루리드 근교에서 생활하게 된 후로 처음 알았지만, 인계에서는 여성이 검을 쥐는 천직에 오르는 경우가 거의 없다. 예외는 귀족이나 영주의 자녀들 정도. 다시 말해 일반 백성 여성들은 남자의 아내가 되어 집안일을 하고 아이를 낳아 기르는 이외의 삶은 원칙상 선택할 수 없게 되어 있는 것이다.

그 낡아빠진 인습이 금기목록과 마찬가지로 남자들의 마음을 묶어 놓고 있다면 참으로 얄궂은 일이다. 여자는 남자에게 보호받아야 하는 존재라는 선입견이 파나티오의 아름다운 미모를 본 순간 검을 둔하게 만들어버린 걸지도 모른다. 다크 테리토리에 사는 암흑기사도 아내를 얻어 자식을 기르는 이상 예외는 아니었을 것이다. 완전히 외견이 다른 고블린이나 오크 같은 아인들에게는 다른 가치관이 있겠지만.

하지만 같은 여기사인 앨리스는 이제까지 남자 기사들의 검 놀림이 둔해졌다느니 하는 것을 신경 써본 적이 없었다. 상대가 봐주든 전력을 다하든, 분명 자신이 더 강하다는 자신이 있었기 때문이다.

——그 분노는 당신 자신이 여자라는 사실에 집착하고 있다는 증거가 아닐지.

그렇게 앨리스가 생각한 것과 동시에, 파나티오도 완전히 똑같은 말을 하고 있었다.

"——나는 이 투구로 얼굴과 목소리를 감추고, 적을 다가오지 못하게 하도록 연속검기를 익혔지. 하지만 그건 나야말로 내 성별에 사로잡혔기 때문이었어. 그 꼬마는 그 사실을 즉시 간파한 데다, 나와 전력으로 싸웠어. 그와의 싸움에서 나는 내가 익혔던 검기와 술식을 모조리 다 사용했고, 그러고도 패배했지. 카디널 님 덕에 목숨을 건져 의식을 되찾았을 때, 쓸데없는 집착은 내 마음속에서 사라지고 없었어……. 말하자면 상대가 나를 봐주지 못할 만큼 강해지면 그걸로 끝나는 거였지. 그렇게 단순한 사실을 깨우쳐주고, 심지어 나를 살려준 꼬마에게 감사 인사를 하고 싶다는 생각이 이상하지는 않겠지?"

진지한 표정으로 그렇게 말한 파나티오는 갑자기 장난스럽게 미소를 지었다.

"게다가……, 아주 조금 아니꼽기도 하거든. 꼬마가 맨얼굴인 나한테 전혀 여자다움을 느끼지 않았던 것도. 그래서 내가 이것저것 해주면 꼬마가 눈을 뜨진 않을지 시도해볼까 하고."

"무……."

무슨 바보 같은 소리를.

만약 그렇게 해서 키리토가 눈을 뜬다면 이제까지의 노력이 너무 허무하지 않은가. 그리고 키리토의 경우 그럴 가능성이 전혀 없다고 단언하기 힘든 면이 있다.

미간에 험악함을 감추려고도 하지 않고 앨리스는 날카로워진 목소리로 되받아쳤다.

"말씀은 고맙습니다만, 그는 지금 천막에서 쉬고 있습니다. 파나티오 님의 마음은 제가 나중에 전할 테니 그리 아십시오."

"어머나?"

부기사장도 미간을 꿈틀 움직였다.

"꼬마와 만나는 데 네 허가가 필요해? 난 커시드럴에서 네가 집무 중인 기사장 각하께 면회를 청해도 사사로운 정 때문에 거부한 적은 한 번도 없었던 것 같은데."

"그거야말로 제가 아저씨와 만나는 데 파나티오 님의 허가가 필요하진 않으니까요. 생각해보니 애초에 남자 기사에게 호되게 두들겨 맞고 싶었다면 아저씨께 부탁드리면 되지 않았겠습니까."

"어머, 각하는 괜찮아. 세계 최강의 검사니까 누구와 싸워도 봐주시는 게 당연하지. 암흑장군에게조차 정을 베풀어 주셨는걸."

"흐응, 그런가요? 저와 대련하실 때면 아저씨는 늘 땀투성이가 될 정도로 진심을 발휘 해주십니다만?"

"……각하! 지금 그 말이 사실인가요?!"

"애초에 아저씨가 이분한테 너무 오냐오냐하시니……!"

앨리스와 파나티오는 동시에 옆을 보았다.

하지만 기사장의 모습은 없었다.

분명히 바로 몇 분 전까지 베르쿨리가 서 있던 곳에서는 마른 풀 덩어리만이 데굴데굴 굴러가고 있었다.

오후 6시에 시작된 군사회의는 진행을 맡은 부기사장 파나티오 신서시스 투와 새로이 참가한 정합기사 앨리스 신서시스 서티가 발하는 검기 탓에 상당히 긴장된 분위기 속에서 시작했다.

"……앨리스 님."

곁에 앉은 엘드리에가 쭈뼛쭈뼛 내민 시랄 수 잔을 낚아채듯 받아 들고 차게 식힌 새콤달콤한 액체를 단숨에 들이켰다. 길게 숨을 내쉬고, 간신히 기분을 가라앉혔다.

——그건 그렇다 쳐도.

신기를 가진 상위 정합기사는 역시 얼마 안 된다. 이름과 얼굴을 잘 아는 것은 기사장인 《시천검》 베르쿨리, 《천천검》 파나티오, 《상린편》 엘드리에, 그리고 《치염궁》 듀솔버트 정도였다.

여기에 《무음》이라는 별명을 가진 셰이타 신서시스 트웰브와, 매우 어린 소년기사 렌리 신서시스 트웬티세븐이 신기를 가졌다고 하지만 거의 초면이라 어떤 기술을 쓰는지조차 모른다. 아무튼 이러한 멤버에 《금목서》 앨리스를 더한 일곱이 상위기사였다.

나머지 아홉은 파나티오 직속 《사선검》을 포함해 신기를 가지지 않은 하위기사들. 게다가 엄청난 문제아라 베르쿨리조차 속을 썩였던 수습 소녀기사 리넬 신서시스 트웬티에이트와 피젤 신서시스 트웬티나인의 모습도 있었다. 지금은 얌전히 구석의 의자에 앉아 있지만, 과연 정말로 전장에 나가줄지 어떨지.

아무튼 이상의 단 열여섯 명이 이 절대방위선에 투입할 수 있는 정합기사단의 모든 전력인 셈이다.

반면 인계수비군의 부대장들은 서른 명 정도가 열석했다. 사기는 낮지 않은 것 같지만 역시 척 보기만 해도 정합기사와의 전투력 차이가 눈에 띈다. 앨리스를 비롯한 상위기사는 물론

이고 하위기사들에게조차 서른 명이 한꺼번에 덤빈다 해도 여유롭게 이길 수 있을 것이다…….

"——지난 4개월 동안 온갖 작전을 검토했습니다만……."

어느샌가 말을 시작한 파나티오의 목소리가 앨리스의 의식을 되돌려 놓았다.

"결국 현재의 전력으로 적군의 총공격을 밀어내기란 곤란하며, 포위된 시점에서 우리 측에게 승산은 사라집니다."

천천검의 가늘고 긴 칼집을 지휘봉 대신 삼아 파나티오는 군사회의장 안쪽에 세워 놓은 지도 한 점을 두드렸다.

"보시다시피 한끝산맥의 이쪽은 10킬로르 사방에 걸쳐 초원과 바위너설밖에 없습니다. 이곳까지 밀려난다면 그 후로는 5만 적군에게 포위되어 섬멸당하고 말 것입니다. 그러므로 우리는 이곳 동쪽 대문으로 이어지는 폭 100메르, 길이 1,000메르의 협곡에서 싸워야만 합니다. 이곳에 종심진(縱深陳)을 치고 적군의 돌격을 막아 내고 깎아 내는 것. 이를 작전의 기본 방침으로 삼겠습니다. 여기까지 다른 의견 있으십니까?"

먼저 손을 든 것은 엘드리에였다. 등나무꽃색 머리카락을 찰랑거리며 일어난 젊은이는 평소의 세련된 분위기를 억제한 목소리로 질문했다.

"가령 적군이 고블린이나 오크 보병뿐이라고 한다면 5만이 10만이어도 모조리 베어버릴 수 있을 것입니다. 그러나 그 점은 놈들도 이미 아는 바. 적군에는 강력한 대궁(大弓)을 장비한 오우거의 군단, 그리고 한층 위험한 암흑술사단도 존재합니다. 보병의 배후에서 날아올, 그러한 장거리 공격에는 어떻게 대처합니까?"

"이건 위험한 도박입니다만……."

파나티오는 한순간 말을 멈추더니 시선을 흘끔 앨리스에게 돌렸다. 앨리스는 자신도 모르게 등을 쭉 펴며 이어질 말을 기다렸다.

"……협곡 바닥에는 낮에도 햇빛이 들지 않아 지면에는 풀 한 포기 없습니다. 다시 말해 공간신성력이 적지요. 개전 전에 그것을 우리가 모조리 소비해 버린다면 적군은 강력한 술식을 쓰지 못할 것입니다."

파나티오의 대담한 의견에 기사와 부대장들이 술렁거렸다.

"물론 그것은 우리 측도 마찬가지입니다. 하지만 이쪽에는 애초에 신성술사가 100명 정도밖에 없습니다. 술식을 마주 쏘게 되면 신성력 소비량은 적이 훨씬 많을 것입니다."

분명 그럴지도 모른다. 그러나――파나티오의 작전에는 문제점이 두 가지 있다.

입을 다문 엘드리에를 대신해 발언 허가를 구한 것은 궁수 듀솔버트였다. 적동색 갑주를 입은 고참 기사가 차분한 목소리로 말했다.

"부기사장님의 말씀이 아마도 옳을 거요. 그러나 신성술은 공격에만 쓰이는 것이 아니오. 신성력이 고갈되면 상처 입은 자들의 천명을 회복시킬 수도 없게 되는 것이 아닌지?"

"그러니 도박이라 말씀드린 것입니다. 이 야영지로 커시드럴의 보물창고에 비축되어 있던 고급 촉매와 치료약을 있는 대로 가져왔습니다. 사용할 술식은 치유술로 한정하고 약을 보조적으로 이용한다면 촉매만으로 이틀……, 아니, 사흘은 버틸 수 있을 것입니다.”

여기에는 조금 전을 웃도는 놀라움의 목소리가 흘러나왔다. 센트럴 커시드럴의 보물창고라고 하면 동화의 소재가 될 정도로 엄중하게 경비되는 곳이다. 보물이 들어가는 경우는 있었지만 밖으로 나온 경우는 역사상 최초가 아닐까.

아무리 호걸 기사라 해도 엄숙한 얼굴에 놀라움을 띠고 입을 다물 수밖에 없었다. 그가 나직하게 신음을 내며 자리에 앉기를 기다렸다가 앨리스가 일어났다.

“문제는 한 가지 더 있습니다, 파나티오 님.”

조금 전 말다툼을 했던 것도 잊고 두 번째 문제점을 지적했다.

“아무리 솔루스와 테라리아의 은총이 적다고는 해도 협곡은 완전한 어둠에 잠긴 곳이 아니며, 또한 대지에서 분리된 것도 아닙니다. 그 계곡에는 오랜 세월 동안 방대한 신성력이 축적되었을 것입니다. 대체 누가 개전 전의 단시간 동안 그 힘을 송두리째 다 쓸 수 있겠습니까?”

이번에는 파나티오도 즉시 대답하지는 못했다.

산맥을 관통하는 계곡은 분명 야영지 후방에 펼쳐진 초원보다는 좁지만 그래도 폭이 100메르, 길이가 1,000메르에 이른다. 그 광대한 공간에 가득 찬 신성력을 순식간에 고갈시키려면 수백 명이나 되는 술사가 동시에 고위술식을 사용해야만 한다. 수비군에 그만한 술사가 없다는 사실은 조금 전에 파나티오가 말한 바 있다.

혹은 인원이 적다 해도 천재지변에 필적하는 초대규모 술식을 쓰면 신성력을 모두 소비할 수 있을지도 모르겠지만, 그러한 힘을 소유한 자는 이미 죽은 최고사제 어드미니스트레이터와 현자 카디널 두 사람 말고는 존재하지 않을 것 같았다.

하지만 부기사장은 금갈색 눈동자로 앨리스를 응시하며 크게 고개를 가로저었다.

"아닙니다, 있습니다. 단 한 사람, 그것이 가능한 자가."

"…………한 사람……?"

앨리스는 중얼거리며 수비군 멤버들을 둘러보았다.

하지만 그 직후, 파나티오의 입에서 흘러나온 것은 생각지도 못한 이름이었다.

"당신입니다, 앨리스 신서시스 서티."

"예……?!"

"스스로는 알아차리지 못했을지도 모르지만, 현재 당신의 힘은 정합기사의 범주마저도 넘어선 것입니다. 지금의 당신이라면 행사할 수 있을 것입니다……. 하늘을 가르고 땅을 찢는, 진정한 신의 힘을."

7

"그렇게나 강력한가, 상위 정합기사란?"

공룡 같은 두 마리의 괴물이 끄는 대형 전차——라고 해봤자 포탑도 캐터필러도 없는 상자 형태의 사륜 차량이지만——에서 진동에 몸을 맡기며 가브리엘 밀러가 물었다.

쿠션이 푹신한 긴 의자로도 진동은 지울 수 없었지만, 군대 시절에 늘 탔던 브래들리 보병전투차량의 살인적인 승차감에 비교하면 아무것도 아니다. 사이드 테이블에 놓인 와인 잔이 찰랑찰랑 소리를 내는 정도다.

옵시디아 성을 출발한 지 이미 사흘. 현실 세계에서는 경험한 적이 없는 장시간 이동이지만 피로는 거의 느껴지지 않았다. 물론 그것은 전차의 시트가 쾌적해서가 아니라 이곳이 가상세계이기 때문일지도 모르지만.

가브리엘의 발밑에서 두꺼운 카펫에 단정치 못한 자세로 드러누운 묘령의 미녀가 붕대를 감은 오른쪽 다리를 쓰다듬으며 고개를 끄덕였다.

"그야 물론이지요. 예를 들자면……, 300년이나 이어진 전쟁의 역사 속에서 우리 암흑술사와 기사가 정합기사를 물리친 적은 단 한 번도 없다——고 말씀드리면 이해가 가실는지요? 물론 그 반대는 별의 수만큼 많지만요."

"흐음……."

입을 다문 가브리엘을 대신해, 넓은 캐빈의 벽 쪽에 책상다리를 하고 앉아 증류주 병을 끌어안고 있던 바사고가 의아하다는 투로 말했다.

"그렇지만 말이야, 디 누님. 그 정합기사인지 하는 놈들이 그렇게 강하다면 왜 이쪽으로 쳐들어오지 않는 거야?"

암흑술사장 디 아이 엘은 요염함이 넘쳐나는 미소를 바사고에게 향하며 검지를 세웠다.

"좋은 질문이에요, 바사고 님. 그놈들은 분명 일기당천의 강자지만, 그것도 어디까지나 1기일 뿐이거든요. 광대한 공간에서 1만 군세에게 포위당한다면 찰과상이 쌓이고 쌓여 천명을 소진하는 경우도 생기지 않겠어요? 따라서 놈들은 비겁하게도 포위당할 위험이 없는 한끝산맥에서 절대 나오지 않는 거랍니다."

"흐음~, 그렇구나. 그거네. 암만 딱딱한 mob이라도 안전한 데에서 DoT 대미지로 찔끔찔끔 깎아 내면 언젠가는 잡을 수 있다는……."

"네……? 몹……?"

인공 플럭트라이트인 디에게 통할 리 없는 예시를 드는 바사고를 째릿 노려보고, 가브리엘은 가볍게 헛기침을 한 다음 말했다.

"아무튼. 요컨대 그 정합기사라는 놈들을 충분히 넓은 전장으로 끌어내면 포위해서 섬멸할 수 있다는 뜻이로군?"

"이론상으로는 그렇지요. 고블린이니 오크 같은 것들의 희생은 가볍게 1만을 넘어서겠지만요."

디는 후후 웃으며 바닥에 놓인 은잔에서 독살스러운 색깔의

과일 하나를 들어, 그와 비슷할 정도로 새빨간 입술로 핥듯이 머금었다.

그녀의 말을 들을 필요도 없이 보병 유닛의 소모 따위 가브리엘에게는 아무것도 아니었다. 그뿐이랴, 눈앞의 디를 포함한 다크 테리토리의 전군과 맞바꾸어 적군을 격파할 수 있다면 아무런 불만도 없다. 이 전투는 어떤 의미에서는 글로우젠 디펜스 시스템즈의 전술연구소에서 일상적으로 이루어지는 택티컬 시뮬레이션과 전혀 다를 바 없는 것이다.

켜켜이 쌓인 시체의 산을 밟고 넘어 새로운 지배자로서 휴먼 엠파이어에 군림하고, 온 나라에 처음이자 마지막 명령을 내릴 것이다. 앨리스라는 이름의 소녀를 찾아 끌고 오라고. 그것으로 이 기묘한 세계에서의 미션은 끝난다.

그렇게 생각하니 어딘가 묘한 맛이 드는 이 와인도 아쉽게 여겨졌다.

가브리엘은 잔을 들어 짙은 보라색 액체를 단숨에 들이켰다.

이때 영혼 사냥꾼인 가브리엘 밀러의 뇌리에 떠오른 《앨리스》의 모습은 흡사한 이름을 가진 첫 희생자 앨리시아 클링어맨의 때 묻지 않고 앳된, 가녀린 용모와 무의식중에 동일화되고 있었다. 고향인 퍼시픽 팰리세이즈와 비슷한 도시에 사는 다정하고 아름다운――그러면서도 무력한 소녀일 거라고 믿어 의심치 않았다.

그렇기에 가브리엘은 어떤 한 가지 가능성을 깨닫지 못했다.

전혀 상상도 못한 것이다. 그가 그토록 원하는 《앨리스》가 정합기사로서 적군을 이끌고 있으리라고는.

황제기를 펄럭이는 지휘차를 후방에 거느린 긴 대열은 천천히, 그러나 착실하게 서쪽 끝을 향해 행군했다. 핏빛으로 물든 하늘 저편에 톱니처럼 뾰족뾰족한 산맥이 서서히 모습을 드러내고 있었다.

이동 개시로부터 나흘째에 접어든 11월 7일.

다크 테리토리 군의 본대는 붕괴 직전인 대문을 내다보는 산자락에 도착했다. 넓은 부지 주변에는 선발대가 준비한 시커먼 천막이 무수히 늘어서 있었다.

두두둥.

두두둥.

지면을 뒤흔드는 중저음은 자이언트족이 두드리는 전투의 북이다.

거대한 심장의 고동에 밀려나는 무수한 적혈구처럼 한 줄이었던 본대가 넓게 전개해 나가는 모습을, 가브리엘은 가장 후방의 지휘차 꼭대기에서 말없이 지켜보았다.

선봉 제1연대는 고블린 경장보병대대와 오크 중장보병대대로 이루어진 1만 5천. 한끝산맥에 뚫린 협곡의 폭에 딱 맞춘 종대를 짜고 있다. 대열 곳곳에는 공성탑처럼 자이언트의 거구가 배치되어 있다. 숫자는 약 500으로 얼마 안 되지만, 보병부대를 지원하는 주력전차로서 활약을 기대할 수 있을 것이다.

아인종들 다음으로는 권투사단 5천, 그리고 암흑기사단 5천이 제2연대로 뒤를 따른다. 새로이 암흑장군을 습명한 젊은 기사는 선대의 오명을 씻을 생각인지 선봉을 희망했으나, 가브리엘이 이를 기각했다. 기사 유닛은 전체적으로 사기가 떨어졌으리라 예상되었으므로 그 불확정 요소를 배제하기 위해서였다.

제3연대는 오우거 궁병 7천과 여자만으로 이루어진 암흑술사단 3천. 보병의 후방에서 협곡으로 돌입해 장거리 공격으로 적군을 섬멸하는 역할이었다. 술사 총장 디의 말에 따르면, 아무리 먼 거리에서도 적의 주력인 정합기사의 모습만 볼 수 있으면 화력을 한 점에 집중시켜 쓰러뜨릴 수 있다고 한다.

솔직히 말해 가브리엘은 무적이라고까지 불리는 그 기사들과 직접 전투를 해보고 싶었다. 그리고 그 영혼을 먹어보고 싶다는 욕망을 느끼지 않은 것도 아니었다. 그러나 생각지 못한 사고 때문에 이 고위 어카운트를 잃어버렸다간 본전도 찾지 못할 것이며, 언더월드 사람, 다시 말해 인공 플럭트라이트는 나중에 얼마든지 생산할 수 있다. 지금은 《앨리스》를 확보해 오션 터틀에서 탈출하는 것이 선결 과제였다.

로그인한 후 내부 시간으로 이미 8일, 현실세계에서는 15분 정도가 지났다. 앞으로 휴먼 엠파이어를 완전지배하고 앨리스 수색 명령을 전 세계에 전달하는 데 열흘 정도가 걸릴 것이다. 그렇게 생각하면 이 전쟁은 가능한 한 신속하게——아무리 길어도 만 하루 안에는 정리해버리고 싶었다.

"아~, 아. 결국 난 나설 차례가 없는 거야?"

옆에서 몇 병째인지 모를 위스키를 든 바사고가 투덜거렸다.

흘끔 시선을 돌리고 아주 조금 신랄한 어조로 지적했다.
“다 봤다. 넌 그 샤스타라는 장군이 회오리바람으로 변신했을 때 날 내버려 두고 제일 먼저 도망쳤지?”
“헤헤, 역시 대장. 다 보셨군.”
주눅 드는 기색도 없이 바사고는 씨익 웃었다.
“그 왜, 난 옛날부터 PvP 전문이었잖아? 그런 실체가 없는 괴물을 상대로는 영 불리하거든.”
어디까지가 진심인지 알 수 없는 변명을 하는 부하의 얼굴을 한동안 바라보다가, 가브리엘은 짧게 물었다.
“바사고, 왜 이 작전에 지원했나?”
“작전이라니, 언더월드 다이브? 그야 물론 재미있을 것 같으니까…….”
“아니, 그 전에 말이다. 오션 터틀 습격작전. 넌 글로우젠 DS의 스태프지만 어디까지나 사이버 오퍼레이션 전문이잖나. 실탄을 맞을지도 모르는 작전에 참가한 동기는 뭐지? 네 나이라면 한스나 브리그 같은 중동 귀환병도 아닐 텐데.”
가브리엘이 한 것치고는 긴 말이었지만, 물론 바사고 카살스라는 인간에게 깊은 관심을 품었던 것은 아니다. 다만 이 젊은이의 경박한 태도 밑에 무엇이 있는지 문득 생각이 들었을 뿐이었다.
바사고는 슬쩍 어깨를 으쓱하더니 마찬가지라고 대답했다.
“그쪽 대답도 역시 재미있을 것 같으니까, 인데.”
“허어…….”
“애초에 그렇게 따지면 당신 같은 대졸 출신 엘리트님께서 현장에 나오는 게 더 무모하지. 암만 군대 경험이 있다고 해도."

"나는 현장주의거든."

그렇게 대답하며 가브리엘은 내심 중얼거리고 있었다.

바사고, 너에게 재미란 뭐지? 총을 쏠 수 있는 것? 아니면……, 사람을 죽일 수 있는 것이냐?

여기까지 캐물어야 할까, 아니면 대화를 중지해야 할까 생각했을 때, 지휘차량 후방에 붙은 계단에서 또각또각 하이힐 소리가 들려오더니 암흑술사 길드 총장 디 아이 엘이 나타났다.

공손히 고개를 숙여 인사하고는 입술을 날름 핥으며 보고한다.

"폐하. 전군의 배치가 완료되었어요."

"음."

가브리엘은 꼬았던 다리를 풀고는 임시 옥좌에서 일어나 눈 아래를 내려다보았다.

전방에 전개한 주력부대 3만 5천 외에도 주로 고블린과 오크로 이루어진 예비병력 1만, 여기에 상공 길드의 병참부대 5천이 지휘차 좌우에 대기하고 있다.

이 총원 5만에 이르는 군대가 가브리엘에게 주어진 전 병력이다. 그러니 만약 유닛을 모두 소진하고도 적군의 수비를 뚫지 못한다면 계획을 근본적으로 수정하지 않을 수 없다. 앨리스를 확보할 가능성도 한없이 낮아질 것이다.

그렇다고는 해도, 정찰을 나갔던 비룡사(飛龍士)의 말에 따르면 적군은 아무리 많아도 3천 정도라고 한다. 다시 말해 정합기사만 계획대로 제거한다면 패배는 있을 수 없다.
"좋아. 대문이 무너질 때까지 앞으로 얼마나 남았나?"
가브리엘의 질문에 디는 고개를 숙인 채 대답했다.
"약 여덟 시간 후일 거예요."
"그러면 붕괴 한 시간 전에 제1사단을 협곡으로 진입시켜라. 대문에 인접한 곳에 전개시켜 붕괴와 동시에 일제히 돌격한다. 전선을 밀어낼 수 있다면 제2사단, 제3사단도 투입해 단숨에 적을 섬멸할 것이다."
"예. 내일까지 기다릴 것도 없이 적장의 수급을 가져오겠어요. 그야 시커멓게 탄 것일지도 모르지만요."
우후후, 웃음을 지은 디는 뒤에 서 있던 전령술사에게 재빠르게 지령을 전달하더니 깊이 고개를 숙이고는 다음 계단을 내려갔다.
가브리엘은 지휘차 지붕에서 멀리 우뚝 솟은 거대한 돌문을 바라보았다.
2마일 이상이나 떨어져 있을 텐데도 머리 위를 짓누르는 듯한 중량감이 전해졌다. 저 문이 통째로 붕괴되는 모습은 매우 볼만할 테지.
하지만 진정한 향연은 그다음부터 시작된다. 터져서 사라질 수천의 영혼은 그야말로 아름다운 광채를 뿜어낼 것이 분명하다. 오션 터틀의 샤프트 상부에 틀어박힌 라스의 기술자 놈들은 자신들이 스케줄로 예정했던 최대의 스펙터클을 내부에서 구경할 수 없어 분하게 여기고 있지 않을까.
두두둥. 두두둥.

두, 둥. 두, 둥.

템포가 빨라진 북소리가 수만의 군세에게서 뿜어져 나오는 굶주림과 흥분을 한층 고조시키는 것 같았다.

8

"그럼……, 잘 부탁해, 키리토를."

앨리스는 어린 소녀들의 얼굴을 순서대로 바라보며 말했다.

초등연사, 아니, 이미 어엿한 검사인 티제 슈트리넨과 로니에 아라벨은 등을 쭉 펴고 고개를 끄덕였다.

"예. 맡겨주세요, 앨리스 님."

"반드시 저희가 키리토 선배를 지키겠어요."

그렇게 대답하고 티제는 왼손, 로니에는 오른손을 내밀어 새로 맞춘 바퀴 의자의 손잡이를 꽉 잡았다.

은회색으로 빛나는 가느다란 의자는 물자 천막에 남아 있던 전신갑주를 앨리스가 술식으로 형상변화시킨 것이었다. 루리드에서 썼던 목제 바퀴 의자보다도 가볍고 더 튼튼하다.

그렇다고는 하지만 그곳에 앉은 키리토가 꽉 끌어안은 검 두 자루의 중량만큼은 어떻게 할 수 없다. 내심 소녀들이 움직일 수 있을지 염려되었지만 두 사람은 멋지게 호흡을 맞추어 바퀴 의자를 앨리스의 눈앞까지 똑바로 전진시켰다.

이 정도라면 설령 즉각 퇴각하라는 명령이 내려진다 해도 뒤처지지는 않을 것이다. 물론 협곡에서 퇴각할 수밖에 없는 시점에서 수비군은 모조리 포위되어 섬멸당할 것이 분명하지만.

본심을 말하자면 전황이 조금이라도 수상해지면 그 순간 키리토를 데리고 서쪽으로 도망쳤으면 했다. 하지만 그것은 운명을 몇 달——아니, 몇 주 뒤로 미룰 뿐이다.

수비군이 패배하면 한끝산맥을 지키는 네 명의 기사도 퇴각해 각지의 도시나 마을에서 주민들을 피난시키며 중앙도시 센트리아의 성벽을 마지막 방어선으로 삼기로 했다. 하지만 그것도 허무한 저항이 될 것이다. 머잖아 침략군에게 유린당해 그 아름다운 도시도, 백색 거탑 센트럴 커시드럴도 불타 무너질 뿐이다. 한끝산맥이라는 꽉 닫힌 벽 안에 도망칠 곳은 없는 것이다…….

앨리스는 무릎을 꿇고 같은 높이에서 키리토의 얼굴을 들여다보았다.

야영지에 도착한 후로 닷새 동안, 시간만 나면 키리토에게 말을 걸고 손을 잡고 안아주었다. 그러나 오늘까지 반응다운 반응을 이끌어 낼 수는 없었다.

"키리토. ……어쩌면 이것이 마지막 작별이 될지도 모르겠어."

어떻게든 웃음을 지으면서 앨리스는 흑발 청년에게 말을 걸었다.

"아저씨는 네가 이 전투의 행방을 결정 지을 것 같다고 말씀하셨지. 나도 그렇게 생각해. 왜냐하면 이 수비군은 네가 만들어 낸 것과 마찬가지인걸."

실제로 키리토와 유지오가 없었다면 지금쯤 동쪽 대문에 포진한 것은 최고사제 어드미니스트레이터와 정합기사, 그리고 그 가증스러운 소드 골렘 군단이었을 것이다.

무시무시한 전투력을 자랑하던 소드 골렘이 2, 3천 기나 있다면 5만 다크 테리토리 군이라 해도 적수가 되지 못했을 것이다. 그러나 그것은 인계의 멸망과도 같은 뜻이다. 골렘의 소재는 수만 명이나 되는 인계 백성이니까. 키리토 일행은 한 명의 목숨과 한 명의 마음을 희생해 그 비극을 막아 냈다.

그러나 이대로 베르쿨리가 이끄는 인계수비군이 패배한다면, 형태는 다를지언정 역시 거대한 비극이 사람들을 덮칠 것이다.

"……나도 열심히 싸울게. 네가 준 천명을 한 방울도 남김없이 불태우겠어. 그러니……, 만일 내가 쓰러져서 마지막 힘으로 너를 부른다면, 꼭 일어나서 그 검을 뽑아줘. 너만 눈을 뜬다면 적이 수천, 수만이라 해도 상관없어. 다시 한 번 기적을 일으켜서, 인계를……, 모두를 지켜줄 거야. 왜냐하면 너는……."

——최고사제를 쓰러뜨린 최강의 검사니까.

가슴속으로 그렇게 중얼거리고, 앨리스는 두 손을 내밀어 키리토의 앙상한 몸을 꽉 끌어안았다.

한순간처럼도, 몇 분처럼도 여겨지는 포옹을 풀고 일어난 앨리스는 푸른 눈에 복잡한 빛을 머금고 가만히 이쪽을 바라보는 로니에의 시선을 알아차렸다. 뭘까 싶어 눈을 깜빡인 다음 금세 깨달았다.

"로니에. 넌……, 좋아하는구나, 키리토를."

미소를 지으며 그렇게 말하자, 조그만 소녀는 두 손으로 입가를 가리며 뺨부터 귀 언저리까지 새빨갛게 물들였다. 눈을 내리깔고 꺼져 들어가는 목소리로 대답한다.

"아, 아뇨, 그럴 리가요……, 주제넘게……. 저 같은 건 그냥 보좌 초등연사일 뿐이니까요…….”

“주제넘다니, 전혀 그렇지 않아. 로니에는 작사 가문의 후계자잖아? 나는 변경의 조그만 마을 태생이고, 키리토는 출신지조차 잘 모르고…….”

갑자기 앨리스의 말에 로니에가 요란하게 고개를 가로저으며 외쳤다.

“그게 아니에요! 전……, 저는…….”

두 눈에 커다란 눈물방울을 맺으며 말을 더듬거리는 로니에를 티제가 오른손으로 다정하게 감쌌다. 그녀 또한 단풍색 눈동자를 적시며 떨리는 목소리로 말을 이었다.

“앨리스 님은……, 키리토 선배와 유지오 선배가 저질렀던 금기를 아시나요?”

“아……, 응. 학원 내에서 일어난 다툼 때문에……, 다른 학생을 해쳤다고 들었어.”

반년 전, 아무것도 모르는 공리교회의 첨병이었던 앨리스에게 원로원에서 포획 지령이 떨어졌을 때의 적잖은 놀라움은 지금도 기억하고 있다. 중앙도시의 학원에서 생도가 생도를 살해했다는 중대한 금기위반은 교회의 역사서에서도 본 적이 없었기 때문이다.

“그러면……, 선배들이 왜 그런 금기를 저질렀는지, 그 이유는요……?”

“아니……, 거기까지는…….”

고개를 가로저었을 때, 갑자기 귓속에 어떤 목소리가 되살아났다.

키리토와 함께 커시드럴 벽 밖으로 빨려 나간 직후, 죄인의 도움은 필요 없다고 고함을 지른 앨리스를 향해 그가 외쳤던 말…….

『——금기목록에서 금지하지 않았다고 로니에나 티제처럼 아무런 잘못도 없는 애들을 상급귀족이 멋대로 희롱하는 게, 정말 용서받을 수 있는 일이라고……, 너도 그렇게 생각하는 거야?!』

그렇다. 나는 이 두 사람의 이름을, 그때 들었다.

상급귀족이란 키리토가 벤 학생들을 말하는 것이리라. 그리고 희롱했다는 것은——.

두 눈을 크게 뜬 앨리스의 앞에서 티제는 목소리를 떨면서도 말을 시작했다.

"……라이오스 안티노스 상급수검사와 운벨 지젝 상급수검사는 저희의 친구인 프레니카 셰스키 초등연사에게 몇 번이나 굴욕적인 명령을 내렸어요. 저희는 두 수검사에게 항의했지만, 그때 화가 난 나머지 무례행위에 해당하는 말을 해버렸죠. 그 때문에 제국기본법에 따라 귀족상벌권이 적용되어서……."

그다음은 생각하는 것조차 고통스러웠는지 티제는 목이 메이고, 로니에는 고개를 숙인 채 희미한 오열을 흘렸다.

이제 그 이상 말할 필요는 없다고, 그렇게 생각해 앨리스는 입을 열려 했지만 붉은 머리 소녀는 꿋꿋하게 다시 말을 이었다.

"……견디기 힘든 벌을 받으려던 저희를 구하려고, 키리토 선배와 유지오 선배는 검을 휘둘렀어요. 저희가 조금만 더 현명했더라면 그 사건은 일어나지 않았어요. 선배들이 법을 바로잡기 위해 교회와 싸우다가 목숨을 잃는 일도 없었을 거예요. 저희는……, 돌이킬 수 없는 죄를 짓고 말았어요. 그러니……, 입이 찢어져도 선배들을 좋아한다고는 말할 수 없는 거예요……."

그동안 가슴에 품었던 것을 모두 토로한 티제의 눈에도 결국 눈물이 넘쳐났다. 어린 소녀들은 서로를 끌어안고, 그 나이에는 지나치게 무거웠을 회한의 오열을 나직하게 흘렸다.

앨리스는 질끈 어금니를 악물며 채광용 창문을 올려다보았다.

4제국에 도사린 상급귀족들의 부패에 대해서는 알고 있다고 생각했다. 포식과 축재, 그리고 사음(邪淫).

그러나 과거의 정합기사 앨리스는 자세히 알면 자신까지도 더러워지는 것만 같아 귀족의 소행으로부터 눈을 돌리려 했다. 무엇을 하든 그것이 금기에 저촉되지 않는 한 상관없다고——왜냐하면 자신은 신계에서 소환된 법의 수호자니까. 그렇게 믿어 왔다.

그러나 묵살이야말로 죄였던 것이다. 키리토가 증오한, 금기 목록에는 저촉되지 않지만, 그렇기에 무거운 죄. 아무것도 하지 않았던 자신에 비하면 눈앞에 있는 두 소녀는 몇 배나 용감하다.

앨리스는 깊이 숨을 들이마시고, 힘을 담은 목소리로 말했다.

"아니, 그렇지 않아. 너희에게는 죄가 없어."

그 순간 고개를 든 것은 로니에였다. 언제나 티제의 뒤에 숨기만 하던 소녀가 지금만큼은 눈에 강한 빛을 머금고 외쳤다.

"앨리스 님은……, 명예로운 정합기사인 앨리스 님은 이해하지 못해요! 우리의 몸은 그 남자들에게 희롱당하고, 긍지는 죄로 더럽혀졌는걸요!"

"몸은 마음의 그릇일 뿐이야."

그렇게 대답하며, 꽉 쥐었던 오른손으로 강하게 가슴 한복판을 쳤다.

"마음……, 영혼만이 유일하고 확실히 존재하는 것이지. 그리고 영혼의 자세를 결정하는 것은 자기 자신이야."

앨리스는 눈을 감고 의식을 자신의 내면에 집중시켰다.

약 2주 전, 루리드 마을이 습격당해 앨리스는 마음의 힘——다시 말해 심의력으로 사라져버린 오른쪽 눈을 되찾았다. 강하게, 한결같이 바라면 술식에 의존하지 않고도 육체에 변화를 줄 수 있다는 사실은 이미 체감했다.

그러나 지금은 그것만으로는 부족하다. 육체만이 아니라 몸에 두른 옷조차도 심의의 힘으로 변화시켜야만 한다.

할 수 있을 것이다. 과거 키리토가 보여주지 않았던가. 두 자루의 검을 손에 들고 최고사제 어드미니스트레이터와 대치한 그는 그때까지 입었던 옷과는 전혀 다른, 이국풍의 길고 까만 가죽 외투를 펄럭이고 있었다.

돌아가는 것이다. 낯모르는 하얀 탑 속에서 눈을 뜨고, 기억을 잃었던 불안과 외로움을 없애고자 오로지 두꺼운 얼음 속에 자신의 마음을 가둬 놓기 전의 앨리스로.

──로니에, 티제. 나도 너희와 똑같아. 사람에게서 태어나, 수많은 과오를 범하고, 거대한 죄를 짊어지고, 지금 여기 있어. 키리토와 유지오가 사람을 해친 것이 너희 탓이라고 한다면……, 그 이전에 어린 내가 금기를 잊고 다크 테리토리의 땅을 건드리지 않았다면 애초에 유지오와 키리토가 센트리아까지 오는 일도 없었을 테지.

그렇다. 그것은 나의 죄. 설령 기억이 사라졌어도 앨리스 투베르크는 낯모르는 다른 사람이 아니라 분명히 과거의 나였다. 루리드에서 지낸 나날은 그 사실을 나에게 가르쳐주었다.

눈을 감아도 하얗고 따뜻한 빛이 자신을 감싸는 것을 알 수 있었다.

앨리스는 천천히 눈을 떴다.

고개를 숙이고 있었으므로 처음에 보인 것은 자신이 입은 스커트였다. 하지만 그것은 공리교회의 색인 순백색이 아니라 가을 하늘처럼 맑디맑은 푸른색이었다.

스커트 위에는 염색하지 않은 에이프런. 황금 갑옷과 건틀릿은 사라졌다. 머리에 손을 대보니 커다란 리본이 손끝에 닿았다. 머리카락도 조금 짧아진 것 같았다.

고개를 들자 아연실색한 로니에, 티제와 눈이 마주쳤다.

"……봐, 그렇지? 몸이나 외면은 마음의 종속물일 뿐이야."

물론 이 변신은 일시적인 것이다. 정신 집중이 끊어지는 순간 원래의 기사 모습으로 돌아갈 것이다. 하지만 소녀들에게는 전해졌을 것이다. 앨리스의, 키리토의, 그리고 유지오의 마음이.

"마음은 누구에게도 더럽혀지지 않아. 변경 마을에서 태어난

나는 사실은 이렇게 자라났어야 했어. 하지만 열한 살 때, 죄인이 되어 센트리아로 연행되고, 술식으로 기억이 지워져 정합기사가 됐지. 그런 운명을 저주했던 때도 있었어…….”

앨리스가 들려준 말은 자신 외에는 기사장 베르쿨리밖에 모르는 중대한 비밀이다. 하지만 이 두 사람이라면 받아들여 주리라 믿고 말을 이었다.

“하지만……, 그런 나도 할 수 있었던 일이, 해야 할 일이 있다고 키리토가 가르쳐주었어. 그러니 나는 이제 망설이지 않을 거야. 내가 나라는 사실을 받아들이고 앞으로 나아가기로 결심했어.”

두 손을 들어 앨리스는 로니에와 티제의 손을 동시에 꽉 잡았다.

“너희에게도 있어. 너희만의 넓고, 길고, 올곧은 길이.”

맞잡은 손에 뚝, 뚝, 몇 방울의 물방울이 떨어졌다.

소녀들의 뺨을 타고 흐른 눈물은 조금 전과는 전혀 다른 무지개색 빛을 띠고 아름답게 반짝거렸다.

바퀴 의자에 앉은 키리토를 마지막으로 다시 한 번 꽉 끌어안고 로니에와 티제에게 맡긴 후, 앨리스는 천막을 나갔다.

그러자 기다렸다는 듯 엘드리에가 달려와선 요란한 미사여구를 늘어놓는다.

“오오, 참으로 훌륭한……, 솔루스의 광휘를 응축한 듯한 모습……. 이것이야말로 나의 스승 앨리스 님…….”

“어차피 한 시간만 싸우면 흙먼지에 찌들 텐데요.”

무뚝뚝하게 대꾸하며 흘끔 자신의 몸을 내려다보았다.

조금 전의 변신 현상은 이미 사라져 황금의 가슴받이와 순백색 스커트가 햇살을 눈부시게 반사했다. 살아 돌아올 수 있다면 어딘가에 하늘색 천을 덧대야겠다고 생각하면서 서쪽 하늘을 올려다보았다.

솔루스는 이미 기울어지기 시작했다. 지평선 너머로 사라질 때까지는 앞으로 세 시간 정도. 그와 때를 함께 해 동쪽 대문의 천명이 소멸한다. 마침내 300년의 봉인이 풀리는 것이다.

할 수 있는 일은 다 했다.

지난 닷새 동안 앨리스도 수비군의 훈련에 가담했으나 병사들의 기량은 겨우 반년 사이에 용케도 여기까지 왔다는 생각이 들 정도로 훌륭했다. 놀란 것은 모든 병사가 전통유파에는 존재하지 않는 연속검기를 익혔다는 점이었다.

듣자하니 부기사장 파나티오가 오랜 기간에 걸쳐 갈고닦았던 기술을 아낌없이 전수했다고 한다. 많아 봤자 3연격까지라고는 하지만, 본능에 몸을 맡기고 휘둘러 대는 고블린이나 오크들의 만도를 상대할 때는 든든한 무기가 되어줄 것이다.

물론 독자적인 연속기를 가진 암흑기사가 나오면 병사들은 버거워진다. 고속 연격을 가졌다는 권투사들도 포함해, 그때는 정합기사가 상대해야 한다.

중요한 것은 개전 직후에 밀려들 아인들의 대부대에 밀리지 않는 것. 다음으로는 오우거의 대궁과 암흑술사의 장거리 공격술을 최소한의 피해로 막아 내는 것이다.

작전의 성패는 이제 앨리스 한 사람의 어깨에 달렸다——.

시선을 하늘에서 아래로 내리자 후방의 병참부대가 마지막 식사를 준비하는 연기가 몇 줄기씩 피어나는 것이 보였다. 이제 곧 로니에와 티제가 키리토를 데리고 저곳으로 합류할 테지.

지킬 것이다. 무슨 수를 써서라도.

"앨리스 님, 이제 그만……."

엘드리에의 목소리에 고개를 끄덕이고, 앨리스는 몸을 돌리고자 한쪽 발을 뒤로 끌었다.

그러나 그때 발을 멈추고, 하나뿐인 제자에게 시선을 보냈다.

"……왜, 왜 그러십니까?"

당황한 것처럼 눈을 깜빡이는 청년 기사의 얼굴을 바라보고, 앨리스는 꽉 다물었던 입술을 아주 살짝 누그러뜨렸다.

"……이제까지 보필하느라 고생이 많았어요, 엘드리에."

"예……? 뭐, 뭐라 하셨습니까?!"

깜짝 놀라 뻣뻣이 선 기사의 왼손에 살짝 자신의 오른손을 대며 말을 잇는다.

"그대가 곁에 있어주었던 것은 나에게도 구원이 되었습니다. 듀솔버트 공과 같은 고참 남자 기사가 아니라 별로 실적도 없던 나에게 지도받기를 바랐던 것은……, 내 마음을 걱정해주었기 때문이었죠?"

"무……무슨 말씀을, 그런 불손한 생각은 결코! 저는 그저 앨리스 님의 훌륭한 검기에 진심으로 감복하였기에……!"

요란하게 고개를 가로저으며 부정하는 엘드리에의 손을 한 순간 강하게 쥐었다 떼고, 앨리스는 다시 한 번 미소지었다.

"그대가 지탱해 주었기에 나는 험난한 길을 오늘까지 걸어올 수 있었어요. 고맙습니다, 엘드리에."

놀라 말문이 막힌 젊은 기사의 눈에 갑자기 커다란 눈물이 맺혔다.

"…………앨리스 님……, 왜……, 그런 말씀을."

갈라진 목소리가 그렇게 물었다.

"왜 앨리스 님의 길이 이곳에서 끊어져버릴 것처럼 말씀하시는 것입니까. 저는……, 저는 아직도, 아직도 배움이 부족합니다. 검도, 술법도, 아직 당신의 발밑에조차 미치지 못합니다. 앞으로도 계속, 계속 저를 단련해주시고 이끌어 주셔야만 합니다……!"

뻗어 나온 오른팔이 자신에게 닿기 직전——.

앨리스는 갑자기 엄숙한 목소리로 외쳤다.

"정합기사 엘드리에 신서시스 서티원!"

"네……넷!"

우뚝 손을 멈추고 기사가 직립부동 자세를 취했다.

"스승으로서 마지막 명령을 내리겠어요. 살아남으십시오. 살아서 평화가 찾아오는 것을 지켜보고, 되찾으십시오. 당신의 진정한 인생과 사랑하는 이를."

커시드럴 최상층에는 앨리스 이외의 모든 정합기사에게서 빠져나온 《기억의 파편》과 검으로 모습이 바뀐 《사랑하는 이》가 지금도 봉인되어 있다. 그런 것들을 있어야 할 곳, 있어야 할 모습으로 되돌릴 방법은 반드시 있을 것이다.

꼿꼿이 선 채로 소리도 내지 못하고 눈물을 흘리는 엘드리에를 향해 고개를 끄덕인 후, 앨리스는 힘차게 몸을 돌렸다. 황금색 머리카락과 순백색 스커트가 차가운 가을 공기를 갈랐다.

눈앞 일직선상에는 어스름 속에 잠긴 대협곡과 동쪽 대문이 보였다.

이제부터 앨리스는 과거에 경험한 적이 없는, 초대규모 신성술 영창을 개시할 것이다. 계곡에 가득 찬 공간신성력을 한 방울도 남김없이 응축하여, 적군에게 통한의 일격을 가하기 위해.

만일 술식을 한 번이라도 그르친다면——아니, 아주 조금이라도 의식 집중이 흐트러진다면 집중된 신성력이 폭발해 앨리스의 존재를 한 점도 남김없이 날려버릴 것이다.

그러나 더 이상 공포는 느끼지 않았다. 지난 닷새 동안 정합기사로서 베르쿨리나 파나티오, 엘드리에 같은 이들과 충실한 시간을 보냈으며, 또한 루리드 마을의 앨리스로서 여동생 세르카와 함께 반년이나 보낼 수 있었다.

그리고 무엇보다도 유지오, 그리고 키리토와 만나 검을 나누고 마음을 나누면서 인간으로서의 감정을——슬픔이나 분노, 사랑까지도 알 수 있었다.

이 이상 무엇을 바라리오.

앨리스는 갑옷을 큰 소리로 울리며 개전의 순간을 기다리는 수비군의 중앙을 한 걸음, 한 걸음, 똑바로 나아갔다.

(계속)

후기

안녕하세요, 카와하라 레키입니다. 지금 맹렬하게 조바심을 내며 이 후기를 쓰고 있습니다. 왜냐하면 후기의 존재를 완전히 잊어버린 채 며칠이나 지나버렸거든요!

음~, 그런고로 '소드 아트 온라인 15 앨리시제이션 인베이딩' 을 읽어주셔서 감사합니다.

지난 권 '유나이팅' 은 교회의 대보스인 최고사제 어드미니스트레이터를 쓰러뜨렸음에도 '계속' 으로 끝나 버렸는데요, 이어진 결과 어떻게 됐느냐 하면, 이렇게 됐습니다……. 이야기는 인계라는 틀에서 튀어 나가 광대한 다크 테리토리로 무대를 옮겼습니다. 현실세계에서도 아스나 일행이 있는 오션 터틀이 습격을 당하기도 하고, 키쿠오카 씨가 유카타에서 알로하로 갈아입기도 하는 등 이런저런 수상쩍은 전개가…….

그러저러해서 다음 권에서는 마침내 인계수비군과 다크 테리토리 군의 전쟁이 시작될 예정입니다. 9권부터 시작됐던 앨리시제이션 편도 마침내 클라이맥스를 향해 돌진하고 있으니 조금만 더 함께해 주시기를 이렇게 부탁드립니다!

근황을 말씀드리자면 미국 최대의 애니메이션 만화 컨벤션인 《애니메이션 엑스포》에 일러스트를 맡고 계신 abec씨와 함께 게스트로 참가했습니다. LA에 간 건 처음(이라기보다는 미국 자체가 겨우 두 번째)이었지만 도시도 크고 이벤트장도 거대! 그리고 그 이벤트장을 가득 메운 전미 애니메이션 팬의 열기가 그야말로 대단!

물론 SAO 팬분들도 많이 와주셔서 감격했습니다. 동시에 SAO이라는 작품이 이렇게까지 크게 성장한 것은 web 시절부터 전격문고로, 그리고 애니메이션화나 게임화로 10년 이상에 걸쳐 응원해주신 여러분 덕이라는 사실을 새삼 인식했습니다.

이 책이 출판됐을 무렵에는 TV 애니메이션 제2기 방송도 시작됐을 텐데요. 1기와는 완전히 다른 《총의 세계》가 무대지만 감독을 비롯해 스태프나 성우 여러분이 건 액션의 멋과, 그래도 변함없는 SAO다움을 전력으로 표현해주실 테니 부디 애니메이션도 응원 부탁드립니다.

슬슬 시간이 다 되어 가는 것 같으니 감사는 간결하게! 이번 권에 속속 새로 등장한 수많은 캐릭터들을 매력 넘치게 그려주신 abec씨, 함께 LA에 가주신 담당 미키 씨, 저희가 없는 동안 일본을 지켜주신 서브담당 츠치야 씨, 그리고 여기까지 읽어주신 여러분, 고맙습니다!

2014년 7월 모일 카와하라 레키

역자후기

안녕하세요, 역자입니다.

스포일러가 어둠의 군세처럼 밀려오는 후기이므로, 아직 본문을 읽지 않으신 분은 높은 프라이어리티와 천명으로 보호받는 표지라는 이름의 대문 너머로 돌아가주시기 바랍니다.

저 또한 지금 맹렬하게 조바심을 내며 이 역자후기를 쓰고 있습니다. 이유도 대체로 작가님과 비슷합니다. 죄송합니다, J-노블 편집부!

오늘은 좀 후다닥 쓰겠습니다.

그런고로 소드 아트 온라인 15권, 앨리시제이션 인베이딩입니다. 대략 5개월만인가요. 지난 14권 마감을 쳤을 때 이미 일본에서는 이 15권이 발매된 후였더랬죠. 그렇다면 이번 15권을 번역하는 동안에는 16권이 발매되어 언더월드 대전이 진행되었느냐 하면, 그건 아닙니다. 따라잡은 거죠. 와, 만세! ……네? 아, 프, 프로그레시브요. 그건 나왔죠……. 네? 아, 액셀 월드요……. 그, 그것도 뭐……. 절대적 고독자 2권……도 얼마 전에 나왔네요. 네, 잠자코 열심히 하겠습니다.

각설하고. 이번 권은 본격적으로 스토리가 진행되기 전에 그동안 《앨리시제이션》 편에서 등장했던 여러 주변 인물들을 돌아보는 이야기라 할 수 있겠습니다. 세르카를 비롯한 루리드 마을 사람들, 그동안 싸웠던 정합기사들, 그리고 수검학원에서 헤어진 티제와 로니에까지. 물론 키리토는 빼놓지 않고 등장하지만, 보셨다시피 제정신이 아닌지라 티제와 로니에와 세르카와 역자 등등 여러 사람 가슴을 아프게만 만드네요. 뭐, 사실 이번 권은 앨리시제이션 편의 세 번째 주인공인 앨리스를 위한 밑밥이라고 봐야겠지요.

그러는 한편 현실세계에 있는 오션 터틀 측의 습격사건과 다크 테리토리의 침공이 밀접하게 얽히면서, 이제는 본격적으로 현실과 가상세계 언더월드가 맞물려 돌아가는 느낌입니다. 원래 언더월드 자체가 현실세계 인간들의 이기심 때문에 만들어지고 이용되었지만, 미국 정보기관이라든가 살인마 영혼 스토커 아저씨 같은 사람들이 더해지면서 본격적으로 혼란이 치닫게 되었네요.

하지만 죄다 그런 자들뿐인 건 아니어서, 드디어 아스나도 언더월드에 접속할 것 같은 분위기가 되었습니다. 스태프들의 전폭적인 지지를 받아 초 슈퍼 울트라 어카운트를 받을 것 같으니, 벡터(=가브리엘) 못지않은 파워를 보여주면서 여신처럼 강림! 사랑하는 님을 만나 키리토 부활! 키본좌 무쌍! ……이 될지 어떨지는 기대하시고 나중에 확인하시면 되겠습니다. 넵. 대체 16권은 언제 발매되는 걸까요…….

어째 쓰고 보니 제 감상이라기보다는 15권의 내용을 떠들어대면서 흥분만 하는 그런 후기가 되어버렸습니다만, 독자 여러분이 느끼셨을 그 마음이 바로 저의 감상이며, 이 역자는 늘한 명의 독자이자 팬으로서 작업하고 있다고 뭔가 괜찮은 이야기를 하는 척하면서 어물쩍 넘어가 버리겠습니다.

……제가 그랬잖아요. 이번엔 후닥닥 쓰겠다고. (……)

그럼 저도 독자 여러분과 함께 기대하면서, 다음 작품에서 뵙겠습니다.

2015년 3월 김완

《최강의 카타르시스》로 보내드리는, 제15회 전격
ACCEL WORLD 17
치열한 배틀을 마친 후에는
러브 코미디 이벤트에 돌입?! 금단의 최신간!!
2015년 5월 발행!!
특보!!
카와하라 레키&abec가 보내드리는 개인 사이트 조회수 650만 돌파를 자랑하는
전설의 소설!!
'소드 아트 온라인 프로그레시브 3'은 2015년 8월 발행 예정!!
일러스트 / HIMA

NOVEL

SWORD ART ONLINE_소드 아트 온라인 15

〈앨리시제이션 인베이딩〉

2015년 4월 10일 제1판 제1쇄 발행
2016년 8월 25일 제1판 제5쇄 발행

지음 | 카와하라 레키
일러스트 | abec
옮김 | 김준

발행인 | 이정식
편집인 | 최원영
편집팀장 | 김충영
편집담당 | 오진범
일본어판 오리지널 디자인 | BEE-PEE
한국어판 디자인 | Design Plus
라이츠사업팀 | 김충영, 변혜경, 박선희, 아오키 마리나
출판영업팀 | 안영배, 한성봉
제작담당 | 박석주

발행처 | (주)서울문화사
등록일 | 1988년 2월 16일
등록번호 | 2-484
주소 | 서울특별시 용산구 새창로 221-19(한강로2가)
전화 | (02)799-9181(편집), (02)791-0757(마케팅)
팩스 | (02)799-9334(편집)
인쇄처 | 코리아 피앤피

ISBN 978-89-263-4621-1
ISBN 978-89-263-1086-1 (세트)

새로운 출발을 함께하는 제이노블 뉴페이스──!!
J-NOVEL 4월 인기 발행작──!!

리어왕! 1권

초판한정 **스페셜 책갈피&**
리얼충 레벨 체크시트
일러스트 카드 증정!!
기간한정 **웹페이퍼** 서비스!!

와카사 타쿠미 지음 / **모노리노** 일러스트 / **조민경** 옮김

왕도 학원 하렘 판타지 발동!!
자신이 언젠가 '왕'이 되리라 믿어 의심치 않는 유감스러운 하이스펙 고등학생, 미카도 테이토. 어느 날, 테이토는 '리얼충 레벨 체크'를 계기로 자신의 진정한 목표인 '리어왕'이 되고자, 학교의 양대 미소녀를 끌어들여 '리어왕 계획'을 발동시킨다!

Illustration : Monorino ©2012 Takumi Wakasa
Originally published by HOBBY JAPAN Co., Ltd.

소드 아트 온라인 15권

초판한정 **책갈피** 증정!!

카와하라 레키 지음 / **abec** 일러스트 / **김완** 옮김

전 세계 누계부수
1,670만 부 돌파!!
"키리토, 가르쳐줘……. 나는……. 어떻게 하면 좋아?"
최고사제 어드미니스트레이터를 쓰러뜨린 대가. 그것은 유지오의 죽음, 그리고 키리토의 기억상실이었다.
《다크 테리토리》 편, 시동!!

©REKI KAWAHARA ILLUSTRATION:abec
KADOKAWA CORPORATION ASCII MEDIA WORKS

인류는 쇠퇴했습니다 7권

다나카 로미오 지음 / **토베 스나호** 일러스트 / **김경훈** 옮김

초판한정 **책갈피** 증정!!

다나카 로미오의 요정학 보고서 제7탄!
우리 인류가 쇠퇴를 맞이한 지도 벌써 수 세기.
이미 지구는 '요정님'의 것이 되었습니다.
그런 요정님과 인간 사이를 중개하는 것이 '조정관'인 저의 일이지만,
날뛰는 세 명의 문제아들과 그 부모들이 계속해서 문제를 일으키자
급기야 저도 폭주하게 되고?! 쿠스노키 마을은……, 괴멸?!

RIGHT×LIGHT 8권

츠카사 지음 / **코노에 오토츠구** 일러스트 / **권미량** 옮김

초판한정 **책갈피** 증정!!

정통 매지컬 판타지 제8탄!
여름방학이 끝나고 미카사 시로 돌아왔지만, 토모즈키 가에 미유의 모습은 없었다.
9월이 되면 돌아올 것이라 했지만, 등교 첫날이 되어도 미유는 돌아오지 않았다. 해 질 무렵이 되어서야 간신히 만난 그녀는, 내게 더 이상 자신은 미유가 아니라고 선언하는데?!
과연 미유에게 그동안 무슨 일이 일어난 것인가?!

성각의 용기사 16권

미즈치 시키 지음 / **시메사바 코하다** 일러스트 / **김경훈** 옮김

초판한정 **홀로그램 책갈피&미니 포스터** 증정!!

한 명의 소녀에게 맡겨진 운명의 행방은?!
에스파다 성청의 위기를 구한 애쉬가 오랜만의 휴식을 즐기고 있던 와중에 제파로스 제국에서 혁명이 발발! 혁명의 주도자는 칠익장 안네게르트였다. 한편, 제국의 제5황녀인 루크레시아가 혁명파의 습격을 피해 향한 곳은?!

Illustration : Kohada Shimesaba ©Shiki Mizuchi 2014

마법전쟁 7권

스즈키 히사시 지음 / **루나리아** 일러스트 / **원성민** 옮김

초판한정 **스페셜 책갈피** 증정!!

본격 현대마법 액션 제7막!!
겟코와의 치열한 사투 끝에 세계에서 소실되어 붕괴되지 않은 또다른 세계에서 눈을 뜬 타케시.
그는 그곳에서 전혀 생각지도 못한 의외의 인물과 조우한다. 세계의 진상에 다가간 타케시가 내린 결단은 과연?

Illustration: Lunalia ©Hisashi Suzuki 2014

특이영역의 특이점 2권 -비과학적인 신의 증명-

한노 슈세이 지음 / **saitom** 일러스트 / **기미정** 옮김

초판한정 **스페셜 책갈피** 증정!!

신감각 공상 과학 모험담 제2탄!!
이치노세 켄고, 세계 국가 제1대학의 기재 소리를 듣는 그에게 일본 정부가 어떤 극비 프로젝트 참가를 요청한다. 그러나 이를 수상하게 여긴 켄고는 참가를 거절한다. 한편, 통일종교의 정도 13성 기사를 자칭하며 프로젝트 관계자를 대상으로 테러를 일삼던 인물이 켄고를 노리고 그를 습격하는데?!

©HANNO SHUSEI ILLUSTRATION: saitom
KADOKAWA CORPORATION ASCII MEDIA WORKS

GALGOD!!!!! 4권 -지옥천국직통대전-

히가 토모야스 지음 / **카와하라 케이** 일러스트 / **권미량** 옮김

초판한정 **책갈피** 증정!!

상쾌한 액션 활극 제4막!!
준장이 보낸 편지를 읽고 있던 하루오의 방에 하나가 찾아왔다. 하나가 쓴 소설을 보며 단둘이 있던 와중, '어떤 장소에 가면 저세상에 있는 사람과 대화할 수 있다'는 내용의 휴대전화 문자를 받고서 하나는 갑자기 방을 뛰쳐나가 버리는데?!

Illustration: Kei Kawahara ©Tomoyasu Higa 2008

공허의 상자와 제로의 마리아 5권

미카게 에이지 지음 / **테츠오** 일러스트 / **임이지** 옮김

초판한정 **책갈피** 증정!!

충격의 루프 판타지 제5장!
오미네 다이야는 자신의 신념에 따라 상자로 인간을 '선별'해 나간다. 호시노 카즈키는 그를 '적'으로 간주해 자신의 상자를 사용하여 다이야를 그 안에 가두고, 자신이 갇혔음을 알아차린 다이야는 카즈키에게 대항하기 위한 수단을 모색하는데……. '상자' 대 '상자'. 맞부딪치는 두 사람. 과연 승자는──?

©EIJI MIKAGE ILLUSTRATION:TETSUO
KADOKAWA CORPORATION ASCII MEDIA WORKS

라이트노블의 충격, 루프 판타지 제5탄!!

공허의 상자와 제로의 마리아
5

‘상자’ 대 ‘상자’
과연 승자는 ――?

초판 한정!!
책갈피 증정!!

오미네 다이야가 손에 넣은 상자는 ‘죄와 벌과 죄의 그림자’. 사람들의 죄를 눈에 드러나게 만든 뒤 거두어들임으로써 그 대상을 꼭두각시로 만드는 ‘상자’이다. 그것을 이용해서 그는 인간을 ‘선별’해 나간다.
자신의 신념에 의거하여 매진하는 다이야.
그런 그를 ‘적’으로 간주한 호시노 카즈키는 다이야를 막기 위해서 상자 ‘소원 깨기 은막’을 사용하기로 결단한다.
정신을 차린 다이야는 아무도 없는 영화관에 갇혔다는 것을 알게 된다. 그곳이 카즈키가 펼친 ‘상자’ 안이라는 것을 깨닫고 대항하기 위한 수단을 모색한다.
‘상자’ 대 ‘상자’. 맞부딪치는 두 사람. 과연 승자는 ――?

미카게 에이지 지음 | **테츠오** 일러스트 | **임이지** 옮김

J NOVEL **절찬 판매중!**

새로운 이야기 시동! 충격의 제8탄!!

RIGHT × LIGHT
8
~흩날리는 설화(雪華)와 붉은 달을 우러르는 야조(夜鳥)~

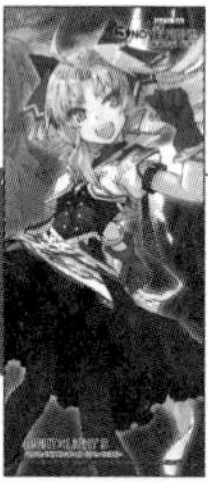

초판한정
책갈피
연속 증정!

정말 좋아하니까 어떤 소원이든 들어줄게!

긴 여름방학이 끝날 즈음, 알리사와 유이를 데리고 미카사 시로 돌아왔다. 그 직후 찾은 토모즈키 가에 미유의 모습은 없다. 집을 지키고 있던 쿠다나 카오리 씨는 "미유 님은 9월이 되면 돌아오실 겁니다."라고 했지만, 이상하게 가슴이 술렁거린다. 한 가지만 선택하지 못한 나는 무엇 하나 지키지 못하는 것이 아닌가――하고. 등교 첫날, 역시 미유는 돌아오지 않았다.
해 질 무렵, 간신히 만난 미유는 "나는 이제 미유가 아니야."라고 선언한다. 이제 곧 토모즈키 가문의 당주인 토모즈키 미에이가 된다고. 불과 한 달 전까지만 해도 함께 웃으며 지냈는데, 도대체 미유에게 무슨 일이 일어난 것인가?! 새롭게 펼쳐지는 긴박한 전개!

여름방학이 끝나도 학교에 모습을 보이지 않는 미유
――케이스케에게 선택의 때가 다가온다!

츠카사 지음 | **코노에 오토츠구** 일러스트 | **권미량** 옮김

J NOVEL **절찬 판매중!**